U0466981

志在飞

  原名蒋志飞，中国作家协会会员、中国音乐家协会会员、中国音乐著作权协会会员、中国纪实文学学会会员。2021年被评为"全国基层理论宣讲先进个人"，长沙市"最美基层理论宣讲人"。长沙市党史教育专家，中南大学红色文化研究中心研究员。2024年重走红军长征路。在全国宣讲红色故事近400场，发表和出版各类作品400多万字。

  出版长篇小说《市委办公室》《半条被子》《铁血师长陈树湘》《我的大学》等；诗集、散文集3部；电影剧本立项《半条被子》《二枚铜元》《最后25天》《打不过东安》等12部，其中《半条被子》荣获第27届金鸡百花电影节少数民族题材电影优秀剧本奖。38集电视连续剧《我的大学》荣获第四届少数民族影视剧优秀剧本奖。歌曲《铸魂》荣获中国音乐家协会举办的"心中的旗帜"全国征集歌曲"优秀歌曲"奖。荣获湖南省、长沙市"五个一工程"奖等奖项40多次。

半条被子

志在飞 著

时代出版传媒股份有限公司
安徽文艺出版社

图书在版编目（ＣＩＰ）数据

半条被子 / 志在飞著. -- 合肥：安徽文艺出版社，2025.1. -- ISBN 978-7-5396-8232-7

Ⅰ．I247.5

中国国家版本馆 CIP 数据核字第 2024FR6654 号

出 版 人：姚 巍		选题策划：宋潇婧	
责任编辑：宋潇婧		装帧设计：观止堂_未氓	

出版发行：安徽文艺出版社　　　www.awpub.com
地　　址：合肥市翡翠路 1118 号　　邮政编码：230071
营 销 部：(0551)63533889
印　　制：安徽新华印刷股份有限公司　　(0551)65859551

开本：880×1230　1/32　印张：9.75　字数：215 千字
版次：2025 年 1 月第 1 版
印次：2025 年 1 月第 1 次印刷
定价：46.00 元

（如发现印装质量问题，影响阅读，请与出版社联系调换）
版权所有，侵权必究

一部红军长征史,就是一部反映军民鱼水情深的历史。在湖南汝城县沙洲村,3名女红军借宿徐解秀老人家中,临走时,把自己仅有的一床被子剪下一半给老人留下了。老人说,什么是共产党?共产党就是自己有一条被子,也要剪下半条给老百姓的人。同人民风雨同舟、血脉相通、生死与共,是中国共产党和红军取得长征胜利的根本保证,也是我们战胜一切困难和风险的根本保证。中国共产党之所以能够发展壮大,中国特色社会主义之所以能够不断前进,正是因为依靠了人民。中国共产党之所以能够得到人民拥护,中国特色社会主义之所以能够得到人民支持,也正是因为造福了人民。

——摘自习近平2016年10月21日在纪念红军长征胜利80周年大会上的讲话

目　录

第一章　跨越半个世纪的等待　001

第二章　耳听为虚　033

第三章　这些当兵的, 好像不一样　059

第四章　我们的家, 都回不去了　097

第五章　眼见为实　135

第六章　加入红军, 我们就有了新家　161

第七章　一腔热血化碧涛　211

第八章　千磨万击还坚劲　229

第九章　鱼水浓情, 流芳千古　259

附录一　红军第六军团长征经过汝城大事记　290

附录二　红军第一方面军长征经过汝城大事记　292

参考文献　306

第一章　跨越半个世纪的等待

有一天，一个陌生电话打过来，让我从书堆里抬起了头。

　　岁月的风，带着清新和暖意，在我们的生命中轻轻拂过，又匆忙离去。历史是时间在生命中铭刻的痕迹。一个人的一生，在历史的长河中，短暂得像是只有一瞬。时光留下的尘埃湮没了多少前尘往事，时间的隧道就让多少繁华成空。光阴流逝，那些历史和往事，像风一样吹过，只留给我们或深或浅的记忆。

　　每个人都有自己的梦想和追求。我们抹去历史的尘埃，提炼出其中的精华，追求心中的真善美，追求正能量。我们铭记着那些让我们的生活充满理想和向往的人和事，那些人为我们传递生命的力量和信仰，那些事永远激励着我们向前。

　　在红军漫漫征途中，发生了许许多多的英雄故事，每个故事都是那样可歌可泣。而其中，发生在湖南沙洲村的"三个女红军和半条被子"的故事，让我印象尤为深刻⋯⋯

我是中共党史研究者,挖掘和整理党史资料是我的本职工作。党史研究者要面对主流思想与多元观念的相互激荡,面对传统媒体和新兴媒体的此消彼长,面对征集研究和资政宣教的同频共振。对已经挖掘出来的党史资料进行再创作,让其不再只是书本上的一行行文字,而是以一个个感人肺腑的故事、一个个有血有肉的英雄形象走进百姓心中,也是党史研究者的一个重要职责。

有一天,一个陌生电话打过来,让我从书堆里抬起了头。

对方一番解释后,我才知道,他们是湖南一家省级媒体的记者。他们想约我一起去湖南省汝城县沙洲瑶族村采访红军长征中"三个女红军和半条被子"的故事。

说起这个故事,在学习习近平总书记在纪念红军长征胜利80周年大会上的讲话后,我对它有了更加深入的了解。因为它属于党史研究的重要内容,我特意搜集了许多这方面的资料。

接到电话邀请后,我非常高兴,很乐意和记者们一起去沙洲村采访。采访结束后,我将按这家媒体的要求创作出剧本,由他们精心制作出影视作品,大力传播红色文化,让更多的人了解这个故事,让更多的人为红军的精神感动。

我马上请了公休假,打点好行装,和媒体的朋友们一起驾着小车,从湖南省省会长沙出发,打开导航,上了高速。我们走平汝高速公路,前往汝城。

"汝城"之名始于东晋,《宋书·地理志》记载,东晋穆帝升平二年(358年),分原晋宁县地置汝城县,隶属桂阳郡,有"内为衡(阳)宝(庆)门户,外扼赣粤咽喉"之美誉。现在的汝城县隶属于湖南省郴州市,位于湘粤赣三省交界处,地处南岭山脉与罗霄山脉的交接部,是湖南省进出南岭地区的交通要道,地势险要,地形复杂,山高林密,素有"毗连三省,水注三江(湘江、珠江、赣江)"之名。

汝城是一个多民族县,居住有汉族、瑶族、畲族、侗族、壮族、苗族、土家族、傈僳族、彝族、回族、布依族、黎族、白族、京族、维吾尔族等 27 个民族的人民。在这些少数民族中,人口最多的为瑶族,其次为畲族。这里民风淳朴,风情独特,文化底蕴深厚。

通往汝城的高速公路随山势起伏,蜿蜒曲折。近 400 公里的路程中,高架桥梁和隧道特别多、特别长。高速公路从连绵的大山中穿过,隧道一个接着一个,有的地方一条隧道就有几公里长,有的地方才几公里的路程却包含几条相连的隧道,小车在其中进进出出,车里的光线也是忽明忽暗,变幻不定。

我们坐在小车上谈论着采访,也时不时点评着窗外美丽的景色。

据说,修建这条高速公路,比湖南省内其他高速公路要艰难得多,花的时间也特别长。山高路远,群山连绵,沟壑众多,要打隧道、建桥梁,自然没有在平地上修路快捷。

可想而知,当年红军为了保存革命的力量,在这种交通不便的大山"皱褶"里,与敌人周旋,是多么不易。

因为限速,本来不算特别长的路程耗费了比预计更长的时间。我们一行人在中途简单吃了些东西,稍作休息后继续赶路,经过了漫长的六个小时,直到下午三点钟,才到达了汝城县。

走进沙洲瑶族村,只见高山环绕着村落,古老的青砖瓦房一线排开。我们怀着崇敬的心情,沿着古村落一路走过。即使在屋檐下走着,也能感受到它的古老。青石板的道路,点点的青苔和野草长在屋檐下。墙壁上的斑驳痕迹,门楣上的古木,门槛边光亮的石头,都向我们展示着村落久远、繁荣的历史。

我们迫不及待地问向导:"当年三个女红军住的那间房屋在哪儿?"向导笑着,手往前一指,说就在前面。说着,她带我们走到发生半条被子故事的那幢庄严而沧桑的房子跟前,找到了故事主人公徐解秀老人的后代。

我们一路走着,瞻仰着,采访着,记录着一个个生动的细节。

徐解秀的曾孙朱向群,现在已是村支部副书记、村主任。他跟我们说起他曾祖母的故事,滔滔不绝。而在20世纪80年代初,当记者罗开富老师采访他的曾祖母时,他还是个孩子。所以,对这个故事中的个别细节,他的记忆也不是很清晰。

我们又采访了朱向群的父亲、徐解秀老人的孙子朱分永。他在村里当了二十多年的村支书,谈起他祖母徐解秀的故事,自己先流下了泪水。

在汝城县沙洲村采访了一整天,走访了十多位采访对象,笔记记了一大本,我感到收获满满。

但是,当时是怎样发现"三个女红军和半条被子"的故事,当年《经济日报》记者罗开富是怎么遇见徐解秀的,徐解秀究竟跟他说了些什么细节,因为时间过于久远,这十几位采访对象也无法说得很清楚。因此,我和同去的媒体朋友,都有意犹未尽的感觉。

为了进一步挖掘这些细节,我决定自费前往北京,对当年徒步重走红军长征路、发现"三个女红军和半条被子"故事的《经济日报》原记者罗开富老师,进行深入采访。

"这次我来北京,就是来采访三十多年前发现并报道'三个女红军和半条被子'的故事的那位记者。"

长沙的春天,春雨飘飘洒洒,一个月都难得有几个晴天,整个大地笼罩在雨水中,朦朦胧胧的。连着好几天下雨,今天,像是老天爷知道我的心事一样,天放晴了,阳光明媚。

我一早起来,吃了早餐,准备行装。然后,用手机约了出租车,前往长沙南站,登上高铁,前往北京。

很快,我便上了车,找到自己靠窗的位子坐下。高铁奔驰着,我的眼睛一直盯着窗外,风景从眼前飞掠而过,我却无心欣赏,只想着要如何采访令我非常尊敬的长者,祈盼着这次的北京采访能顺利进行。

从长沙到北京的高铁,稳稳地停在了北京西客站。我拉着行李箱,从拥挤的人群中走出来,去搭乘出租车。

出租车司机五十多岁,他打开车门下了车,动作麻利地打开了车后备厢,将我的行李箱安放妥当。我赶紧打开车门坐了进去。

出租车从北京西客站出来,汇入滚滚车流当中。

眼前一切都很顺利,我心里踏实多了,忍不住展目欣赏车窗外的风景。

几分钟的沉默后,出租车停到了一个十字路口等绿灯。我望了望交通灯,又看了一眼司机。司机也正瞅着我,目光相接,我便笑了笑。

"您看起来像个干部……应该是搞文字工作吧?"

"嚄,眼光很毒啊!你怎么知道的呢?我就是搞文字工作的,做党史研究。"

"搞文字工作的人,'瞎眼驼背白头发'!"

"哈哈哈……说得不错!"

这个出租车司机,一定是看到与我年龄不相称的白发和我鼻梁上的高度近视眼镜了。

"研究党史?那一定很枯燥吧?"司机想当然地问道。

"也不。不过,文字工作者都是要耐得住寂寞,守得住清苦的。"

聊我的工作,并不是一个能让司机感兴趣的话题,于是,他又切换了新问题。

"听您口音,是湖南人吗?"

湖南人说普通话,除了不习惯卷舌音,还带着方言尾音。我出生在湖南农村,是个地地道道的湘南人,所以说话的口音特别重,出租车司机见多识广,一听就听出来了。

"嗯,我是湖南人,在长沙工作。"

见自己又猜对了,司机显得特别开心,语调更是轻快了不少,一边拿眼睛雷达似的判断着路面情况,一边又聊开了。

"湖南是红太阳升起的地方,我年轻时候在那里当过兵!"

"在韶山当兵吗?那可是毛主席的家乡。"

"哪里能有那样幸运,我是在长沙当兵的。"

"嗯,长沙是省城,那也挺不错的。"

"是啊,长沙挺好的,那是我的第二故乡。您来北京,是为了搞党史?"

说着,司机又询问,想必是我刚提到了伟大领袖毛主席。

"我……是的,我是来采访'三个女红军和半条被子'的故事。"

"半条被子的故事?采访?"出租车司机颇有些吃惊,他忍不住侧头看了我一眼,判断我是不是在同他开玩笑。

说起来,他在长沙当过兵,长沙就是他的第二故乡,遇见长沙人到北京出差,虽然不是什么稀罕事,但他已经不经意间给了我这半个老乡多一分的亲切。

看他一脸疑惑,我便细细解释给他听。

"我说的'半条被子',你知道吗?那是三个女红军在长征途中,住在一个瑶族老百姓家里,三个女红军离开的时候……"

出租车司机马上接口说道:"啊,这个,我太知道了!"

"你怎么知道?"这回,轮到我一脸吃惊了。

"我怎么不知道!有一天,两个干部模样的人坐我的车,一上车就催我打开收音机,说他们要听习近平总书记在纪念红军长征胜利80周年大会上的讲话。"

"哈哈!真的吗?"有这样的巧合,真有意思,我笑起来。

"怎么不是真的！我刚打开收音机,就正好听到习近平总书记在说:'什么是共产党？共产党就是自己有一条被子,也要剪下半条给老百姓的人。'"

"哈哈！难怪我一说,你马上就知道是这个故事了！厉害,厉害！"我也开心得眉飞色舞,接着说,"这个故事发生在湖南省汝城县的一个叫沙洲村的小山村。这次我来北京,就是来采访三十多年前发现并报道'三个女红军和半条被子'故事的那位记者。"

"那可是80年代初,一晃就是三十多年,时间过得真快！再说,那时候中国是个什么样子,现在是个什么样子？哎,可大不一样了！"

"什么大不一样？"我听他语气带着感叹,于是试探着问,"改革开放,经济发展了,人们的生活得到了改善,这是当然的。"

这时,出租车跟着导航指示行驶,沿十字路口拐了个弯,有点儿堵车了。司机见我并不赶时间,于是话题自然接了上来,笑着说:"您看,现在媒体追踪的热点是些什么东西？哪个演员出轨,哪个演员离婚,立马就能炒得沸沸扬扬,一连好多天的各种炒作轰炸,大报小报各种网络平台,人尽皆知,这有意义吗？我就说,这个社会变了！"

他这样说,我不由得想,这位出租车司机到底是当过兵的人,他的人生观和价值观与普通人是不同的,带着更多社会责任感。于是我也就接过了话题:"其实,很多记者都愿意寻找更有社会价值的新闻,但社会那么大,人口那么多,八卦也还是有它的市场。你看,我们搞党史研究的,写的都是真实感人的故事,我就宁愿费心费力、千里迢迢地来挖掘像'半条被子'这样的好故事。"

说到这儿,司机也表示能理解我的说法,但对我的工作将会产生的社会反响,他表示不是很乐观,说:"您的确是在传播社会正能量,这是好样的。不过人家都围着金钱转,您这些正能量的党史文章有市场吗,有人看吗?"

我便坚定地回答他:"毫无疑问啊,这肯定有。再说,不去做怎么知道?好的、真实的故事,要靠我们挖掘出来、写出来、传播开来。"

抵达目的地,出租车司机显然非常佩服我这个搞党史研究的半个老乡,停稳了车,又绕到车后帮我把行李箱取出来,还嘱咐我几句:"到北京了,采访完,要抽空好好转转,咱北京好着呢。"

我也非常感激司机的周到、热情,将手机支付成功的界面亮给司机看了看,同时笑着说:"好嘞,谢谢师傅,祝你开车平安。"

368天艰苦长征路,真要细细地说,说上多少天多少夜也说不完吧!

我到北京要采访的人,是《经济日报》原常务副总编辑、高级记者罗开富。

罗开富生于1942年9月25日,浙江省吴兴县人(现湖州市南浔区),1961年7月应征入伍,1964年开始从事新闻工作。1979年2月,他曾冒着枪林弹雨在对越自卫反击战的战场上随军采访。在他开始"徒步长征路"采访前,就曾荣立三等功一次,被评为全国一级优秀新闻工作者。长征采访归来后,他又被评为中共中央机关先进工作者。

1986年1月11日,中共中央组织部任命罗开富为《经济日报》副总编辑。1996年3月,他到中央党校省部级班进修,同年9月起担任《经济日报》常务副总编辑职务。2003年起,罗开富任第十届全国政协委员。

2009年退休后,他又用3个月时间,乘车再次踏上长征路,并在沿途进行采访。他还担任中国智库(中国经济前沿决策顾问中心)副理事长、中华慈善总会新闻界志愿者慈善促进工作委员会执委和"感恩长征路"系列活动总顾问。

罗开富是一个勤奋、善良、有情有义的人,爱他的人爱他率真性情,恨他的人恨他无私坦荡。这个人,豪爽、好客、桀骜,更是倔强……想到这里,我心中充满了敬佩,心里也有些忐忑。

退休后的罗开富老师,生活依然十分充实和忙碌。

这次采访,我也是约了好几次,才得以成行。

我在附近的一个宾馆住下来,简单地洗漱后,便掏出手机,打通了罗开富老师的电话。

他说,早已在《经济日报》社等我了,要我直接去报社门口。

等我到达《经济日报》社,罗开富老师已经亲自在门口迎接我。我再次拨了电话,罗开富老师马上走过来,主动伸出手和我握手,又很亲切地拉着我走进报社。这些举动,让我深切感受到他对晚辈和对党史研究者的爱护与关怀。

罗开富老师已经77岁了，瘦瘦高高的个子，浓眉大眼，非常精神。他说话声音洪亮，语速也很快，非常热情、好客。

走进报社，一路上不停地有同事跟他打招呼。他也不断向他们招手致意。

上了楼，就来到他那间狭小的办公室。我们走进去，感到有点窄。

办公室里除了一张办公桌，还放有一张小床。办公桌上摆着一叠一叠的书报。

我刚坐下来，罗开富老师走过来，赶紧掏出一包烟来，抽出一支递给我。我摆摆手，说不会抽。他笑着说："你搞文字工作不抽烟？我一天需要两包呢。"说着，拿起桌上的打火机，点燃香烟，吹出一口烟雾。

接着，罗开富老师把烟叼在嘴里，腾出手来要给我倒茶。我赶紧站起来想自己倒茶，他却示意我坐下。他打开桌上的茶盒，抓了一把茶叶放在玻璃杯里，冲了开水，递给我，说这是上等的白茶。随后，他坐下来拿起桌上的茶杯喝了一口。

烟，一支接一支，抽个不停；茶，自然也是一口又一口，喝个不停。

罗开富老师拿出了自己徒步重走红军长征路时写下的日记《红军长征追踪》递给我。说了没几句，我们就直接切入了正题，说起他那段难忘的经历。

"我们知道，红军长征是指1934年10月至1936年10月，中国共产党领导的中国工农红军第一、第二、第四方面军和第二十五军,陆续从长江南北各革命根据地,向陕甘地区进行的战略大转移。"罗开富老师吸了一口烟说道,"其实,中央红军长征是1934年10月10日晚6点12分,中共中央、中央军委率红军主力五个军团及中央、军委机关和部队共86000人,分别自福建长汀、江西瑞金等地出发,于10月16日,在江西省于都县城集结统一出发。"

红军为什么长征？我查阅了一些资料,整理如下:

蒋介石大肆捕杀共产党人,白色恐怖之下,实际掌握着中央领导权的王明犹如惊弓之鸟,他到处躲藏,最后藏在了上海郊区的一座庵堂里。他觉得能够救他于危险之中的还是苏联人。王明给米夫打电报要求去苏联,米夫立即回电邀请他到共产国际工作。临走时,王明安排了中共中央的工作,这时张国焘已被派往鄂豫皖苏区建立中央分局,周恩来将被派往中央苏区任书记,由于在上海的中央委员已经所剩无几,经共产国际的批准,中共临时中央政治局成立,其成员是张闻天、陈云、康生、卢福坦、李竹生等,总书记是年仅24岁的博古。

这时,由于险象环生的局势,上海的临时中央政治局决定迁往苏区。1933年1月,经秘密交通站护送,博古、陈云、张闻天先后到达瑞金。

自此,创建于上海的中国共产党中央机关,在繁华的大城市里存在了12年后,搬到了中国的乡村。博古到达中央苏区两个月后,一位共产国际军事顾问也到达了中央苏区。

他是博古请来的,博古要求同志们一律称他为"李德",取"姓李的德国人"之意。

就在中共中央谋划革命根据地和红军发展新战略时,蒋介石也在策划对毛泽东、朱德领导的红一方面军发动大规模的军事"围剿"。

蒋介石在四五年间,对红军进行了五次大的"围剿"。

第一次"围剿":1930年11月—1931年1月,蒋介石兴兵10万,悬赏5万光洋,缉拿朱德、毛泽东、彭德怀、黄公略,以江西省主席鲁涤平为总指挥,分进合击。红军在毛泽东、朱德指挥下,诱敌深入,5天内打了两个胜仗,歼敌一个半师,取得第一次反"围剿"的胜利。

第二次"围剿":1931年4月—1931年5月,蒋介石对红一方面军发动第二次"围剿"。以军政部长何应钦为总指挥,兴兵20万。红军继续采取诱敌深入的战略,连打5次胜仗,歼敌3万多人,缴枪2万余支,打破了敌人的第二次"围剿"。红军进一步巩固和扩大了中央革命根据地。

第三次"围剿":1931年7月—1931年9月,蒋介石任总司令,德、日、英军事顾问参与战事筹划,调兵30万,分路围攻,长驱直入。红一方面军3万余人,在毛泽东指挥下,采取诱敌深入的方针,避敌主力,共歼敌17个团,俘1.8万人,缴枪1.5万支,取得第三次反"围剿"的重大胜利。

第四次"围剿":1932年12月—1933年2月,蒋介石自任"鄂豫皖剿匪总司令",委何应钦任"赣闽粤湘剿匪总司令",先以30万兵力围攻鄂豫皖苏区,10万兵力围攻湘鄂西苏区,得手之后再集兵50万进攻中央苏区。红一方面军总司令朱德、总政治委员周恩来遵照中央的指示,创造了红军大兵团伏击作战的历史,歼敌3个师,俘敌万余人,缴枪万余支,打破了敌人的第四次"围剿"。

第五次"围剿":1933年9月25日—1934年10月10日,蒋介石置民族危机于不顾,在南昌设立全权处理赣、粤、闽、湘、鄂五省军政事宜的军事委员会委员长的"南昌行营",集兵百万,其中用于中央苏区50万。其嫡系部队倾巢而出,蒋介石自任总司令。由于王明"左"倾教条主义在红军中占据统治地位,拒不接受毛泽东的正确建议,用阵地战代替游击战和运动战,用所谓的"正规"战争代替人民战争,使红军完全陷入被动,节节败退。

1934年10月10日,红一方面军主力部队被迫撤离,开始长征。

先后有四支红军部队进行长征。

第一支是中央红军(后改称红一方面军),于1934年10月10日由福建长汀、江西瑞金等地出发,1935年10月19日到达陕西的吴起镇(今吴起县),历时一年有余,行程达二万五千里。

第二支是红二十五军(后编入红一方面军),于1934年11月16日由河南罗山何家冲出发,1935年9月15日到达陕西延川永坪镇,同陕甘红军会师,合编为红十五军团,行程近万里,是最早到达陕北的一支红军。

第三支是红四方面军,于1935年5月初放弃川陕苏区,由彰明、中坝、青川、平武等地出发,向岷江地区西进。1936年10月9日到达甘肃会宁,与红一方面军会师,行程一万余里。

第四支是红二、红六军团(后同红一方面军第三十二军合编为红二方面军),于1935年11月19日由湖南桑植刘家坪等地出发,1936年10月22日到达会宁以东的将台堡,同红一方面军会师,行程两万余里。

"1934年10月16日晚,86000名红军将士跨过江西于都河,开始了史无前例的战略转移——长征!"罗开富老师打开了话匣子。

"那么,1984年,在纪念红军长征50周年之际,'重走长征路'是谁最先提议的呢?"我适时插入话题。

"这个,1982年9月,我作为《经济日报》的创办人之一,就在全国记者会上正式提出,想去重走红军长征路。当时我们报社的安岗总编辑觉得我的想法很好,所以很快就给予了批准。但安总编提出了更高的要求。"

说到这里,罗开富老师停顿了一下,喝了一口茶,接着缓缓地说:"安总编提出,既然要重走红军路,就必须学红军,来真的,要不怕苦、不怕死。他给我提出'六个必须',一是必须走原路,不准抄近路;二是必须徒步,不准骑马,不准坐车;三是中央红军长征走了368天,他要我也必须368天完成;四是每天平均走75里路,还必须写一篇当天的见闻稿;五是小病小伤必须坚持,大病大伤再考虑换人;六是中央红军因战事休整的路段里,必须设法采访到红二、红四方面军的路线……"

听到这里,我不禁倒吸一口凉气,马上坐正了身子,小心翼翼地问:"这是行军打仗的节奏,还要按同样的区段和时间去走,难,太难了……"说着说着,我说不下去了,因为其中的困难,是我无法想象又无法承受的。

"难度是有的,而且比我自己想到的要大。虽然我当过铁道兵,经历过艰苦,但重走长征路的第一天,脚上就磨起了血泡,第三天血泡就已经和袜子粘连,包扎之后连鞋都没法穿,只能穿着草鞋由向导扶着走……

"走了20多天后,又冒出来不少新困难,比如写新闻报道大多靠乡村电话或到乡邮电所拍发电报传稿,然而农村设备落后,困难比想象的要严重得多;再一个是没有钱付通信费、伙食费,那时沿途山区基本没有电,还要购买蜡烛和手电筒使用的电池等,很快就入不敷出了。

"得知我的困难后,还是中国农业银行发出通知,说沿途可随时到各县支行预借所需费用;邮电部电信总局向相关省、自治区及其所属邮电部门发出通电,要求为我提供电信特别服务;有关费用,可作为特例,将账单等寄回报社。从1984年11月底开始,我才再也不用为缺钱、为找不到邮电所发愁。"

"是的,我翻阅过当年的部分报道,说您作为一名记者,凭着坚强的意志完成了368天重走长征路的壮举,为中国新闻记者谱写了一支颂歌。而且时隔25年,又在已逾花甲之年历时67天再次重走了长征路,您真是太了不起了!"我由衷地感叹道。

"我是在1984年10月16日中午,从福建长汀中复村出发,

018

到达江西瑞金,第三天从瑞金出发到达于都县城的。于都河紧靠县城,古称为贡水。我放下行李,直奔河畔,只见足有一里宽的河水蜿蜒东流,河水十分清澈,在阳光照耀下,河底的沙石随着粼粼的水波晃动,真美啊!"

说到这儿,罗开富老师略停了停,端起茶喝了一口,才继续说:"我们知道,在中国共产党领导下,无数英勇的中华儿女抛头颅,洒热血,在人民的拥护下建立起中央苏区。而'左'倾教条主义路线只几年间就几乎把中央苏区搞垮了,红军主力被迫突围转移。在于都河畔,百姓与红军、战友与战友依依惜别,而且当时谁心里都明白:走的,不知走到哪里去;留的,不知留到哪一天,都不知何日再能相见。"

"在和平年代,徒步重走长征路都如此艰辛,红军当年的长征路该如何艰辛,哪里是后人能够想象得到的?但我们仍旧认定这两次重走长征路具有非凡的意义。前事不忘,后事之师啊!我一路沿着红军的征途,除了进行体验和挖掘,对红军精神的推崇和敬仰更是与日俱增,因此,我严格按照红军长征的行程,同一个日期出发,同一个日期抵达。红军长征走了368天,我也必须走368天,每走到一个地方,都必须是红军长征的当天。比如说1935年1月7日,红军打下了遵义城,当时是7日凌晨2点进城。50年后,也就是1985年1月7日,我也需要抵达遵义城。那时候我的腿骨骨折,是许多小伙子轮流架着我的胳膊行走,硬是搀扶着我按期走到了遵义城里……"

368天艰苦长征路,真要细细地说,说上多少天多少夜也说不完吧!我听得入迷,也没有忘了此行的目的,于是,等罗开富老师停下来的时候，我小心地切入了自己的问题："罗老师，这样说起来，1984年的时候，您也是在11月7日当天，进入湖南汝城县的沙洲瑶族村的吗？您当时遇见了徐解秀老人吧？能给我讲讲经过吗？"

采访徐解秀老人，是罗开富老师重走长征路中重要的一章，且是他记忆深刻的一章。听我提及，罗老师想起我来之前打电话联系时，有过详谈"半条被子"故事的请求。

"可以。其实跟你通了电话以后呢，这两天我也时常追忆相关的情形。1934年11月6日，红军先头部队就经过沙洲村了，但整个队伍用了好几天才走完。"

……

红军为何会经过湖南汝城？我们要回到1934年硝烟弥漫的战场，回到那一段悲壮的史实中探寻答案！

红军为何会经过湖南汝城？我们要回到1934年硝烟弥漫的战场，回到那一段悲壮的史实中探寻答案！

事实上，在1934年，红军曾两次经过汝城。一次是在10月，一次则是在更早的8月。

1934年春夏，由于王明"左"倾路线的错误指导，中央苏区第五次反"围剿"失败,中央红军被迫进行战略转移。为了分散和减轻敌人主力对中央根据地的压力,配合中央红军的战略转移,李德提议并经党中央和中革军委同意,决定以红六军团9700余人为西征先遣队赴湖南,在任弼时等人的指挥下,撤出湘赣革命根据地。7月23日,中共中央书记处和中革军委向红六军团下达了《关于红六军团转移到湖南创造新苏区问题给六军团及湘赣军区的训令》,对红六军团向湖南中部转移的路线、行动步骤以及到达预定地域做了具体规定。

接到任务后的红六军团迅速开拔,朝着目的地进发。8月11日,红六军团五十三团占领沙田,主力部队不顾酷暑、饥饿和疲劳,昼夜兼程,突破敌人几道封锁线,跳出敌人包围圈,由江西遂川进抵桂东寨前圩。8月12日上午,红六军团在寨前圩的河滩上召开了连以上干部西征誓师大会,一方面庆祝突围成功,另一方面对全军下一步行动做了战斗动员。寨前圩誓师大会,极大地鼓舞了红军的斗志,增强了西征必胜的决心。

清晨,红六军团五十三团由沙田出发,经桂东之文昌、大湖,越过汝桂之间的石壁山,进抵汝城濠头扶竹洲,早饭后,再经上河、濠头圩、花木桥、永丰坳、永丰洞、江背山、塘下、两口水,于当天下午5时左右到达田庄的乾甫,当晚,又往暖水进发,并在暖水等村庄宿营。

这时,敌人已经听到了风声,正秘密谋划,迅速行动。湖南军阀何键急令刘建绪为"第四路军前敌总指挥",调三个师尾追红军,同时令地方保安两个团在资、汝之间的滁口、文明司一带防堵,遣一个师和两个保安团控制郴州、资兴之间的要道。与此同时,粤军六个团兼程北上,妄图与湘军配合,于郴、桂、汝之间围歼红六军团。

由于敌情变化,红六军团放弃在湘南桂东地区发展游击战、暂时立足的计划,誓师大会之后,乘敌人围堵部署尚未完成和湘江防御还较薄弱之际,迅速甩开敌人,从寨前圩出发,经沙田、径口、开山,向汝城田庄进军。

8月13日凌晨至上午,红六军团主力从桂东经汝城白泥坳进入田庄,于下午抵田庄圩,并在附近的联江①、文泉、蔡家、塘丰等村宿营。8月14日凌晨4时,红六军团五十三团由暖水出发,主力部队由田庄出发,由沤江而下,经暖水双联、北水、江顾峡、昌前、凉滩与马桥之行星、江子口等处,往资兴黄草坪、滁水方向挺进。

一路上,红六军团耐心向群众宣传、讲解党的方针政策和北上抗日的主张,并将打土豪所得财物分给贫苦群众。在濠头乡濠头村郭家宿营时,红军开展写标语竞赛活动,在全村共写了100余条标语。这些标语无不体现红军与群众一条心,红军的目标意在带领群众走向光明。如此一来,红军所到之处深受群众的爱戴与支持。在濠头、田庄、暖水等地,红军的到来给贫苦群众带来了希望,十余名青年农民参加了红军。

"三大纪律八项注意"是红军行军途中的行为准则。中国共产党领导的队伍自建军之日起,就非常重视加强革命纪律,并严格执行统一的纪律,这是红军区别于一切旧式军队的显著

---

① 联江,今为汝城县田庄乡田庄村。

标志。

红军刚成立时,革命性、组织性和纪律性都不是很强。1927年9月,毛泽东领导湘赣边界秋收起义部队在三湾驻扎时,正逢当地红薯收获。在初次助民劳动中,有的官兵吃老乡的红薯,老乡对此有意见。针对这种情况,毛泽东给部队规定了"不拿老百姓一块红薯"的纪律。

不久,部队开到茶陵筹款,在"打土豪"时又有个别官兵将没收的财物据为己有。于是,毛泽东又有针对性地提出"打土豪归公"的纪律。

1928年1月,部队到遂川发动群众和筹款。当时,部队以连、排为单位与群众广泛接触,也出现了一些损害群众利益的现象。毛泽东了解情况后,又给部队规定了"上门板""捆禾草"等六大注意事项,其中的主要规定都与保护人民群众的利益有关。

1928年3月,部队南下湘南到根据地外活动,纪律显得更重要了。4月初,毛泽东在桂东沙田,将过去陆续制定的纪律和注意事项综合在一起,并进行了简单修改、补充,正式定为"三大纪律六项注意"予以颁布。三大纪律是:行动听指挥,不拿工人农民一点东西,打土豪要归公。六项注意是:上门板,捆禾草,说话和气,买卖公平,借东西要还,损坏东西要赔。"三大纪律六项注意"鲜明地体现了人民军队的本质特征。

1929年以后,根据形势的发展和部队的实践经验,"行动听指挥"改为"一切行动听指挥","不拿工人农民一点东西"改为"不拿群众一针一线","打土豪要归公"改为"筹款要归公",后又改为"一切缴获要归公"。"六项注意"也逐步修改补充成为

"八项注意":说话和气,买卖公平,借东西要还,损坏东西要赔,不打人骂人,不损坏庄稼,不调戏妇女,不虐待俘虏。

1931年,中共中央代表欧阳钦在向党中央报告中央苏区情况时,具体地报告了红一方面军的"三大纪律八项注意"。此后,"三大纪律八项注意"的条文措辞略有改动,并成为全军和地方武装的纪律。"三大纪律八项注意"是人民军队建军的统一纪律,对提高人民军队的战斗力和增强军民关系起到了重要的作用。

直到1947年10月10日,毛泽东起草了《中国人民解放军总部关于重新颁布三大纪律八项注意训令》,又称《双十训令》。从此,内容统一的"三大纪律八项注意"就以命令的形式固定下来,成为全军的统一纪律。

不过,当年在红军长征途中,内容表述上可能不完全和《双十训令》一样,但大意已经十分接近。为了让战士们更容易记住内容,更好地贯彻这些纪律,"三大纪律八项注意"在当时被编成了歌曲,最早传唱在部队中的《红军纪律歌》,用的是《苏武牧羊》的曲调。现在大家所熟悉的《三大纪律八项注意歌》则是1935年仿照了当时在鄂豫皖地区流行的《土地革命成功了》的曲调写成的。由于内容重要、曲调熟悉,这首歌很快在部队中传唱开来。当时的歌词是这样的:

革命军人个个要牢记,三大纪律八项注意
第一一切行动听指挥,步调一致才能得胜利
第二不拿群众一针线,群众对我拥护又喜欢

第三一切缴获要归公,努力减轻人民的负担
三大纪律我们要做到,八项注意切莫忘记了
第一说话态度要和好,尊重群众不要耍骄傲
第二买卖价钱要公平,公买公卖不许逞霸道
第三借人东西用过了,当面归还切莫遗失掉
第四若把东西损坏了,照价赔偿不差半分毫
第五不许打人和骂人,军阀作风坚决克服掉
第六爱护群众的庄稼,行军作战处处注意到
第七不许调戏妇女们,流氓习气坚决要除掉
第八不许虐待俘虏兵,不许打骂不许搜腰包
遵守纪律人人要自觉,互相监督切莫违反了
革命纪律条条要记清,人民战士处处爱人民
保卫祖国永远向前进,全国人民拥护又欢迎

在那段艰苦奋斗的峥嵘岁月里,"三大纪律八项注意"的内容深深刻在了红军战士的头脑里,体现在他们日常的行动中。这样的温暖也流进了百姓的心田,孕育了革命最终走向胜利的强大力量。

经过汝城的时候,"三大纪律八项注意"基本成形,红军严格遵守纪律,对百姓秋毫无犯,帮助百姓排忧解难。所以,在红军危难之际,汝城县党组织和群众全力帮扶,从而使得红军以神奇的速度穿越桂、汝崇山峻岭,顺利越过敌军控制薄弱的汝城山区向资兴进发,为接下来的长征开辟了可行道路。

这是红军长征先遣部队第一次经过汝城的情况,虽然时间不长,却也让部分百姓知道了红军是一支怎样的部队,军民之间开始建立初步联系。美好的种子在百姓心中种下,长出了生机勃勃的新芽。

红军跟汝城百姓的更进一步接触,是在1934年10月。当时红军主力部队长征,途经汝城,开展了大规模的革命运动,谱写了一曲荡气回肠的赞歌。

> "那三个女红军什么时候回来?她们说,要送我一条新被子呢!"

南方山林的深秋,层林尽染。汝城的深秋却是战火隆隆。

为阻止红军转移,蒋介石设置了四道严密的封锁线。

第一道是江西安远、信丰、赣县至广东南雄一带;第二道是湖南南陲的汝城至广东仁化之间;第三道是粤汉铁路株洲至韶关路段;第四道是湖南、广西边境的湘江沿岸公路。蒋介石妄图用这四道封锁线堵截并消灭红军。

红一方面军前锋第一、三军团在江西安远、信丰之间,经过一场恶战,突破了第一道封锁线,乘胜沿湘粤赣边境向汝城进发。

1934年10月27日至28日,蒋介石命令南路军尾随红军追击,并以西路军于桂东、汝城及湘南地区堵截。国民党政府军在桂东、汝城、城口、仁化之间构筑了第二道封锁线,在这条约40公里长的封锁线上,敌人的明碉暗堡遍布。

在此之前,党中央看出蒋介石意图利用陈济棠的兵力"剿共",对陈济棠进行了抗战反蒋的统战工作。1934年9月,朱德发出《关于抗日反蒋问题给陈济棠的信》,并派何长工等与其代表谈判,达成秘密停战协议,为红军顺利通过第一、第二道封锁线创造了有利条件。

取城口、夺通道的任务由红一军团二师六团承担。在团长朱水秋、代政委王集成的率领下,红军以奔袭的方式夺取了城口。

11月1日,军委命令一、三军团攻占城口、汝城。红军先头部队进入汝城。

这段历史,罗开富熟稔于心。他的"重走长征路"行动,随着历史书卷的展开,开启了新的篇章。

"1984年11月3日,我从广东仁化城口镇进入湖南汝城。赣粤分界的梅山往南,往广东的南雄是走下坡路,从南雄到仁化县城往北的城口进湖南是走上坡路。……1984年11月3日,我行走了80多里才走进湖南省的汝城县。"罗开富老师说着,看了我一眼,然后继续说,"11月4日,我从县城出发,经过泉水①、正水、延寿新坡,住延寿乡。"

11月5日,罗开富在延寿瑶族乡采写红五军团董振堂率部攻克青石寨堡垒、掩护辎重部队通过的悲壮历史故事,还在该乡

---

① 泉水,今为汝城县三星镇。

住宿。

11月6日,罗开富到达延寿乡山眉村。同一天,他到达盈洞瑶族乡,脚上起了大血泡,去医院敷了药。盈洞瑶族乡政府没有电,罗开富在煤油灯下记下了红九军团罗炳辉率部数次冲锋、拿下仙人崖要地的激烈战斗过程。当晚,他住在盈洞乡,发不了电报。

11月7日,一大早吃完早餐就赶路,罗开富继续沿着山路从盈洞、坳下、联丰、永联、四十八崎赶往文明乡。这一天,从盈洞走到文明乡,在文明乡采访完又走到里田,足足走了46公里的崎岖山路。

"11月7日,红三军团主力占领文明司(今文明乡),中央机关、中央军委纵队及各军团部队陆续抵达文明司,分别在老田村(今五一村)、秀水、韩田、沙洲、新东、文市等地宿营并短暂休整。"

从江西一路过来,罗开富用了二十多天,每天还要完成拍摄和写稿的任务,当他挂着一根木棍、背着一个背包,翻山越岭来到汝城县沙洲瑶族村时,刚好是11月7日。

沙洲瑶族村隶属于汝城县文明乡,位于后龙山麓、滁水河畔、汝城县城西50余公里处。沙洲村总面积0.92平方公里,少数民族人口约占总人口的56%。2016年11月,沙洲村被中华人民共和国住房和城乡建设部等部门列入第四批中国传统村落名录。

沙洲村属于条件非常艰苦的山区,被崇山峻岭环绕。虽然是深秋,但这是山路两旁的树木还是绿意葱翠,只是近处山色层次更丰富了些,层林尽染,五彩缤纷,远处重峦叠嶂。

群山怀抱中的沙洲村,犹如大山深处的一颗明珠。

罗开富记得,他一进村,首先引来的便是一阵阵犬吠。

"红军是1934年11月6日进入沙洲村,而我是在11月7日抵达的沙洲村,由于时间紧,没计划住下,采访结束后我就准备离开沙洲村,当时已经是下午3点15分。"

汝城是蒋介石第二道封锁线上的重要关卡。当红军在江西安远信丰突破第一道封锁线后,蒋介石急令粤军陈济棠、湘军何键部火速出兵,在湖南汝城至广东仁化城口之间设置了堵截红军的第二道封锁线,并在汝城布下了重兵。在第二道封锁线上,国民党紧急调集了湘军六十二师、汝城保安团等地方武装分兵把守县境各要地、道口,并在这一线实行坚守碉堡、清查户口、集中粮食、处理食盐的"坚壁清野"政策。汝城县成立了以朱松俦为首的建碉委员会,强抓民夫,日夜赶修,短期内共筑成碉堡200多座,凡主道、隘口上都建有"乌龟壳"①。蒋介石妄图依托坚固工事在第二道封锁线上堵截、消灭红军。与此同时,粤军李汉魂部因执行秘密军事谈判协议,仅派了一个连防守城口。

汝城也是红军突破第二道封锁线的主要战场。担任红一方面军先锋的红三军团经过缜密侦察,认定"汝城碉堡坚固,山炮不能征服,地下作业又无时间",因此决定"放弃进攻汝城县城,以一部监视汝城之敌"。为掩护红军主力部队大转移,红军总部指示一、三军团"打开由官路下到文明司山田铺的道路"。

---

① 群众戏称碉堡为"乌龟壳"。

1934年10月31日,红三军团四师十一团抢占了苏仙岭制高点,从而拉开了红军突破第二道封锁线的序幕。

　　"我进村的时候,就注意到有位80多岁的老大娘正在村口的高坡上站着。大娘身着瑶族服装、头戴瑶族帽,裹着一双小脚,手里拄着一条拐杖,也不知道在眺望谁回家。"罗开富老师这么说,"我在村子里走动时,老大娘也一直跟着我转,直到我要离开了,发现这位慈祥的小脚老人还是跟在我后面,从不远的地方看着我,我心里有了异样的感受,就跟向导说:'我总感觉这个老人是有什么事要同我讲,你去问问她。'"

　　"向导走过去,用方言询问了老人,老人这才走过来问我:'我能不能问你一件事?'我赶忙说:'可以,老人家有什么事呀?'老人迈着摇摇晃晃的步子走近我。可能看着我瘦瘦高高,穿着红军军装,头发挺长,胡子拉碴,不修边幅,像当年的红军一样,这位老人的记忆像是回到了从前,她突然亲切地抓住我的手,高兴地说:'果然是你们回来了?那三个红军姑娘什么时候回来?她们说,要送我一条新被子呢!'"

　　说到这里,罗开富老师将我放在他面前的录音笔挪了挪,调整一下位置,才继续往下接着说:

　　"你知道,因为我当时每天走路,在山里面跑,吃得简单,洗浴条件几乎没有,所以看上去干瘦,身上也脏,头发还长,样子看起来……但我穿的是红军服,头上还戴着红军帽呢,一看就像当年的红军战士。所以,我就跟老人解释说,我不是红军战士,我是从北京来的,是来重走长征路的记者。

　　"老人听了挺失望,她用一双混浊的眼睛紧盯着我问:'你

是北京来的？你能不能帮我找到三个红军姑娘？'

"我握着老人的手，笑着问她：'大娘，三个红军姑娘是谁呢？她们在哪里？送您一条新被子是咋回事？'

"老人没有马上回答，她一直拉着我的手不松开，好像是抓住了希望，生怕一放手，我就会走了。我便扶着她，慢慢地坐到路边的石头上，听老人家慢慢说。

"老人坐下还没开口说话，就开始流眼泪，她看起来很悲伤，不停地用长长的衣袖抹着眼泪。我也不知道该如何劝慰她。"

"这个老人，就是您文章里写的徐解秀，对吗？"看到罗开富老师略顿了顿，将眼神转向了窗外的天空去了，我忍不住插了一句。

罗开富老师收回了视线，将快烧到手指的香烟在瓷烟灰缸边敲了敲，吸了最后一口，将烟头掐灭，扔进了烟灰缸。这时，他才压下骤起的情绪回答我："是的，她就是徐解秀老人。当时，她都80多岁了，却对年轻时的事记忆犹新。这50年来，她每到逢年过节，或者是在与红军见面的日子，都会到村口的高坡上去等着，看能不能等到三个女红军归来。"

031

第二章　耳听为虚

"上峰有要求，所有村民赶紧背着粮食和被子，到大山里去躲起来！"

时间回到1934年的秋天。

大山深处的沙洲村掩映在五颜六色的秋光里，美不胜收。可战争的硝烟撕破了宁静，取而代之的是人心惶惶，躁动不安。

有传言说，共产党的部队已经到了郴州，要打大仗了，很快会打到村里来。但沙洲村穷乡僻壤的，连条正经的官道也没有，怎么行军啊？村民们都盼着这个传言是假的。

可是，没过几天，汝城县城方向炮声隆隆，像隐隐的滚雷从远处一阵阵传来，将大家的侥幸心理打破了。

鸡鸣狗吠犹如往日，但村子里的人慌了，连不懂事的小孩子都受大人不安情绪的影响，不时啼哭。

村民们完全不能安宁度日，有的准备出远门投靠亲戚，没处逃生的愁眉苦脸，各家各户想方设法偷偷地挖地洞，将手头上为数不多的稻谷和红薯藏起来,但有些家什和牲口又没法藏起来,村民们手忙脚乱、神色仓皇……

正在这时,一群穿着国民党军队服装的清乡队队员大摇大摆地进了沙洲村。

清乡队队长姓黄,他拿着一个铁皮喇叭,站在村口的高坡上大声喊:"各家各户注意,各家各户注意,'共匪'马上就要进村了,上峰有要求,所有村民赶紧背着粮食和被子,到大山里去躲起来!"

黄队长有个多年的跟班,叫易进财,素来贪心狠诈,跟个豺狗子似的,因此村民们私下里都管他叫"易进豺"。

此时"易进豺"跟着黄队长,正是要威风的时候,只见他拎着一面铜锣一边敲,一边在村里四处乱走,大声嚷着:"'共匪'就要进村了,老的要杀,小的要熬油,年轻力壮的要抓走,大家赶紧躲进大山去,都躲起来!"

黄队长耀武扬威地走在"易进豺"的前头,接着喊道:"'共匪'来了,就是杀人放火,'共产共妻'。你们要全部进山,一个都不能留在村里!粮食全部藏起来,一粒也不能留给'共匪'!"

郭副队长也不甘落后,扯起破锣嗓子装腔作势地吓唬村民:"'共匪'长得像恶鬼啊,他们杀人放火,劫人钱财,不躲起来,你们就是死路一条!"

这伙人就这么绕着村子里的各条小路来回喊话,喊了一阵又绕回到朱氏祠堂前面的晒谷坪。

郭副队长还感到不过瘾,干脆从黄队长手里接过铁皮喇叭,学着黄队长的口气大声叫喊:"大家将值钱的都带上,别留给

'共匪'。快点儿躲到大山里去,特别是有漂亮夫娘(妻子)的,别被'共产共妻'了……"

瑶民们听他们这一顿乱叫,愈加害怕,个个跑出家门,不安地徘徊,彼此议论着。

沙洲村除了清乡队时不时来扰民,平时也时常有土匪下山祸害村民。现在听说这"共匪"要大批大批地来,还要抢村民粮食,抓走村民去当兵打仗,更要"共产共妻",村民们一个个吓得像小鸡一样,整个村子里乱成一锅粥,那些本来想守在家里的人也不敢留下了,连忙跟家里商量着要往哪座山里躲。

"赶紧跑,看来这是魔鬼来了,会吃人呀!"

"'共匪'要抢走我们粮食,抢走我们夫娘,赶紧走呀!"

黄队长看到瑶民们惊吓成这样,觉得效果不错,目的达到了,得意扬扬地从郭副队长手中接过一支烟,叼起烟把脸凑过去,就着郭副队长手中的火柴把烟点燃了。

黄队长猛吸了一口,吐出烟雾来,皱着眉头说:"郭副,这烟是哪里搞来的?"

郭副队长一听,赶紧从衣兜里把一包纸烟掏出来,递给黄队长,恭敬地说:"队长,这可是我特地留着孝敬您的。"

黄队长听了,把眼一斜,说:"纸烟是挺好,你有本事啊!就这一包?"

郭副队长马上把腰哈了哈,说道:"还有一包,还有一包,准备先放在我这儿,等您抽完这包再给您呢!"

说着,又从另一个兜里掏出一包纸烟来,双手送到黄队长伸出的手里。

黄队长笑着往郭副队长的肩上打了一拳,低声说:"你小子不错!回头我进了县保安队当了副大队长,就提拔你接替我!"

郭副队长赶紧连连哈腰,说:"谢谢队长,谢谢队长!"

此时,沙洲村更乱了,动作快的村民已经拿着两天前就收拾好的包袱,领着媳妇和孩子开始往外跑,动作慢的也在手忙脚乱地收拾。

黄队长和清乡队队员这才带着清乡队,满意地往下一个村去"宣传"了……

年轻的徐解秀和村里的其他瑶民一样,被吓破了胆,将需要的东西收拾好,绑了一个大包袱,出门一看,见房东家早已落锁,不声不响地躲进大山里去了,心里就发急,赶紧对她的丈夫叫道:"兰芳,你快带着孩子上山去吧,我这一双小脚也跑不动,你别管我了!"

朱兰芳不吭声,盯着房东家的两把大锁看了一眼,连身子也没动。

徐解秀把包袱塞给朱兰芳,推着他,说:"你得赶快走,村里的人都走了,再不走就来不及了。"

"小武这么小,还在生病呢,孩子离不开妈,我也不能丢下你不管。黄队长说共军会'共产共妻',你若不走,那我也不能走。"朱兰芳咬了咬牙说。

徐解秀见朱兰芳这么执意坚持,也不知道该怎么办,只能望着他,无奈地摇摇头。

"越是清乡队说的话,我们越不要信,他们不是什么好东西。"

朱忠福和朱孝富是村里同族的两个年轻人,是同住在一座大屋里门挨门的堂兄弟。两人都有年轻漂亮的妻子,听了清乡队在村里大呼小叫了几圈,心里发急,正忙着收拾东西准备逃命。

朱忠福收拾家什,转到门边上去收挂在屋檐下的红薯,看到朱孝富也在收拾,便催促道:"快点收拾,咱们两家一起走。听黄队长说,'共匪'专门抢年轻夫娘,让她俩做个伴,互相照应也方便点儿。"

朱孝富一听,想想也对,回过头就朝房间里叫:"阿云,你快点儿,再磨蹭,'共匪'来了,会把你给抢走的……"

阿云边把铁锅里的红薯都打包带上,嘴里边应着:"来了来了,我带点儿吃的,再收拾收拾。"

朱孝富心里正发慌,听了不高兴,大声说:"'共匪'要来了,先就把你抢走了,带上吃的就行,还要管那些家什干什么!"

阿云觉得清乡队说得夸张了点儿,就埋怨道:"哼,我要是被抢走了,你不正好再娶一个啊。"

朱孝富觉得这女人脑瓜子进了水,板着脸说:"要抢走了,'共产共妻',让你做所有当兵的夫娘,你……"

阿云马上制止了自己男人说下去,她瞪大眼睛问:"'共

039

妻'？怎么可能'共妻'呢？难道会比清乡队更坏吗？"

朱忠福在自己家里听到隔壁的对话，跨出一只脚在门外插话道："我听说，他们队伍里全部都是男兵，都是没有夫娘的，特别缺年轻漂亮的夫娘。"

阿云加快速度，将衣裳放到包袱里绑上，头也不回地说："哎，忠福哥，那你就要保护好阿青嫂子哟。"

朱忠福一把将窗外挂着的红薯拽进来，笑着说："你没看见阿青嫂子呀，她挺着个大肚子，走起路来也艰苦哦！"

说着，朱忠福的眉头又皱了起来。

阿云接过红薯，拿个竹篮装上，放在地上，说："是呀，嫂子挺个大肚子，等下我们还要爬山翻岭，到大山里面去，得小心点儿，别动了胎气，在深山里可没有条件生孩子。"

朱忠福将缠在自己背上的包袱整了整，赶忙应答着："是呀，偏偏这个时候'共匪'来了……阿青，阿青，你快点儿！"

怀着身孕的阿青提着包袱慢慢走出门，转身扣好门锁，伸手提起了装红薯的竹篮，回答说："该准备的衣服和包被，我都带上了。家里的粮食你都藏好没？我只带了这些红薯，省着点儿吃也能扛一阵子。"

朱忠福从门阶上提起扁担，将食物和被子挑上，又去接阿青手上的小包裹，说："给我吧。"

阿青挺着大肚子，摇了摇手，说："这点东西我拿得动，你顾好自己的担子。"

说着话，朱忠福和阿青走出屋来，扭头望向阿云。

这时候，朱孝富背着个篓子，里头盛满了红薯，篓子顶上捆着一床被子,扯着还要锁门的阿云就走,说:"锁什么锁,家里就那几样东西,'共匪'来了少不得要拆门,锁门顶什么用。赶紧走吧。"

阿青笑道:"门还是扣上吧,万一不来呢!"

阿云也笑着说:"还是嫂子说得对。"

说着,阿云还是扒开朱孝富的手,返身将门扣上,上了锁。

男人们都要挑重担子,阿云将自己的包袱斜挎着背好,赶忙过去扶着阿青一起走。

"嫂子,别急,我扶着你走吧。"

"阿云,刚才你们夫妻说什么呢,什么叫'公妻'?"

阿云一听笑起来,解释说:"不是'公妻',是'共妻'。"

阿青是个实诚人,平时便没有阿云那么机灵,她嘴里重复着:"'共妻'?"

阿云摇了摇头,却说:"是的,'共妻'。就是说,好些男人共一个夫娘。你说怎么可能,这听着跟土匪似的。还有啊,他们难道比清乡队还坏?我倒不信了。"

阿青听得心慌慌的,执着地问:"那,还不就是'公妻'吗?"

阿云拍了拍阿青的手背,示意她不要信:"越是清乡队说的话,我们越不要信,他们不是什么好东西。"

朱孝富最爱夫娘,人又有些听风就是雨,生怕阿云不信,将来吃了亏,就小声叮嘱她:"你别不信。黄队长刚才就是这么说的,你没听到?清乡队早跟他们交过手,吃了败仗,当然知道他们的厉害。"

这时候,阿云又换了主题,反过来问朱孝富:"你说,要是你夫娘被别人共了,你会怎么着?"

朱孝富一听,马上跳起来说:"那我……我得杀了他!"

阿青赶紧制止阿云继续说,打岔道:"你们也不嫌忌讳,什么玩笑都能开。"

朱忠福担着一对竹箩筐走在最前头,脚下不敢停,回身催道:"大家快走,别耽误时间,过了秀山坪先找个地方休息一下,把饭吃了,填饱肚子,再往山坳里去寻个安全的山洞躲藏几天。"

朱孝富听了,也抬头看了看天,心里特别不踏实,总觉得会下雨,哪里都不如自家房子里好安身。

两对夫妻上了路,他们往大山里走,恨不得走得越深越好,这样,坏人就找不到他们了。

"村里的小脚女人徐解秀没有进山。"

徐解秀家的大门是敞开的。

朱兰芳将能收捡的东西都打好包,坐在门前的石阶上,可并没有起身要躲到大山里的意思。

朱忠福挑着竹箩筐从大门外的石板路上经过,看见朱兰芳在门口呆坐着,便站住了大声问:"三哥三嫂,快走呀,还坐着干什么?"

朱兰芳还是坐着,抬起头,一摊双手,悲伤地说:"你三嫂子小脚走不了远路,正赶上小武生病,要扶一个背一个,还要挑一担,我可怎么走?"

朱忠福听了也愁,说:"那怎么办?我家阿青也要人照应,要不咱们一起走?一路上,我们……我们可以互相照应……"说着,他看看阿青的大肚子和阿云纤秀的模样,再要扶一个小脚女人、背一个孩子,的确腾不出手。可是,不躲也不行呀。

朱孝富也劝道:"三哥,听说'共匪'特别凶,杀人放火,抢粮食,还抢夫娘,好汉不吃眼前亏,你们怎么也得躲躲。"

徐解秀听着,从自家屋里走出来,催劝着朱兰芳,要他拿一对竹箩筐挑着儿子和粮食、被子,跟着大伙儿一起进山去。

可是,朱兰芳说什么也不肯抛下她,又不敢耽误了别人的行程,于是,催着朱忠福和朱孝富两家赶紧离开。

"你们快走吧,我们看看,再想想别的办法。阿青呀,你还挺着个大肚子,路上小心点儿……"徐解秀也叮嘱阿青说。

"三嫂子,你放心,我帮扶着阿青呢,不会有事的!"阿云说道,"你们不进山,一定要小心啊!"

这边说着话,石板路上就经过好几拨人,路并不宽敞,少不得就有人在后头吆喝:"'共匪'来了,大家动作快点儿,快走呀!"

徐解秀赶紧拉了拉朱兰芳,朱兰芳只好把竹箩筐从门边提回屋子里放下。徐解秀把房门一关,从里头给闩上了。

"三嫂子不走啊,那她怎么办?"瑶民们成群结队地往山里走,好几个人都在替徐解秀和朱兰芳家着急。

这时,财主家的儿子孙伏德正好逆着人流过来,众人也不理他,只管走路,但孙伏德耳尖,从人群中还是听到了不少情况。

孙伏德家的财物多,即使已经东塞西藏,剩下要带进山的东西还是很多,他父母躲在房间里收拾了半晌,屋外面是家里请的

043

长工在收拾。孙伏德万事不愁,这时候了还在村子里四处窜。

清乡队从沙洲村出去,又顺着河去了其他村,在其他村里也恐吓宣传了一番。这时候,他们正沿路返回,想经过沙洲村看看情况和效果。

黄队长刚到村口,就看见村民们拖家带口,背着、挑着家里的东西逃难一样向大山里走去,不由得心里一喜。

黄队长看见孙伏德也在瑶民队伍里环顾四周,贼头贼脑的,便招了招手,让他过来。

孙伏德见到黄队长招呼他要问话,马上跑过去,献宝似的,弯着腰凑在黄队长身侧,告状道:"村里的小脚女人徐解秀没有进山。"

黄队长一听,立刻凶狠地说:"这还了得!走,我们去看看。"

说着,黄队长领着清乡队就直奔徐解秀家而去。

远处,出了村里的石板路,顺着泥巴路往大山里赶的瑶民们,有的牵着老牛,有的背着小猪崽儿,有的背着被子,有的挑着粮食,有的提着鸡笼子……

看见清乡队远远地小跑过来,生怕自己肩上的这些家当被夺走,瑶民们更是迈开大步朝前奔。

女人们背着孩子,跑不过挑着担子的男人,边追边哭喊。

跑了一段,队伍后段的人看明白了,清乡队直接往徐解秀家去了,于是慢下脚步,前头狂奔的人也累得走不动了,停住缓几口气,等着家里的女人和孩子赶上来,聚到一起再继续往大山里走。

黄队长带着清乡队一队人从石板路上走过去,来到了徐解秀家门前,见徐解秀的屋门关着,便指使孙伏德去叫徐解秀开门。

孙伏德走过去,举起手敲着门,大声说:"快开门!快开门!"

心神不定的徐解秀小心翼翼地开了一条门缝,一看是清乡队的,吓得赶紧又要把门给关上。

"易进豺"瞅准了,一下子冲过去,和孙伏德一起顶着门不让关。

黄队长向前走了两步,大声吼道:"不许关门!你们不想进山,是想投靠'共匪'吧?"

郭副队长也跟着嚷:"你们不进山,是公开反抗,想找死呀!"

徐解秀见门被挤开,只好解释说:"我家孩子病了……"

黄队长伸脚将门外边的板凳一脚踹翻,大声吼道:"'共匪'要打进村来,上峰有要求,所有村民一律都得进山,你们不进山,这是公开反对政府!"

朱兰芳刚把两只竹箩筐藏好,这时候也过来了,赶忙解释说:"长官,我夫娘一双小脚,走路不方便,孩子又病了……"

黄队长看了看朱兰芳那怯懦的样子,继续威胁说:"你不走,'共匪'就抢你家粮食,抢你的夫娘。"

朱兰芳喏嚅着,也不知道该如何收场:"长官……"

黄队长心想,他们不离开,得给他们点儿厉害瞧瞧,于是大声叫道:"快,兄弟们,将他们家东西统统没收,全部带走……"

几个清乡队队员闻声冲过来,徐解秀和朱兰芳想拦,但哪里拦得住,只好眼睁睁地看着"易进豺"领人冲了进来。

"易进豺"揭开锅盖一看,有几个红薯,顺手就拿了。

朱兰芳用柴草掩藏的竹箩筐也被抱了出来,一看是徐解秀家的被子、衣裳,还有红薯、芋头、大米也都装在里头呢。

郭副队长一扬手,"易进豺"便下了令,几个清乡队队员抱起东西就往外跑。

朱兰芳一看,眼都急红了,冲上去要抢竹箩筐,却被黄队长一脚踹翻在地上。

朱兰芳爬起来又冲了上去,死攥着竹箩筐绳子不肯松手。

黄队长见了非常恼火,一挥手,两三个清乡队队员干脆一把拽住朱兰芳,把他也给抓走了。

徐解秀艰难地迈着小脚朝大门外追,哭着叫:"这……你们这帮强盗、土匪,放了孩子他爸,放了……"

这时候,生病的小武在床上被吵醒了,哇哇号哭起来,徐解秀回身抱起孩子,再看看被拖着越走越远的朱兰芳正一步三回头,两人的眼神里都是害怕和绝望。

徐解秀突然抱着孩子蹲下,全身颤抖起来。

她担心朱兰芳,害怕"共匪",害怕自己也会被清乡队抓走,那孩子可就活不成了。这么一想,小脚一步也迈不开了,再朝大门外看,朱兰芳已经没了人影。

徐解秀紧紧地抱着小武,娘儿俩哭成了一团。

她害怕男人一去不回,害怕自己和孩子熬不过这个冬天。

汝城,历来是兵家必争之地。

朱德、陈毅率领南昌起义军余部曾经转移到这里,酝酿了湘南暴动,党的革命思想在这里的群众中有着一定的影响。1936年,朱德以自己的亲身经历,在延安与美国记者尼姆·韦尔斯交谈时说:"那时候,茶陵、汝城和莲花都是苏维埃的乡村。"

陈云在 1935 年秋撰写了《随军西行见闻录》,其中有一段汝城群众支持红军长征的生动记述:湘南一带,"为昔年毛泽东、朱德久经活动之区域,居民受共产党之宣传甚深,故见红军此次复来,沿途烧茶送水,招待红军。我在行军时见每过一村一镇,男女老幼立于路旁,观者如堵","总卫生部之管理科长即为汝城文明司人,路过文明司时,其老母在路旁迎接,但队伍休息十五分钟即前进。管理科长向卫生部之主任参谋告假两小时,回家一次。当日按时归队,又带了十一个农民来当红军,两个当夫子,又携来家制极甜之米酒分给我等"。

中央红军主力长征之前,中共中央曾派三支部队先行突围西征,红六军团为其中一支。1934 年 7 月 23 日,中央代表、军政委员会主席任弼时、军团长萧克、政委王震、参谋长李达等率红六军团 9758 人,自江西遂川横石出发向湖南挺进。

由于汝城有共产党早期革命活动的基础,又有特殊的地理条件，因此，中央红军选择经过汝城，汝城县成为红军长征进入湖南省的第一站。

10月21日，红军主力部队顺利突破了蒋介石设置在安远和信丰的第一道封锁线，经江西崇义向湖南汝城和广东城口方向挺进。

在第二道封锁线上，国民党大量调兵遣将，构筑严密防线。

蒋介石得知红军主力向汝城、城口方向进军时，赶回"南昌行营"商讨对策，并迅速制订了围堵计划，命令西路军何键部刘膺古纵队于赣西"清剿"，南路军陈济棠部主力至粤湘边界的乐昌、仁化、汝城地区截击。

陈济棠早已秘密与红军达成了五项协议，但何键接到蒋介石的"追剿"命令后，迅速调集六十二师赶到汝城布防，并在湘南各地加紧办理保甲，建筑碉堡，实行起了"坚壁清野"政策。

10月26日，国民党六十二师师长陶广下令封锁红军西进的道路，安排一八四、一八六旅防守汝城碉堡线，并建立了以朱松俦为首的建碉委员会，强抓民夫，日夜赶修了碉堡200多座。汝城至城口的主道和隘口上布满碉堡，又下令挖沟壕、准备大量火力，严防红军。

而与此同时，10月29日，左路军红一军团第二师第一团率先进入汝城，于东岭①大管塘一带宿营。右路军前锋——红三军团第四师第十一团经江西崇义关田、文英向热水方向行进，途中在距热水圩10余里的狐狸峡小山与汝城县保安团遭遇。

---

① 东岭，今为汝城县三江口镇。

战士们昼夜奔袭,穿行在密林中的小路上,于10月30日中午到达热水附近,随即占领附近大山有利阵地,俯控热水。

热水因有温泉而得名,为由赣入湘的重要通道。但这里,蒋介石的正规军还没抵达,只有保安团百余人,而且由于麻痹大意,连瞭望哨也没设一个。又赶上当天是热水逢圩的日子,熙熙攘攘,人声嘈杂,红军已到街头附近了,才被敌人发觉。保安团见红军大兵压境,不敢抵抗,四散奔逃。

每次战斗之余,红军一到宿营地,都要召开大小群众会议,宣传革命道理。红军经过乡、圩、屋场,都要写标语、呼口号、画漫画、散传单。所到之处,秋毫无犯,宁愿露宿野外,也不愿惊扰百姓,还主动帮群众挑水扫地,尽可能地帮助穷苦家庭,深受当地人拥戴赞颂。

轻而易举拿下了热水,红军战士当然是喜笑颜开,很多天没洗澡的战士们都去温泉里洗了个舒服澡,衣服也洗干净了,这感觉比从前过年的时候还要痛快。

但是这一切,和现在躲藏在家里、得不到任何消息的徐解秀无关。徐解秀的家被清乡队抄了,值钱的东西被清乡队拿走了,米缸里的米也被挑走了,一粒没剩,连床上的被子也被抢走了。徐解秀的男人被抓走了,生死不明。

想到这里,徐解秀心里一阵阵恐慌。

这时,她怀里的孩子小武叹出一口长气,似乎理解徐解秀的心事,也在期待着他父亲朱兰芳的归来。

徐解秀下意识地抱紧怀里的孩子,用脸贴着他的额头,突然,她感到小武在发烧。她用手试试自己的额头,再试试小武的额头,心里紧张起来:小武的病又犯了。

怎么办呢？她突然想到,村里的其他几个孩子,因为患了"打摆子"这种病,不明不白地死了。想到这里,她紧紧地拥抱着孩子,也祈祷着,孩子千万不要得了"打摆子"这种不治之症。

这几天,清乡队在村里来来回回地喊叫,说共军是土匪,说红军杀人放火,打家劫舍,令村里大人小孩都感觉害怕。清乡队赶着村民上山,像赶着一群鸡鸭一样。现在,沙洲瑶族村已经空了,再熟悉不过的村子此时空荡荡的,像个鬼村。

天气越来越冷,除了藏在家里准备过冬的红薯可以挖出来充饥,她已经无计可施,她从内心深处害怕起来,害怕男人一去不回,害怕自己和孩子熬不过这个冬天。她鼻子一酸,泪水像断了线的珠子一样跌落下来。

母子同心。这时,怀里的孩子也哭起来,徐解秀一边解开衣服给孩子喂奶,一边哄着孩子别哭。她抱着孩子在屋里走动着,突然,一只大老鼠蹿出来,将靠在墙角的竹扫把撞落下来,哐的一声,将徐解秀吓得魂都散了。

远处有轰隆隆的声音传来,像是打雷声,但仔细听,又不像。是不是在打仗呢？会不会打到沙洲村来？

徐解秀本想烧点水洗洗,可是,漆黑的屋子里,她不敢点灯。

风起了,夜降临了,徐解秀恐惧的心战栗起来。

他们祈求着战争能尽快过去，让他们平安回村，回到能遮风挡雨的家里。

粤湘桂边区封锁、围堵红军的战役，牵涉到多个省十个军（粤军两个军、湘军三个军、桂军两个军、薛岳嫡系三个军）三四十万兵力，自始至终都是蒋介石在南昌指挥的。蒋介石任命何键为"追剿"总司令，薛岳为前敌总指挥。

汝城、城口是第二道防线上的两个重镇，是进入湖南的门户。国民党的六十二师先占领了汝城县城，湘保安团胡凤璋带了300多人把守汝城县城各要地、道口。

1934年11月1日，时任中央革命军事委员会主席朱德致电红一、三、五、八、九军团，以及军委第二纵队首长，部署进攻汝城、城口，以迅速通过敌人封锁区，并指出："迅速通过湖南边境之第一道战略上的封锁线，对于以后部队的胜利是有决定意义的。"红三军团的两个纵队接近汝城，准备于11月3日早晨进攻汝城。

11月2日，红三军团一部占领汝城东南制高点并包围汝城。但汝城碉堡众多，红军携带的土炮不能攻克，地下作业又无时间，红军激战两三日，伤亡惨重，但还是未能拿下汝城县城。

11月3日，红三军团决定放弃进攻汝城。红军总部同意

"放弃进攻汝城,以一部监视汝城之敌"。

11月4日,红军总部做出决定,要求红三军团"如实际情况由汝城之北向黄草坪确实难打开一条路时,则无论如何应于汝城、大坪之间打开由官路下经店圩到百丈岭的道路",并对具体行动做出部署。

虽然上有国民党军的飞机轮番轰炸,前有敌军重机枪的疯狂扫射,但红军战士毫不畏惧,愈战愈勇。飞机一来,战士们隐匿在草丛中;飞机一走,战士们则用土炮猛轰敌军碉堡。

红军大部队刚通过延寿,国民党粤军独立第二师第二旅、独立第三师第一旅分别从广东城口、江西大余出发,向延寿街追击红军。驻汝城的湘军陶柳部与胡凤璋保安团的一部,也经外沙乡磻溪村赶往山田坳进行尾追。此时,红军后勤部队大批骡马、辎重却拥塞于延寿向西的山间小道上,行进迟缓。

粤军在增援的湘军及胡凤璋保安团的配合下,与红五军团三十四师反复争夺延寿江边制高点青石寨,许多红军战士倒在江中,情况万分危急。

这时,军团长董振堂猛地一声吼:"跟我来!"

他手端冲锋枪,身先士卒,带领战士浴血奋战,夺取了青石寨。经过三天三夜,终于掩护辎重队伍顺利通过。

红军在11月2日占领城口,各军团迅速突破国民党在汝城至城口之间的碉堡防线,分头向西挺进。红三军团于汝城以南之天马山、泰来圩、官路下突破了国民党布设的第二道封锁线。

11月5日,野战军开始通过汝城到恩村的封锁线。至11月8日晨,中央红军彻底突破了国民党的第二道封锁线,进入湘南粤北地域。

……

炮声离沙洲村越来越近了,瑶民们一辈子没见过飞机,现在这么大的东西每日在头顶轰隆隆地穿梭着,带来的是无比的恐惧。

这时的沙洲村,几乎已是空村,瑶民们都进了山。他们很多人都从没有经历过战争,看到飞机在天上飞,听到远处的枪炮声,吓得赶紧躲进密林更深处,不敢动弹。他们祈求着战争能尽快过去,让他们平安回村,回到能遮风挡雨的家里。

躲在沙洲村里的徐解秀抱着小武,又惊又怕,又冷又饿。

朱兰芳早先从郎中那儿拿回来的草药都吃完了,小武的病还是没有好起来。徐解秀守着孩子,偷偷煮些红薯汤给孩子喝,再用几个煮红薯勉强充饥,心里一直发着愁:这战乱还不过去,娘儿俩可怎么活下去……

晚上,徐解秀将小武的手脚都焐在自己怀里,勉强睡下,可不到半夜就冻醒了。被子、衣裳都被清乡队抢走了,此时家里除了一小团破棉絮和一件蓑衣,再没有任何可以保暖的东西了。

徐解秀伸手摸了摸小武的额头,依然有点儿烫,他背后薄薄的衣服不足以御寒,小武不自觉地把身子往徐解秀怀里挤。徐解秀这时候就恨自己少长了几只手,搂住了儿子的肩,又顾不上儿子的背,抱住了儿子的背,又裹不住儿子的腰,要是被子没被清乡队抢走该多好啊!

该死的清乡队,等着天老爷来收拾他们!可如果有天老爷的话,能不能先救救我们啊!徐解秀这么想着,又困又饿,渐渐地睡着了,睡不了一会儿,又被寒冷激醒。

这时候,徐解秀突然听到大门外有动静,吓得顿时没了困意。她紧张地猜测,是谁呢?

清乡队?军队?野兽?还是朱兰芳回来了?

一想到这些,徐解秀的心怦怦狂跳起来,如果是朱兰芳回来了,自己和孩子就有指望了。

朱兰芳被清乡队捉走后,本来清乡队要送他到县城保安队,但战事激烈,清乡队也进不了县城,因此也跟着村民们一起藏进了山。

朱兰芳就这么跟着被押到了大山里。他心里挂念着妻儿,一心想着要逃走。

傍晚时分,清乡队员从村民手里搜刮了一些酒和菜,躲到山洞里架起了锅,在一块大石头上摆了一桌,吃菜、喝酒、划拳,一个个喝得晕乎乎的。黄队长第一个喝醉了,身子一歪,竟然睡着了。剩下的人为了找乐子赌起了钱,放哨的也正犯困,放松了警惕。

朱兰芳一看有机会,便趁着夜色从山洞逃了出来。夜里翻山越岭异常困难,可朱兰芳只想快点儿跑回家。

朱兰芳害怕被清乡队抓住,又害怕碰上红军部队,一路小心地赶路,夜深了,才走到村口。他躲在暗处察看了一阵子,见没什么异常,便十分小心地跑回到家门前,轻轻敲了门。

徐解秀被冻醒几次后,就没有再睡。听到声音,她立刻警觉起来。她放下怀里的小武,悄悄起床,走到大门边侧耳细听动静。

等朱兰芳再次敲门,她才小声地问:"谁?"

朱兰芳听到应答,悬着的心这才放下了,小声说:"是我,快开门。"

徐解秀手里拿着根烧火棍,正浑身哆嗦着呢,直到听出是朱兰芳的声音,才赶紧扔下烧火棍,将大门开了一道缝。

朱兰芳闪身进门,看到徐解秀不住发抖,心里知道她是害怕,一只手抱住徐解秀,一只手关上大门闩好,然后拉住徐解秀,安慰道:"别怕,我回来了!"

徐解秀和朱兰芳拥抱了一会儿,才慢慢地松开,徐解秀小声问:"你是怎么逃回来的?"

朱兰芳悄声说:"我趁他们不注意逃回来的。"

徐解秀听了又觉得害怕,便问:"那我们还要藏到山里去吗?"

"山里也不安全,清乡队也藏在山里了,他们吃的不够,见谁抢谁。"

"那我们怎么办?清乡队还会来家里抓我们吗?"

"他们现在恐怕顾不上抓我们了,看来我们只能躲到阁楼上去了。"

这时,远处有炮声传来,轰隆隆的声音在空中回荡。

朱兰芳说:"你听,远处有枪炮声。"

徐解秀侧耳倾听,有些紧张地说:"我听到了,声音离我们不远,怎么半夜还在打?"

"这我哪里知道。快,先躲到阁楼上去。"

徐解秀现在有了主心骨,心里也不那么害怕了,赶紧从床上的烂棉絮团里将小武抱了出来。

朱兰芳从墙角搬来一架梯子,往墙面上一靠,用手试试放稳了,才说:"我先上去,你扶着点儿。"

朱兰芳抱着烂棉絮团先上了梯子,将阁楼的木板盖顶开,里面黑魆魆的,什么也看不见,但毕竟是他亲手收拾过的地方,他心里还是有谱的。

朱兰芳检查了一下阁楼,这才下来从徐解秀手中接过孩子抱好,又扶住梯子一级一级往上爬。这时小武醒了,迷迷糊糊地抱住了朱兰芳的脖子。

朱兰芳上了阁楼,小武的小手还搂在他脖子上,朱兰芳舍不得叫醒孩子,便扭身坐下,单手扶稳梯子,轻声叫徐解秀上去。

徐解秀去灶旁拿了个竹筐,装了几件能用的物件,又检查了一下屋门是否关好了,这才小心翼翼地朝梯子上爬。

朱兰芳伸着头,担心地看着她的小脚一步步踩上梯子。等接近了,徐解秀将手中的东西递给朱兰芳,朱兰芳赶忙一把抓住徐解秀的手腕,用力拉她上了阁楼。

朱兰芳把小武递给徐解秀,自己将梯子抽上阁楼里放好,又嘱咐徐解秀说:"快,躲到里面去,入秋前我就特意在阁楼里藏了一点儿稻草,准备过冬用。"

"呀,原来你还藏了稻草在这儿。"

徐解秀听说阁楼上还有稻草就放心了,赶紧抱着小武向阁楼深处摸过去,里面黑漆漆的,看不见,但手摸到两大捆稻草,徐解秀就放宽心坐了下来。

朱兰芳躬下身子,用木板盖将阁楼的入口封起来,这样就没人看得出阁楼顶上藏着人了。

徐解秀放下小武,从提上来的竹筐里摸出个装了水的小瓦罐和半个红薯,摸索着递给朱兰芳,心疼地说:"你一路跑回来,饿急了吧,快吃几口。"

朱兰芳正饿得头晕眼花,知道家里也没什么吃的,又不好意思跟徐解秀说,现在见到有红薯,格外惊喜,便拿冷水就着冷冷硬硬的红薯吃了几口……

第三章　这些当兵的,好像不一样

"青松,我要加入中国共产党!"

1934年11月5日,红军总部电令各军团必须进入湘南粤北地域。

11月5日13时,红军总部再次电令各军团,从11月5日至8日,红军各部,必须通过汝城至城口间的封锁线。

这时候,战场离沙洲村只有几公里的距离了。

为了突破封锁线,红军战士们浴血奋战。同时,各部的女兵们也在队伍中一起奋勇前进,她们是前来抢救伤员的卫生兵。女兵们紧跟着冲锋的战士越过战壕,在她们眼前,一个红军战士倒下了,一个红军战士接着往前冲,只有消灭了紧追不舍的敌人,才能为大部队赢得时间。

女兵们对枪林弹雨也习以为常了,她们最大的任务就是将尽可能多的伤员从战场上抬到后方救治。

在一个山林里,卫生队选择了一个安全隐蔽的地方,砍下木头,找来稻草,扎好了一个简易的医疗棚。

前方受伤的战士被女兵们用担架抬下来,就在这个简易的医疗棚里进行救治。

三个女红军也是刚刚互相认识。她们是在江西于都一个红军临时救护所里认识的。

当时,王木兰从长沙过来,千里迢迢来寻找她的丈夫陈青松。

而另一个女红军名叫张小妹,家在江西于都一个偏僻的小山村,父亲早被财主的儿子打死了,母亲和姐姐又被财主的儿子逼死了。为了不被饿死,她加入了红军。

刘百灵是福建人,她是跟着哥哥来当红军的。

三个女红军分别来自不同的地方,各自怀着不同的目的,在临时救护所里接受了简单的培训后,追随红军长征的大部队上了战场。

王木兰出生在医疗世家,本人也是学医的,因此,她的医术最精,本事最强。就在这个简易的医疗棚里,王木兰光荣地加入了中国共产党!

一面鲜艳的党旗下,连长陈青松庄严领誓,王木兰和其他几名红军战士自豪地举起了自己的右手,庄严宣誓:"严守秘密,服从纪律,牺牲个人,阶级斗争,努力革命,永不叛党!"

站在旁边的刘百灵和张小妹向王木兰投去无比羡慕和敬佩的目光。等宣誓完毕之后,她们两个跟在王木兰后面,左一个右一个围了上来。

"木兰姐,你今天宣誓的样子真是英姿飒爽,我也想加入中国共产党!"刘百灵说话直接,从不拐弯抹角。

"我,还有我,我也想加入中国共产党。木兰姐,我们要怎样才能加入中国共产党呢?"张小妹生怕被落下。

王木兰看着刘百灵和张小妹急切的模样,忍不住笑了。

她想起自己渴望入党的时候,也是这个样子,也这么急切地问过陈青松同样的问题。

有一天,在红军入党宣誓现场,她聆听着陈青松带领红军战士们在庄严宣誓。

洪亮的宣誓声回荡在半空中,那声音像激昂的鼓点,落在她的身上,敲进她的心里,令她热血沸腾。

那场入党仪式之后,她小跑着来到陈青松的跟前,坚定地说:"青松,我要加入中国共产党!"

陈青松又惊喜又欣慰地望着王木兰。

自从王木兰到了部队,他们就一起行军,见面机会也不少。一般的小夫妻见了面,总是抓紧时间说说甜蜜的话,可陈青松没有,他说的都是工农红军,都是中国共产党。

王木兰喜欢听他说在军队里的经历,喜欢听他说共产党的故事。

"木兰,你知道吗?共产党是我的恩人。共产党带领的队伍真正为老百姓做实事。"陈青松说。

王木兰一双水汪汪的眼睛望着陈青松,急切地等着他说下去。

陈青松接着说:"我们的队伍纪律严明,所到之处绝对不允许骚扰和伤害老百姓。我们打土豪,分田地,惩治地痞恶霸,穷苦老百姓想做而做不了的事情,我们都替他们撑腰,替他们去做。每每看到正义得到伸张、老百姓扬眉吐气,我就特别自豪,特别感动。加入中国共产党是我这辈子最自豪的事情。木兰,我长这么大,从来没这么自豪过!"

眼前的陈青松与以前大不一样,这么自信积极的陈青松,王木兰以前没有见到过。这样的陈青松身上散发着一种特别的魅力,这种魅力让她敬仰,让她热爱,更让她着迷。她知道,改变陈青松的是共产党,是红军队伍。

从那时起,她就想着要加入共产党。可是,自己能够加入这样的组织吗?王木兰初来乍到,心里没有底,便一直将这个想法藏在内心深处。

那天,到了宣誓现场,见到入党的几位红军战士脸上洋溢的自信,她更加热切地想要加入中国共产党,无论如何,她要把想法说出来。

"青松,我想加入共产党,可是我要怎样做才能加入呢?"王木兰又重复了一遍。

陈青松的脸上绽开了阳光般的笑容,他拉着王木兰的手,耐心地说道:"木兰,你能这么想,我真的很开心!这才是我认识的木兰,勇敢积极的木兰。你这么优秀,入党肯定是没问题的!只是,加入中国共产党是一件很庄严的事情,我们有严格的审核标准!"

陈青松想了想,接着说:"这样,木兰,你先写一份入党申请书,我做你的入党介绍人。其他的事情交给组织上决定!"

陈青松的话给王木兰吃了一颗定心丸,她非常开心的时候,说话语气都上扬:"好,青松,我回去马上写!"

说着话,王木兰的手已经从陈青松的手里抽出来了,她一扭头,匆匆往卫生队的方向奔去。

说是马上写入党申请书,可卫生队的工作很多,王木兰回去之后不是给这个战友包扎,就是给那个战友换药,忙得一刻也停不下来。她麻利熟练地做着这些事情,一分钟都不敢耽误。

等所有的事情都忙完了,夜幕已经凝成一床薄被,盖在山区里的革命根据地上,拥着伤痕累累的红军战士们沉入梦乡。

秋天的山里,空气清新凉快,那种清凉从皮肤渗进身体里,让人神清气爽。

王木兰望着天上刚刚升起的明月,月光如银,繁星点点,天空显得分外高远澄澈,习习山风拂面,仿佛闻得到阵阵花草清香。

王木兰听当地的老人说过,在这大山里头,若是太平年岁,秋天的晚上,家家户户都是不需要落锁的,邻里乡亲就着一轮明月谈天说地,任那一片月色倾泻到床前。那样的夜晚,孩子们总能带着无限遐想,做着如月光般美妙的梦。

这晚无战事,战士们都沉沉地睡了,寂静安详。

王木兰尽情地想象着天下太平的美好日子,但她不敢想太久,回到现实,眼下战事依然胶着。她知道,她想象中的天下太平,是共产党、是红军战士、是陈青松、是她,正在努力想要创造的世界,正在努力想要给老百姓的幸福。

王木兰走进房间,取出纸笔,她得抓紧时间写入党申请书。此时,她的心里已经有了一个大纲。与其说是大纲,不如说是她内心深处最真实的想法,不需矫饰,她也对党有着说不完的真心话。

当晚她就开始写入党申请书。遇到不知道怎么措辞的时候,她就请教身边的党员同志,好不容易将入党申请书写完了,便迫不及待地交到了陈青松手上。

那天,当她得知自己的申请组织上已经批准,她可以加入中国共产党的消息时,一向沉稳的王木兰高兴得跳了起来!

站在党旗下宣誓,王木兰是激动的,激动得全身发抖,生怕说错一个字。

"木兰姐,你还没回答我们呢,怎样才能加入中国共产党?"刘百灵打破了王木兰的沉思。

王木兰快步朝着卫生队的方向走去,刘百灵和张小妹紧随其后,王木兰边走边说:"要加入中国共产党,首先得以身作则,表现好!"

"怎样才算是表现好呢?"王小妹问。

"别人不愿意做的脏活、重活,我们得主动去做。别人瞧不见的小活、细活,我们也得主动去做。"王木兰边说边捡拾前一天晚上被风刮断的横在路上的树枝。

"木兰姐,能说得具体一点儿吗?"刘百灵追问。

"我的理解是,工作积极一点儿,勤快一点儿。比如,看到地没扫,就把地扫干净;看到没水了,就去挑水……诸如此类的事情,反正啊,要做生活里的有心人,多替战友考虑,多替集体考虑。"

王木兰说得流畅自然。这些事情,她平日里做了很多,可她从来不说出来。现在百灵和小妹问到了,她也就用自己的切身体会去引导她们,因为她非常希望自己身边这两个天真无邪、古道热肠的妹妹也可以加入共产党。

说着说着,不知不觉三人已经回到了卫生队门口。看见有位受伤的战友疼得不断呻吟,刘百灵抢先一步走到跟前,帮他清理包扎伤口。王木兰看着刘百灵积极的模样,偷偷地乐了,心想着:看来自己刚刚说的话,百灵完全领会了。

在王木兰的指导下,刘百灵、张小妹,还有其他好几个红军战士,纷纷写下了入党申请书。

哪里有战争,哪里就有受伤和牺牲。

前方炮火连天,伤兵们被陆续送进简易的医疗棚。军医显然是不够用的,大部分伤兵被送过来后,先由卫生员清理伤口,进行包扎,如果伤势很重,就必须马上手术。

一名红军小战士受了重伤,被一路颠簸着抬下战场,到达医疗棚的时候已经昏迷了。

张小妹紧跟着跑进来,大声说:"木兰姐,快,这个小战士需要抢救!"

王木兰正拿着纱布为另一个受伤的战士清理伤口,一听赶紧跑过来,蹲到小战士身边,将纱布递给张小妹,大声说:"快,给伤员包扎。"

刘百灵也马上给伤员量脉搏,片刻,她摇摇头,悲伤地说:"木兰姐,他已经……"

张小妹一听,马上哭起来,说:"他不能死!不能死!他救了我!"

王木兰用手摸了摸小战士的脉搏,急忙说:"赶紧做人工呼吸!"

刘百灵和张小妹在接受培训时,听说过做人工呼吸,可从来没有实战演练过。这会儿一听王木兰说要做人工呼吸,一时不知该怎么办。

这时,王木兰马上俯下身子,要给小战士做人工呼吸。当炸弹落在张小妹的身旁时,为了保护张小妹,这位小战士飞扑在张小妹的身上。

张小妹没有受伤,可是,小战士被炸飞了。

小战士脸上、嘴里满是血水和泥,张小妹蹲在他身边,紧张地握住他的手。

王木兰全然不顾那些血水和泥,只希望能救下这个年轻的生命。她简单地为他清理了一下口鼻,便猛吸一口气,对着他的嘴进行人工呼吸,然后使劲儿按压他的胸口。

刘百灵一看,也赶紧来充当助手。

王木兰做了第一次人工呼吸后,由于自己吸入了血水和泥,引起了强烈的反胃,不停地呕吐。她用手狠狠拍打着自己胸口,强行忍住呕吐,又开始俯下身子做第二次人工呼吸。

王木兰在这种情况下为伤员做人工呼吸,这在刘百灵和张小妹看来,简直不敢相信。

王木兰每进行一次人工呼吸,刘百灵就在一旁用手去试探小战士的呼吸。

而张小妹由于紧张和悲伤,站在一旁不停地抽噎。

突然,刘百灵惊喜地叫道:"有气了!有气了!"

张小妹激动得泪水一涌而出,蹲下身握住小战士的手,大哭着说:"你还活着,太好了,太好了!"

说着,刘百灵已经将刚做完一例手术的军医叫了过来,准备给受伤的小战士做手术。

王木兰一边做术前清创,一边安慰张小妹说:"别怕,他伤口不深,清理缝合,打上绷带,过几个月还能上战场杀敌。"

这时候,小战士刚刚苏醒,痛得还有些麻木,听到木兰在安慰张小妹,便睁开眼睛,勉强朝张小妹笑了笑。

这时,医疗棚外面突然传来一阵撕心裂肺的呼喊,一名战士大哭着:"大哥,大哥,你醒醒!"

王木兰把手中的纱布递给张小妹,示意她继续帮小战士清理,自己则朝门口跑去。

一名没戴军帽的战士手握着一团纱布,正按压着一名受伤战士的腹部,大股的鲜血从他指缝间淌出来,血红的纱布、血红的手、哭声,刺激着医疗棚里的所有人。

空气一下子凝结了似的。

王木兰赶紧说:"快!让我看看!"

医疗棚里忙乱着,一名黑瘦精悍的红军走进棚里,他站住了,看着医疗棚里十几名刚刚包扎好的战士,想说什么,嘴张了张,又把话压下了。

再看其他人时,他眼里的湿润已经隐去。

"陈连长!"

"陈连长!"

"青松……"

陈青松侧过脸,看看王木兰。

"嗯,你……你们还好吧!"

"还好,就是伤员太多了,忙不过来,你看这……"

"忙不过来,就先包扎重伤员吧。我们需要马上转移,时间紧迫。你们要照看好伤员,也要照看好自己。"陈青松说着,深深地看了王木兰一眼。

王木兰点了点头,故作轻松地说:"你放心,我们会的。"

陈青松听了,又叮嘱伤员们几句,这才转身去其他的医疗棚布置任务。

伤员太多,任务很重,陈青松心里压着一块沉甸甸的石头。

走出医疗棚,陈青松才察觉到嗓子眼里的焦渴,于是拿出军用水壶,想喝一口水。

水壶里的水早已被战友和伤员们喝空了,他仰起脖子,倒入嘴里的水却只有七八滴,完全不能解渴。

陈青松摇了摇空空的水壶,盖上,心想回头得找个地方灌上水才行。

陈青松想着,朝另一个医疗棚走去,才走出几步,就听到王木兰喊他,回头一看,原来王木兰拿着自己的水壶追出来了。

"给,赶紧喝点儿水,看你嘴唇都干裂了,回头怎么安排工作?"王木兰心疼地说。

陈青松心里一暖,接过已经拧开了盖的水壶喝了两口,然后还给王木兰。王木兰不依,逼着他又多喝了两口才肯罢休。

陈青松望着王木兰,语气格外温柔:"木兰,你自己要多注意安全,撤退的时候我顾不到你们。"

王木兰点了点头,关切地说:"你也是!我们能照顾好伤员、照顾好自己的,放心吧。"

等王木兰转身走了,陈青松这才对一直在不远处等他的小战士说:"周小年,你还是留下来吧,负责掩护卫生队的撤退。"

周小年应了一声,转头向王木兰那边走去。

王木兰已经在安排大家收拾医疗器具准备撤退,她大声说:"快,赶紧收拾下,我们准备转移。"

冷冰冰的雨,淋着战士们,淋着伤员们,也笼罩着前方不远处的沙洲村。

山区的秋意渐浓,夜也渐长、渐冷。

在简易的医疗棚里,卫生员们日夜不停地忙碌,经常忙得饭都顾不上吃,每天也睡不了多长时间,因此众人都已经非常疲惫了。

大家都是一样忙碌,谁也顾不上照顾谁,谁也不主动停下来休息。再说,总有新的伤员出现在眼前,工作是做不完的。因此,卫生员们像机器一样,不停地工作着。

"小妹,小妹,你怎么了?"一名伤员猛地撑起身子,拉住正摇摇欲倒的张小妹。伤员的腿才包扎到一半,纱布的另一头还在张小妹手中。

这么一倒一拉一喊,动静不小,张小妹打了个激灵,人仿佛又从云端回到了地面。

"我,我没什么……"张小妹昏昏沉沉地揉了揉太阳穴,哑着嗓子说,"我就是突然一下感觉有点儿晕。别着急,很快就帮你包扎好,一会儿就好。"

"小妹,你靠这边休息一会儿吧,你这是劳累过度。"伤员心疼地说。

刘百灵正好忙完手上的一处包扎,远远地看见了小妹这边像要撑不住,赶紧拿着水壶跑了过来:"是啊,小妹,你都几天没合眼了,休息一会儿吧。"

"没事,又不是我一个人没合眼,我还能撑住。"

王木兰正给一名腿被炸断的战士清创、包扎。

战士还昏迷着,醒来还不知道有多疼痛、难过,因此王木兰包扎得非常轻柔,生怕再给他多添一丝痛苦。

王木兰看到刘百灵朝张小妹跑过去,她朝四周看了看,卫生员们都在照料伤员,张小妹已经撑不住了,其他卫生员的情况也不知道怎么样,如何才能让大家轮着休息一阵子呢?可是,部队马上就要准备撤退了,一点儿休息时间都腾不出来呀!

"小年,小年,你过来一下!"

周小年刚拆卸完医疗器具准备打包扛上肩,听到王木兰叫他,赶紧过来:"木兰姐,有事吗?"

"你知道陈连长现在在什么位置吗?"

"知道,连长带人在前头开路呢,已经出发了,我们得赶紧跟上。"

"哦,都出发了。"王木兰沉默了一会儿,决定还是不能休息。

"天黑前,我们要走多远?转移到什么地方?"王木兰问。

周小年挠了挠头,说:"撤离时,我听连长说,我们要撤离到湖南汝城县去。"

于是,王木兰对医疗棚里的人们说:"包扎好的重伤员都抬走了,轻伤的战士没包扎也都跟上队伍走了,我们现在赶紧出发,小年他们几名战士正在拆医疗棚,这里是最后一批,所以我们也需要赶紧转移。现在我们就出发吧!"

王木兰说着,扭头去叫刘百灵,一回头,却看到张小妹抱着刘百灵的水壶,两人坐在地上,已经肩靠着肩睡着了。

"同志们,我们是最后一批了,必须马上转移,大家加把劲,坚持,再坚持。"说着,王木兰几步走到张小妹身边,推了推她和刘百灵,刚刚进入梦乡的姐妹俩眼睛还没睁开呢,已经一骨碌站起身来了。

"看,天阴阴的,很快就要黑了,我们赶紧撤,趁着天还亮着,争取多走一些路,天黑了更不安全!"

刘百灵拉着张小妹的手使劲握了握,张小妹也使劲回握了刘百灵的手,姐妹俩这才松开手,赶紧去搀扶已经主动站起来的伤员们。

远处还有枪炮声,震天动地,好在没有新的重伤员往医疗棚里送了。

这时,天空浮着的大片灰白的云被风吹了过来,风越刮越大,山路边的树木呼啦啦地响,矮小的灌木丛拱动着身子,像随时准备起身奔跑的绿兽。

王木兰背着背包,扶着一名大腿受伤的战士走在队伍中间。伤员的左腿不能受力,身体的重量朝王木兰压着,王木兰努力撑起伤员,沿着坎坷不平的山路朝前走。

走了一大段上坡路后,伤员右手搂住一棵胳膊一样粗的树干,示意要休息一下。

王木兰也累得脱力,知道伤员是在替她着想,便停下来喘口气,同时拿袖子抹去面颊上的汗。

山风呼啦啦一吹,一身热汗立马冰冷,王木兰打了个冷战,下意识地将身上的衣服紧了紧,赶紧朝后头的队伍招呼:"坡顶上风大,大家再撑一撑,这儿不能休息,大家受不了这冷风,下山的路慢一点儿走,小心脚滑。"

说着,王木兰又搀起伤员开始朝前走。

才顺着山道拐了几个弯,天就突然一下子黑透了,接着大滴大滴的雨,哗啦啦地下起来了。

冷冰冰的雨,淋着战士们,淋着伤员们,也笼罩着前方不远处的沙洲村。

雨下了一阵,慢慢变小了,天色也似乎放晴了些,开始变成浓浓的灰色。

在冰冷冷的秋雨里,远方似乎有村落若隐若现。

这时候,前头的部队早已到达沙洲村外了,但并没停留,也没进村。

按照指示,进村的队伍只有陈青松带领的医疗队。陈青松带着队伍进了村子,首先就带着战士们将整个山村都绕了一遍,在各处布了哨点,当然也发现这是个空村,瑶民们的家门口挂着一把把大锁,山道上、村落里,一个人影也没有。

"杜远亮,你带几个人,从坳子口上把卫生队接进来,告诉他们,沙洲村安全。"

"好嘞!"

杜远亮接了指令,叫了十来名战士同他一起,返回去接卫生员和伤员。

卫生员和伤员这时候还在夜雨里前进,步步艰难。

一名胸部包了纱布的伤员,本来正昏迷着,被其他战士抬着走,被冷雨一浇,醒了过来,便不肯让战友们抬着他走,挣扎着从担架上下来,改由之前抬他的战士搀扶着走。

抬担架的另一名战士是周小年,现在他腾出身来,便将手中的担架交给了王木兰,自己则背起了王木兰搀扶的那位大腿受伤的伤员。这一路走下来,这名伤员被包扎过的大腿伤口迸裂,鲜血和着雨水,顺着裤腿往下滴。

"有人来接我们了!"一声欢呼响起。

此时走在队伍最前面的是王木兰。她远远地看到在黑暗里有几点火光跳动,就知道那是卫生队里仅有的几只防风马灯,忍不住欢呼起来。

075

拿着马灯的战士沿着梯田之间的小路跑过来了,越来越近,渐渐地看清了人影,宿营地真的不远了,大家心里暗暗松了一口气。

有人接走了王木兰手里的担架和伤员。

杜远亮把手中的马灯递给王木兰拿着,然后接过周小年背着的伤员自己背上,带着大家向沙洲村里走去。

除了王木兰开始的那声欢呼,雨中的队伍依旧还是安静的,即使是手中伤员交接换人搀扶,也都是在沉默中完成。

大家已经筋疲力尽,说不出话来,好在彼此心意相通,不需要更多的语言来完成交流。

周小年想到张小妹早就累得要晕倒,忙回头找了找,看见她,便赶紧退到她身边,接过她搀扶的伤员。另一名伤员也是强撑着走在队伍后头,刘百灵扶着他,两人都走得深一脚浅一脚。这时,刘百灵叫张小妹一起,三个人跟在队伍的最后面。

"老百姓不在家,没经过他们同意,我们不准随便进屋。"

风吹着竹林,哗啦啦的。

雨不大,但持续不停。

从外至内,由里至外,人人都裹着一身湿淋淋的衣服,也裹着一身的寒气。

红军战士们终于进了村,可以停下来休息了,但村里并没有热饭和热汤等待他们,甚至连一间干燥、温暖的房子都没有,所有的大门都挂着大锁。

陈青松站在村口迎接大家,大声说:"进村了,别踩坏老百姓的东西,不准进老百姓的家!"

战士们可以有期望,但不能有要求。此时,他们只能一个个或蹲在屋檐下,或靠在柴堆边躲雨,像荒野里的雀鸟,也像树枝上凋零的秋叶。

风大,雨大,战士们身上的衣服湿透了,雨水顺着面颊往下流,他们用手抹一把,又抹一把。

徐解秀一家三口此时正躲在干爽的阁楼上,但她和朱兰芳的心情,并不比雨中淋着的战士们更踏实。

朱兰芳回来后,小武的高烧慢慢地退了些,按说徐解秀似乎应该心里松快些了。但家里无粮无药,她不禁感到非常焦虑,接下来的日子怎么过,还是个未知数呢。

徐解秀抱着儿子,小心地移到阁楼顶的小窗旁往外看,天已经很黑,只听到窗外的风雨声,什么也看不清。

徐解秀小声问朱兰芳:"好像有不少人进村了?"

"嘘,别说话,咱们这房子外可能就有人。"

徐解秀一听,吓得心扑通扑通乱跳,赶紧把小武往怀里紧了紧,生怕他啼哭起来。

徐解秀家的房子外的确有人,不过是一群极其疲惫的人。这又冷又饿,又风又雨的,大家盼望进村歇歇,但真正进了村,也没什么舒适的条件,只是找个躲雨的地方休息一会儿。

战士们脚步声疲,力气也乏,又不说什么话,因此没太大动静。

沿着石板路是一排两层的青砖绿瓦屋,但所有大门都锁着,每一家的门槛下就那么小小一块地方,一两个平方米大小。

徐解秀家的屋檐下,也坐着三四名战士,大家背靠着大门挤成一排,这样可以少吹点儿风,稍微拢一点儿热气。

雨,打在石板地上,溅起来,又溅到战士们的身上。

战士们累了一天,可是因为雨下个不停,他们的腿都不能伸展,也只能缩起来,好歹先把胸腹处的衣服用身体捂干点儿吧。

"要是有一堆火就好了。"

"下雨天,怎么点火……"

两个小战士嘀咕了两句,又没声音了。

伤员和战士们陆续"安顿"下来。

陈青松并没有休息,这时候他带着七八名战士,正沿着小路走过来。

虽然村子在雨夜里黑漆漆的,但陈青松顺着石板路走过来,也能看到每一座房子的檐下都蹲着几名战士在躲雨休息,便一路嘱咐过来:"同志们,三大纪律八项注意,我们进了村庄,一定要格外小心,不要损坏老百姓的东西。"

屋檐下一名战士起身,大声说:"是,连长!"

周小年突然说:"连长,这么多战士全部蹲在屋檐下,还有这么多伤员,这不是个办法啊!要不,我们去找找,看有没有能躲雨和生火的地方。"

杜远亮也说:"连长,我跟他一起去看看!"

"那好,你们去看看,一定要注意安全!"

王木兰把身边的伤员安置在屋檐下,突然注意到很长时间没看见张小妹了,想起之前张小妹又累又困的样子,要这样在雨里睡着了,一定会生病,于是赶紧喊了两嗓子:"张小妹,张小妹,你在哪儿?"

"大姐,我在这里呢。"

王木兰循着声音看过去,发现张小妹站在一棵枝叶茂密的樟树下。

"你站在树下干什么?快过来,到屋檐下来躲雨。"

为救张小妹而受伤的红军小战士此刻正躺在担架上。张小妹用一张油布盖在小战士身上遮雨,坚持守着他。她对王木兰说:"我没事,你们不用管我。"

张小妹靠着担架,用手支着一件外套,帮助红军小战士挡住雨水,不让雨水溅落到小战士的脸上。但是,张小妹自己的衣服已经全部湿透了,雨水顺着她的头发一股股往下流。

王木兰走过去,叫了几个战士与张小妹一起将担架挪到一处屋檐下,配合着油布,小战士全身都不会被雨淋到了。

安放好担架,张小妹才肯和王木兰他们一起站到屋檐下躲雨。

不一会儿,王木兰见陈青松走过来,她赶紧走上去,一脸焦虑地说:"青松,这雨看来今夜都不会停,我们得想想办法。"

陈青松叹了一口气,说:"那能怎么办呢,木兰,你也淋湿了,你……"

王木兰打断陈青松继续往下说的话："我没事，你别担心，我能行。"

"木兰姐，你能行，连长可不能病呀，你得照顾好他。"王木兰突然听到黑暗里一个声音说。

陈青松听了，心里一阵温暖，赶紧说："同志们，大家都要照顾好自己，千万不能生病呀。"

刘百灵在另一个屋檐下安顿好伤员，这时也闻声走过来，握着张小妹冰冷的手说："木兰姐，得想办法，要是能让战士们进屋就好了。"

战士们这时也都说："是呀，要是能进屋躲雨，该多好！"

在瑟瑟的秋风中，雨斜着飘进屋檐下，在屋檐下躲雨的红军战士们，仍被淋得湿透。

陈青松摇了摇手，大声说："老百姓不在家，没经过他们同意，我们不准随便进屋。"

朱兰芳嘴上安慰着徐解秀，可心里也没底，不禁将手放松，小武的哭声更大了。

周小年和杜远亮两个战士举着火把，高兴地跑回来向陈青松汇报说，他们在村口找到了一个大祠堂，地方还挺宽敞，里面还有一些桌子和条凳。

"是吗?上锁了吗?"陈青松马上追问。

"没上锁,都没有人管,还有好大几堆柴火呢。"

陈青松大喜,问:"那,战士们能都住进去吗?"

周小年笑道:"挤一挤勉强能!"

陈青松一听,赶紧说:"好吧,让伤员们进祠堂躲雨。"

周小年和杜远亮马上领着几名战士,分头去通知进祠堂的消息,并有秩序地将大家安排进祠堂。

沙洲村的祠堂叫"朱氏祠堂",坐落在村右侧位置,背倚着不高的山岭。

祠堂前是一小块空坪,农忙时节坪地里是晾晒场所,农闲时候村民们在这儿聊天,逢节了在这儿摆宴或者开会,也有大户人家请戏班子来演戏,因而这祠堂及周边都是村里颇为神圣的重要所在。

村舍依着祠堂两侧,连片的青砖绿瓦房,有规则地排列着。站在山道上便可以隔着院墙看到院落里的果树,白墙顶着黑灰色的瓦溜子,粗木椽子露在屋檐下,半藏着碗状的燕子巢,黑漆木格子的窗户整齐地糊了油纸,还贴了"福"字。

这样的好房子却无人居住。但红军战士们有纪律,绝不能破门而入,眼下只能统一住进祠堂。

徐解秀抱着小武,时不时地用嘴唇贴一贴小武的额头。

小武的病情反反复复,有时高烧勉强退下一点儿,但有时又会烧得很严重。徐解秀很揪心,生怕小武扛不到天亮。

突然听到有人在大声通知战士们进祠堂,徐解秀大吃一惊,便小声提醒朱兰芳说:"你听,是共产党的军队吧? 他们要进朱氏祠堂。"

"是呀,想不到啊,我以为他们会挨家挨户地踹门呢,毕竟屋里有床有灶。"

徐解秀想了想,小声问:"上次官兵来,要交粮交税,咱家吃的几乎都被搜刮走了,连生蛋的老母鸡也被捉走了,你还记得吗?"

"怎么不记得,那就是土匪,哪能算官兵。"

徐解秀忍不住说:"可你听,这些好像也是当兵的,怎么不一样?"

朱兰芳迟疑了一下,说:"可清乡队说,共产党的军队是土匪,见老的要杀,小的要熬油做火把,男的抓丁,女的,女的……"

徐解秀听到这话就害怕,赶紧小声说:"清乡队都不是什么好东西,他们就不说人话,不过,横竖我们也不能招惹共产党的军队。"

"是的,都别招惹。"

秋天气温低,山里气温就更低,何况雨夜。

徐解秀觉得身上冷,搂着小武就往朱兰芳身边靠拢,叹气道:"这么大的雨,天气这么冷,唉!"

朱兰芳也没办法,把徐解秀娘儿俩一起往怀里抱得更紧一点儿,又伸手摸摸小武的额头,说:"是不是更烫了?"

"啊!"徐解秀忙坐正身子,又拿嘴唇去贴了贴小武的额头,果然,这会儿又烫起来了。

"这可怎么办呀……"徐解秀叹息着。

"没办法啊,要是共产党的军队不在门外,还可以下楼去烧点儿热水给小武喝。现在又不能下去,也不能生火啊。"朱兰芳一筹莫展地说。

陈青松和王木兰将伤员安顿进了祠堂,屋檐下依然坐着部分红军战士,有的战士搂着枪杆子睡着了,有的战士身上太湿了,实在无法入睡,只好坐着苦熬。

"祠堂的回廊还是太小了,天井一样飘雨,生了几个火堆,但在开放的空间里也聚不拢太多热量,只能让给伤员们烘烤和休息!"

"是啊,伤员们已经挤在一起了,尽量多留出空间来,桌上桌下都睡满了战友。"

陈青松和王木兰从祠堂里走出来,他们还想继续寻找躲雨的地方。

"你是伤员,你怎么不去祠堂?"

"我这点儿伤没什么的!"

"但你是伤员啊,淋了雨不烘干,要是发高烧就麻烦了!"

刘百灵看到她先安排在屋檐下的一名伤员没去祠堂,忍不住关心几句。

"都冻得嘴唇哆嗦了!小年,你俩陪伤员一起去祠堂吧,再挤一挤应该还是可以的。"陈青松马上对同样挤在门檐下的两名战士说道。

在风雨中,红军战士为了受伤的同伴,宁愿自己不休息。

躲在阁楼上的夫妻俩不敢出声,只静静地听着屋外的动静。

"嘘!他们果然来了。"朱兰芳听到又有人踩着石板路走过来,顿时紧张起来。

083

"你仔细听听,还有女的。"徐解秀耳朵更灵敏。

朱兰芳倾耳听了听,说:"是呀,还有女的?"

徐解秀害怕地问:"他们会不会踢门进屋来?"

"这也不好说。"朱兰芳曾被黄队长捆着抓到大山上,被绑在一个山洞里,受尽了折磨,心里仍憋着一口恶气。想到黄队长那些当兵的无异于土匪;至于红军,他也只听过黄队长的一面之词。

徐解秀一问,他隐约觉得不会,但他又不能肯定自己的猜想。

陈青松和王木兰一路走过来,看到一排房屋的屋檐下三三两两地坐着红军战士,一边招呼他们别踩坏老百姓的东西,一边要他们自己保护好自己,别生病了。

他们走到徐解秀家的门外,停了下来。

突然,白光闪动,明晃晃得吓人,天空瞬间像要被闪电撕裂。

陈青松招呼大家,躲到门檐下别动。

紧接着,炸开了一连串惊雷。

王木兰被炸雷一惊,赶紧拥着陈青松,陈青松也护着王木兰。

阁楼上,徐解秀抱着的小武,体温越来越高,迷迷糊糊地被这惊雷一吓,瞬间从梦中惊醒,两脚一踢,开始号哭起来。

"快,快捂住他的嘴。"朱兰芳一见小武哭,赶紧说。

徐解秀手忙脚乱,没有去捂小武的嘴,而是解开衣裳,将小武的头按到自己的胸前,要给小武喂奶,希望能安抚住孩子。

但小武扭着头就是不肯吃奶,仍在撕心裂肺地哭。

朱兰芳没有办法,只好用手捂着小武的嘴,让他哭不出声音来。

"马上就要立冬了,怎么还打雷?"朱兰芳直冒冷汗。

徐解秀一听,心里也发虚。

老辈人都说,秋天打雷是不吉利的。莫不是要出事了?

想到这儿,徐解秀浑身发着抖,哆嗦着声音说:"小……小武一下子发冷,一下子发热,他会不会是'打摆子'?"

村里有好几个小孩儿得了这种病,没有药治,后来都死了,徐解秀想到这个,吓得语无伦次。

"你别乱说,我们先不是找郎中开了中药熬给他吃了,后来又吃了草药,病不都快好了吗?这说明不是'打摆子'吧。"

朱兰芳嘴上安慰着徐解秀,可心里也没底,不禁将手放松,小武的哭声更大了。

王木兰从风雨声中辨别出孩子的哭声,小声说:"有小孩儿在哭,一定有女人带着小孩儿没进山。"

"是呀,我也听到小孩儿在哭。"刘百灵说。

隔着一道门,红军战士在门外的寒风中侧耳听着孩子的哭声,徐解秀和朱兰芳在屋内的阁楼上,正为小武的病发愁。

门闩一抽,王木兰、张小妹和刘百灵三人一下子跌进门来。

村子很空,使这场秋雨显得更加冰冷。

这样的夜里,孩子的哭声凄厉,纵使夹在风雨里,年轻的红军战士也是能够分辨出来的。

徐解秀两口子隐约听到了红军的议论,但窝在阁楼上不敢吭声。

朱兰芳捂住小武的嘴,与徐解秀在黑暗里屏住呼吸。但被朱兰芳捂着嘴的小武已经受不了,蹬着小腿,扭着身子,一不小心就又号哭了出来。

"你……你,再这样,会捂死孩子的。"

朱兰芳哭丧着脸,知道这次是躲不过去了,但还是小声地辩解:"不捂着,这孩子哭个不停,咱们马上就会被人抓起来,怎么办?"

"怎么办?我下去看看!"徐解秀把心一横,豁出去了。

"下去看看?你去找死呀。他们要是进屋来,我们就死定了。"朱兰芳担心地说。

徐解秀这时鼓起勇气,说:"我下楼去,悄悄倒点儿水给孩子喝,你在楼上躲着别吭声。"

朱兰芳想想,也只能这样,如果难逃厄运,人家踹门进来容易得很,既然躲不过了,就先看看再说吧。

风雨更大了,门外的几个人冻得直哆嗦。

徐解秀对朱兰芳小声说:"你放下梯子,把小武送下去你再上来,然后我再下去。"

朱兰芳觉得最好不要把孩子带下去,小声说:"我好歹是个男人,你和孩子在阁楼上吧,让我下楼去……"

"你下去?他们都听到孩子哭了,我一个女人不跟着下去,人家也会起疑心。"徐解秀划燃火柴,点起小油灯。

朱兰芳没有办法,只好借着微弱的光将木梯小心翼翼地往楼底下放,放稳当了,抱着孩子下了梯子,等徐解秀下来,朱兰芳伸手接了一把。

徐解秀接过孩子,便催促朱兰芳赶紧回阁楼去。

朱兰芳帮徐解秀将屋子里的油灯点亮,这才赶紧爬上阁楼,又将梯子收上去,盖好。

徐解秀拿起油灯,抱着小武,艰难地走向水缸。

这时,小武突然又哭起来,徐解秀心里又烦又怕。

王木兰、张小妹和刘百灵此时已经靠着徐解秀家的大门坐了下来。

"刚才好像还有人在门外呢,怎么现在都不吭声了?"徐解秀觉得有点儿奇怪。

徐解秀将小武放到床上,又端着油灯走到大门边,轻轻抽开了木门闩,想看个究竟。

有人靠着门坐,门闩一抽,大门就被挤开了。王木兰、张小妹和刘百灵三人一下子跌进门来。

这时,一股冷风吹进屋来,还把油灯吹灭了。

这样的进门方式,真是让人大吃一惊,徐解秀的心猛地惊了一下。

可王木兰、刘百灵和张小妹突然哈哈大笑起来。

借着门外微弱的亮光,王木兰看到开门的是一位年轻的妇女,于是她一把将两个妹妹从地上扯起来,笑着向徐解秀说:"大嫂!这大半夜的,我们吓着你了……"

"这……你们……"徐解秀只看到跌进来三个人,却看不清楚对方的模样。听到笑声和说话声后,知道是三个年轻姑娘,并没有恶意。徐解秀放松了不少,她一阵支吾,不知道该说什么。

"大嫂,我们是工农红军,你别怕,我们不会伤害你。"

徐解秀不知道什么叫"工农红军",因此重复了一遍:"工农红军?"

王木兰笑着,马上解释道:"是呀,大嫂,我们是中国共产党领导的工农红军,也是受苦农民出身。你别害怕!"

陈青松站在一边看着,微笑着插话说:"大嫂,我们的伤员都在祠堂躲雨休息,祠堂太小挤不下,这三个女战士和其他的战友主动在外面休息,所以……"

徐解秀听陈青松说话的声音浑厚,语调和气,挺亲切的,同平时的村民邻里说话差不多,心就放下了,说:"那,外面太冷了,你们都进屋吧。"

刘百灵问徐解秀:"大嫂,你一个人在家吗?刚才我们听到有孩子哭,是你的孩子吗?"

徐解秀迟疑了一下,回答说:"是呀,是呀。"

陈青松站在门口,没有跨进门,说:"大嫂,你独自带着孩子在家,那我们男同志就不进去了。"

徐解秀听了,忍不住抬头朝阁楼方向看了一眼,朱兰芳还在阁楼里呢,进来三个姑娘,她应该没必要担忧。

这时,王木兰叮嘱陈青松带人先去巡逻,不用担心她们。

三个女红军走进屋里,徐解秀给大门落了门闩,这才领着她们向自己屋里走去。

"你们……打仗怎么还有女人？"

重新点亮了油灯，徐解秀把小武抱了起来，小武哭累了，这时倒挺安静。徐解秀见孩子睡着，额头似乎又没那么烫了，这才借着微弱的光，细细打量着三个女红军。

王木兰亲切地笑着，也在打量穿一身深色瑶族服装的徐解秀。

徐解秀个头高，瘦瘦的，有一双格外清澈的大眼睛，略微绣了点儿花色的深色头帕包着头发，越发衬出几分憨厚。

"大嫂，我叫王木兰，这是刘百灵，她是张小妹，我们都是红军战士。"王木兰主动介绍着。

"哦，我、我叫徐解秀，我的孩子叫朱中武，小名小武。我……"徐解秀本来还想介绍自家男人的名字，犹豫着还是停了口。

徐解秀心疼地摸了摸张小妹的手臂，她的衣衫是湿透的，嘴唇也冻得发紫，正瑟瑟发抖着。

"哎呀，这大冷天的，你们都湿透了！我去烧火，你们烤烤！"徐解秀说着，走到外屋的火塘边。

"大嫂，让我们来，你抱着孩子呢！"王木兰赶紧说。

徐解秀指着屋子角落，告诉她们那儿堆有柴火。

王木兰她们走过去,见几块砖围砌成一个火塘,火塘上还架着一口被烟熏得漆黑的鼎锅。

张小妹抱了些柴火来,王木兰在火膛边坐下准备烧火。

"洋火在右边放着。"徐解秀赶紧说。

王木兰依言找到火柴,抽出一根,划出一团火光,再用一把茅草引燃,微弱的火苗燃起来,她赶紧抽了几根细树枝添进去,等了一会儿,火旺了起来,才又添了些粗柴进去。

刘百灵揭开水缸盖,看还有半缸清水,忙舀了一大瓢清水倒进鼎锅里。

"再把火烧旺一点儿,先烤干身上的衣服吧。"徐解秀见王木兰起身让张小妹先烤衣服,而她自己身上的衣裳还湿着,就又起身要去抱柴火。

张小妹一听,赶紧帮忙抱来一捆干柴放在一旁,添了新柴进去,不一会儿柴火堆燃起来,冒起一尺多高的火苗,屋子里开始流动着温暖的气息。

三个姑娘,围着火膛烤火。

风还在摇着门,但风和雨都被挡在了门外。

"你们快先把衣裳烤干,可别冻病了。"徐解秀招呼着。

王木兰帮张小妹将外套脱下来,张小妹双手撑着衣肩在火边烘烤。

徐解秀见小武这会儿安静了,心里宽慰些,但仍隔一会儿就去探一探孩子的额头。

"小妹,仔细点儿,别让火燎坏了衣裳。"

"哎,晓得了。"张小妹烤了一阵儿,觉得前胸热乎乎的,而后背凉丝丝的,便转过背来烘一烘。

刘百灵把头发散放下来,一边烤头发,一边烤着自己的衣裳,还时不时看着张小妹,生怕她太劳累,一不小心歪倒在火堆里。

几个年轻女人在一起,不到半小时就都不再陌生,徐解秀也慢慢放下了戒心。

张小妹和刘百灵站起来,在火塘边慢慢转圈子,争取将裤子也都烘干、烘热。然后又都拿碗舀了些热开水来吹吹,将就着喝了几口,这才感觉全身彻底暖和起来。

王木兰就着张小妹的碗喝了几口水,又继续烘着自己的衣裳。看着两个脸色红润起来了的姐妹,她满眼都是疼爱和怜惜。

徐解秀心里还有疑问,既然说"共产共妻",那共军应该都是男人吧,怎么还有女人?看着眼前这些简单快乐的姑娘,忍不住好奇地问道:"你们……打仗怎么还有女人?"

"大嫂,红军战士里不分男人女人,不分老年少年,而且我们大都是贫苦人出身。"

"那……那个,清乡队黄队长说,共军是土匪,要共……共……共妻啊!"徐解秀说这话,心里还是挺害怕的。

刘百灵一听就笑起来,说:"大嫂,你看我们像土匪吗?"

"不像!"这回徐解秀答得爽快。

"都是湖南人嘛,我们算是老乡哦!"王木兰介绍说,"我是长沙人!"

"老乡?湖南?"徐解秀一头雾水,直到听见"长沙",才接口说:"啊,长沙,我知道!"

"啊,大嫂真厉害,你去过长沙啊?"

"没,我就知道那是个大地方。我家公公去过,啊,就是我男人的父亲,他去过,常跟我们说起。"

徐解秀不清楚"湖南"这个概念,但"长沙"她知道得还不少,一下了打开了话匣子:"听说,一条湘江从长沙城穿过,江边住了很多人,还有打鱼的船,听说湘江比我们滁水河宽好几十倍,来来去去划船要划好久呢,水中间还有个什么……什么洲,长满了橘子。"

王木兰一听,马上笑起来,说:"那是橘子洲!因为种满了橘子树,名字就这样来的。"

徐解秀想想自己家屋后也种了两棵橘子树,便笑了,又说:"那里……还有长到天上的楼。"

刘百灵忍不住乐了:"哈哈哈,木兰姐,怎么有长到天上的楼啊?"

王木兰笑道:"大嫂,那是天心阁。"

张小妹的衣裳终于都烘干了,一身暖融融的,心情大好,跳舞似的在原地转了个圈,说:"大嫂,被你这一说,我倒都记住了。一条美丽的湘江河、结满橘子的洲、长到天上的楼。哈哈……好美的感觉。"

王木兰离开家乡,心里特别想念,因此说:"你们别笑,我的家乡,就是有这么美。"

"木兰姐,别说了,回头小妹恐怕想要嫁到长沙去了。"

"啊?"张小妹一听,也笑了起来。

徐解秀望着三个姑娘,好奇地问:"女人也能上战场打仗吗?你们三个敢开枪?"

王木兰给徐解秀解释,说:"我们三个都有枪,但我们三个都是卫生员,主要负责救治伤员。"

徐解秀心里一喜:"那你们是郎中吗?"

"卫生员"这个说法徐解秀也听人家提过,似乎跟郎中差不多。

那时候,瑶民生病很少去找郎中,因为村里有不少法子可以治病,寻常小病都是进山采草药回来敷浴或者服用,严重的病便要找"走阴婆"请神问药。

王木兰细心解释说:"红军部队里不叫郎中,叫军医,我们几个都是医护人员,就是帮助护理病人的。"

彼此熟悉后,徐解秀也讲起了自己家的事。

"我家公公年轻时做生意,撑船到过长沙。他在茶馆里听过戏,后来回家也经常给大家讲点儿外面的故事,大家觉得外面人说话新鲜有趣……比如说什么'花开两朵,各表一枝'……"

"哈哈哈哈!"刘百灵忍不住笑起来。

"哈哈,那我们说话你全部能听懂吗?"张小妹问徐解秀。

"那也不能的。"徐解秀想了想回答,腼腆地笑道,"我男人就是听了我公公讲故事,又学着说给我听,我才听懂的。"

"对了,那你家公公呢?"张小妹问。

"公公啊,他回来待了几年,又离开村子了……他走了。"

"木兰姐,你看我们,算幸运吧。"刘百灵冲着王木兰笑,换了个话题。

王木兰也忍不住点了点头,说:"我们一路走来,有的地方

093

的话,我一句也听不懂。但大嫂说的话,我都能听懂!"

徐解秀没有接王木兰和刘百灵的话,她心里还在盘算着"军医"是不是郎中呢,她们治伤员,也能治小孩子的病吗?想了又想也不能放心,便随口说:"哎呀,大妹子……"

王木兰看出徐解秀心里有事儿,却不知道发生了什么,于是说:"大嫂,让我来抱抱孩子。"

徐解秀还是不肯,说:"不用了,我这孩子一直都认生。"

张小妹现在暖和了,开始觉得饥肠辘辘,小声说:"木兰姐,我饿了,我来做饭吧。"

徐解秀心里发紧,她家粮食被抢走了,没什么东西能待客了,便怯怯地问道:"你们还没吃饭?"

王木兰点点头,说道:"是呀,刚才都忙着救治伤员。大嫂,借你家鼎锅,我们做点儿饭吃,好吧?"

徐解秀听说借锅,便坦言道:"你们用,可我家里的东西都被清乡队抢走了,只剩点儿红薯……"

王木兰忙解释:"不,不,我们就是借锅用用。大嫂,我们还有两餐的粮食呢。"

刘百灵从背包里将米袋取下来,将米倒进锅里,又去缸里舀了一大瓢水过来,添几根柴火,等着锅里的米慢慢煮熟。

就快有饭吃了,刘百灵心情大好,一边干着活儿,一边小声唱:"吃菜要吃白菜心,当兵就要当红军……"

张小妹支着下巴坐等饭熟,还在好奇长沙城到底是什么样,忍不住打断了刘百灵的歌声,问王木兰:"木兰姐,你什么时候能带我们去长沙城看看呀?"

王木兰的心情本来还好,一听这话就低落了:"我……我现在是回不去了。"

徐解秀和张小妹齐齐地瞅着王木兰,两人的眼神里充满了疑问。"怎么回不去呢?"徐解秀忍不住开口问。

"对呀,木兰姐,怎么回事儿呀?"张小妹接着问。

刘百灵是知道内情的,于是轻声对小妹说:"木兰姐是从长沙逃出来的。"

徐解秀不解,问道:"逃出来的?"

此时,王木兰已经十分悲伤了,泪水涌了出来。她抬手擦了擦眼泪,给大家讲起了这段往事……

第四章　我们的家，都回不去了

"我这个闺女,心地至善,时逢乱世,只愿她以后日子安稳就好了。"

  古老的长沙城里,街道铺的是长条形状的麻石,穿着布鞋在街上走,踩着干净的石头,有一种别样的滋味。沿街是各种铺面,饭馆、缝纫铺、干货铺、酒铺、烟馆、药铺等。每个铺头都会挑出一面旗帜、挂上一块横幅,或者花花绿绿,或者端端正正,总之都是想方设法出各种奇招来招揽生意。
  "济世堂"是这条街上一家兼着诊所的药房,出落得亭亭玉立的大姑娘王木兰就是"济世堂"的大小姐。她自小跟着父亲王贵源学看病,长大又从医学护理班毕业,时常替父亲看管诊所,帮病人切脉拿药,父亲王贵源对其赞赏有加。
  这天,王贵源正在里间给病人把脉,病人拿了药方出来,王木兰帮着将中药配齐,用牛皮纸将药分成七包,捆上细绳扎成一串。

"拿回家,一天煎一剂,两碗水煎成一碗,趁热服用。记得,这药伤胃,要饭后再服用!"

"哎,晓得了,谢谢小姐。"

病人付了药费,提着药包道着谢走了。

这时,一个衣衫褴褛的少年进了药铺,他嗫嚅着对王木兰说:"木兰姐,我父亲久病,家里没钱抓药,你再行行好……"

王木兰一看,还是那个旧病缠身的穷秀才家的幼子,于是,将早已抓好放在旁边的几服药递给了他。

少年拿着药,脸上满是羞涩,也不知道该如何表示感谢,只提着药拱着手深深一鞠躬,然后离开了。

"他又没给钱?"王贵源在里间边给病人切脉,边问。

"爸爸,老秀才家什么境况,你又不是不知道。"王木兰满不在乎地说。

"这闺女长得漂亮,心地又善良,将来一定好命。"一位病人笑着冲王贵源赞叹道。

另一个待诊的患者便接话道:"是呀,王郎中,木兰妹子过几天要出嫁了,今天还在帮忙做善事,真是个好姑娘。"

王贵源听了心中自然高兴,也道:"我这个闺女,心地至善,时逢乱世,只愿她以后日子安稳就好了。"

三个候诊的有两个是街上的近邻,彼此相熟,王木兰听大家这么夸她,一脸羞涩,赶紧走到里屋去了。

"听说,你女婿是个读书人?"

王贵源点了点头,高兴地说:"是的,是我闺女学校的学长。"

"那太好了,将来也可以帮你撑起门庭,行善一方。"

王贵源一听,叹道:"这世道,有一门手艺才能过日子啊!兰儿随我学医,又学了护理,女婿读的医科,将来她能助夫家开个药堂,我也就放心了。"

聊了几句,邻家都觉得王贵源居然送女孩儿上学堂,有了不起的眼界,现在女儿嫁得同心人,又纷纷羡慕起他来。

王木兰在里间听着,等父亲看完一个病人要出来捡药了,才赶紧出来帮着干活儿。她脸上挂着微笑,两条麻花辫子缠着红头绳搭在肩头,乌黑的刘海衬着秀丽的脸庞,朝气蓬勃。

大家看到她站在柜台后忙活,少不得又多看她两眼。

如果是太平盛世,这样的时光也是缓慢而美好的。但国民党统治下,20世纪30年代的长沙却是战火不断,满目疮痍。

1930年6月,彭德怀将刚成立的红三军团兵分两路,以"声东击西""调虎离山"之计,通过"虚张声势"进攻武汉来引诱蒋介石上当,以便于红军在运动战中各个击破,全面打败蒋介石的军队。

蒋介石看到彭德怀进攻武汉的军事部署,便急忙调动驻守岳州的两个师的兵力星夜驰援武汉,因而造成岳州兵力空虚。彭德怀率红三军团从鄂南进至湖南北部,集中优势兵力一举攻占了岳州、平江。

当时蒋介石正集中兵力与冯玉祥、阎锡山、李宗仁三派军阀交战,根本没有精力顾及红军的行动,而当时驻守长沙的何键部正在衡山地区追击张发奎的部队,长沙兵力空虚,只有30000余人,且多是一些民团和杂牌武装,战斗力不强。而红三军团虽然只有8000余人，但接连打下岳州、平江后，武器、弹药都得到了补充，士气正旺。

1930年7月27日，彭德怀率红三军团8000余人的队伍攻占了湖南省会长沙，还成立了湖南苏维埃政府，由李立三任主席，长沙城头第一次飘扬起红旗，这是红军第一次占领省会城市。

然而，红军攻克长沙后，引起了敌对势力的猛烈反扑。何键逃至沅江后，立即纠集陶广、刘膺古等人商讨反攻计划，"武汉行营"主任何应钦也一面调兵保武汉，一面派出三个师又一旅的兵力从北面进攻长沙，援助何键。8月3日至4日，大批国民党军队在十余艘帝国主义舰艇的掩护下，从南北两面逼近长沙城外。美国炮艇"派罗斯"号甚至炮击长沙，致使城内大火四起，数千无辜居民伤亡。

在敌人重兵压境而红军仅有少量部队防守的情况下，为了保存革命有生力量，8月6日，彭德怀率红三军团在南门外的黄土岭与敌军激战后主动撤离长沙，向浏阳、平江等群众基础和农村武装力量发展较好的地方转移。

长沙饱受战火重创，经济和民心尚未稳定，这便是王木兰出嫁前半年的境况。

"给老子抬回家做姨太太,今晚就喝喜酒进洞房。"

　　成亲的日子是头年便挑好的,单等着王木兰成年和毕业。虽然经历着战乱,但两家人并没有在这场拉锯战中受到太大影响,长沙城普通百姓的日子也照旧过着。

　　很快就到了出嫁这天,春天的风吹得王木兰的心里满是暖意和喜气。

　　王家陪嫁的箱笼都安置好了,六铺六盖,除了普通的嫁妆,父亲特意还陪嫁了一床崭新的红色蚕丝被,这算是高档嫁妆。母亲请了福气满满的太婆来给王木兰梳头开脸,里外三层红色的新衣裳都穿好了,就等着新郎陈青松扎着红绸骑着大马来迎亲。

　　王家鸣炮奏乐,迎亲队伍进了院子,新郎叩拜岳父岳母,递上迎亲简帖,吃完王家摆的出嫁酒,这就到了出嫁的吉时。

　　王木兰穿着喜服被喜娘扶出来,大红的鸳鸯巾帕盖着头面,拜别了长辈,这才被喜娘扶入了四人抬着的喜轿里。

　　接亲的队伍出了长沙城一路向东,还要走十几里路才到陈青松家。这一路唢呐、鞭炮声喧天。听到唢呐声和鞭炮声,远近的孩子们都跑到大路上来凑热闹,路上行人纷纷驻足观看,都羡慕得很。

前一段时间，长沙还是战火纷飞，但这唢呐声让人觉得此时的长沙是太平世界。

这么走了一个小时，距离陈家也只有几公里路了。

这天的太阳特别大，晒得人热烘烘的，挑箱笼的小伙子们少不得出了一身汗，但大家兴致都不错，一路走还一路聊着天，就这么下了大路，往通向陈家的岔路上走去，离陈家越来越近了。

突然，从岔路上走过来一拨国民党官兵，看见接亲队伍，也不相让，只管迎头赶到喜轿前。

喜娘扶着轿走，见这一路官兵个个衣冠不整、痞里痞气的，知道是打了败仗下来的，不好惹，忙赔着笑脸招呼，给官兵递烟。

按习俗，迎亲的队伍是不能给人让路的，但见是一路当兵的，也只能赶紧给闪出一条路来。没想到这些当兵的并不过去，反而把喜轿给拦住了。

带队的长官叫何长贵，瞅着娶亲队伍，心里千般不是滋味。他冷冷地看了一眼骑在马上的陈青松，走到喜轿前把喜娘往一旁推开，掀开轿帘，一把拽下了新娘的红盖头。

"你要干什么！"王木兰一看是个带兵的长官，吓得脸都白了。

何长贵一看王木兰长得漂亮，心里特别高兴，大声说："老子今天运气好，遇上这么漂亮的新娘子！"

迎亲的队伍全部停下来，遇到扛枪的官兵捣乱，人人又惊又怒又怕，队伍一下就乱了。

陈青松赶紧下了马，朝喜轿跑来，掰开何长贵的手，直说道：

"长官,不行,不行,请高抬贵手,新娘子不能出轿。"

何长贵一听,一脚就把陈青松踹开,拔出枪来就朝天上开了两枪。

其他的士兵二话不说,直接开始推推搡搡地抢东西。陈青松知道大事不好,便拼了命地推开何长贵,想从轿子里抢出王木兰一起跑。

何长贵哪里容他这么做,抬枪就要向陈青松打来。

王木兰一见,猛地一下扑在何长贵拿枪的手臂上,央求:"长官,长官,不能开枪啊!"

她一边央求,一边朝陈青松急切地喊道:"青松,你快跑!"

陈青松还是向何长贵冲过来。

"青松,别管我了,快跑,快跑——"王木兰惊叫。

与陈青松一起来接亲的兄弟和朋友们一看这情势,也都替陈青松害怕起来,冲过来把何长贵绊倒在地上,同时也叫着:"青松,快跑,快!"

何长贵一连开了几枪,但被王木兰拉扯着,并没有打中陈青松。

陈青松内心挣扎着,这些当兵的哪是好对付的?他们动了抢亲的心思,怎么肯罢休?自己这方原本是欢欢喜喜接亲去的,可以说手无寸铁,现在对方又拿枪威胁自己,眼下也只能赶紧躲开,留得青山在,不怕没柴烧。

万般无奈之下,陈青松望了王木兰一眼,咬了咬牙,转身飞跑着离开,很快消失在不远处的树林里。

"来,兄弟们,把新娘给我抬上!"

何长贵说着,拿起红盖头把王木兰的嘴给塞上了,又拿捆礼盒的绳子把王木兰的手也捆上,顺手用箱笼最上面的红色蚕丝被将王木兰裹了塞回轿子里,然后让几个兵匪抬了轿子往回走。

接亲和送亲的众人站在路边都傻了眼,他们被两个当兵的拿枪指着。等轿子走远了,这两个当兵的才撇下众人,追赶劫亲的队伍去了。

"何长官,这可是个大美人,恭喜你了!"

听到一群士兵恭喜上了,何长贵趾高气扬:"这个当然,给老子抬回家做姨太太,今晚就喝喜酒进洞房。"

王木兰手中举着圆凳,大口喘着气。

何长贵三十六岁,家就在长沙城北门外,起初家庭条件一般。但后来,他二姐嫁给了乡绅当填房,颇为得宠。他二姐顾娘家,乡绅便对何家格外照顾,给他们置了田地,雇了长工,何家把日子过红火起来了。

何长贵生处乱世,自然不甘寂寞于乡土之间,出来当了兵,走南闯北,心狠手辣又懂得算计,在军队里混了些年,也算是小有权势。他家里有个老实巴交的原配冯氏,然后在戏园子里买了一个二姨太,接着又在贫苦人家卖女儿时得了个三姨太。后来二姨太跟人私奔了,他一生气又从烟花巷里买了四姨太回来。

姨太太倒是不少,可是何长贵看来看去,觉得一个上得台面的都没有。他心想,今天抢来的这个小美人,看起来可比之前那几个强多了。

现在,兄弟们都在院子里划拳猜枚,大吃大喝。

王木兰则被绑在房间里的椅子上,口里还塞着一块红盖布。

王木兰知道今天在劫难逃,于是逼迫自己冷静下来想办法。

夜深时分,何长贵喝了不少酒,打着趔趄朝房子里走,兄弟们围上来要闹洞房,被何长贵一巴掌推了老远。

他独个儿走进了洞房,反手将房门关上。

几支高高的红蜡烛将屋内照得通亮。

何长贵志得意满地走到王木兰身边,喷着恶心的酒气,调笑道:"美人,老子今晚就跟你洞房,高兴吧。"

王木兰见何长贵进来,眼神里充满杀气,昂着头冲何长贵发出"唔唔"的声音。

何长贵见王木兰并不哭闹,反而有话要说的样子,心里大喜,走近说:"小美人,你有什么话要说?"

说着,他将王木兰嘴里的布拿了出来。

王木兰低声说:"我渴了,要喝水。"

何长贵见王木兰服了软,心说她还是害怕扛枪的,看来今晚的好事必然能成,于是热情万分:"要喝水?好,我家小美人要喝水,我这就亲自给你倒去。"

何长贵说着,就迈开了腿,去桌上给王木兰倒了一碗水端过来。

"小美人,你跟了我,保你荣华富贵,以后我这个家都给你

107

当。"说着,就把水送到王木兰眼前,端着碗给她喂水喝。

王木兰的双手还被捆着,依着碗喝了没两口,突然被水呛了,猛咳起来,碗也被她给撞倒了,半碗水顺着她的衣襟流下,湿了她的上衣。

"哎哟,看你,水洒了我这一身新衣裳。"王木兰嗔怪道。

"对不起,美人,我不是故意的,别生气了。"何长贵巴不得今天把王木兰哄着顺了他呢。

"你一点儿也不知道心疼人,老捆着我干啥!"王木兰三分害怕两分害羞地歪着脸看何长贵,那化了淡妆的小脸真是俊俏得很。

"哎,哎,我马上给你松绑。"何长贵心想,只要王木兰认命了,今晚能顺利洞房,这五姨太就到手了,至于这家给她当,他也是心甘情愿的。怎么说,有个这么年轻漂亮读过书的姨太太带出门去,他在四里八乡都有面子。再说了,外面一院子人,王木兰插上翅膀也飞不到天上去。

这么一想,何长贵就赶紧动手,把捆着王木兰双手的绳子解开了,还帮她揉揉被勒红的手腕,心疼得很。

"疼不疼?"何长贵极力表现自己的关怀和温柔。

王木兰家庭富裕,自小就是被父母疼爱着长大的,在家里撒过的娇可多了,现在她也充分意识到了,只有骗过所有人她才能有活路。

于是她压制住恶心,假装撒娇,与何长贵周旋。

只见她噘了噘小嘴:"哪有不疼的,你赔我。"

"哟,你说怎么赔?怎么赔都可以。"说着,何长贵从口袋里摸出两个玉镯,拉过王木兰的双手就给她套上了,"这样赔,满意了吧。"

"哼,这还差不多,"王木兰心里转着小九九,手则伸到眼前仔细看了看,故意做出有些惊喜和满意的样子,"但还不够。"

何长贵觉得,强权决定一切,王木兰早晚是要认命的。为了顺利地哄得美人开心,他不妨更迁就些,毕竟王木兰年轻漂亮,他喜欢得紧。

于是,他过来想拉王木兰的手,王木兰哪里愿意被他碰啊,转手就拿起那块塞过嘴的红盖头,用两指头捏着,举到何长贵眼前,淘气地说:"夫君,我罚你陪我玩游戏。"

这一声"夫君"喊得何长贵心花怒放,哪里还有什么不答应的。

这时候,门外有些叽叽喳喳、推推搡搡的声音响起来。何长贵听得满心烦躁,就怕外面那些闹洞房的兵油子坏了他的好事,败了美人的兴致。于是,他走过去打开门一顿猛踹,叫他们滚回去只管喝酒,谁再过来想闹洞房就毙了谁。

这帮人嘴里念叨着何长贵过河拆桥,有了新娘子就不管兄弟们,但也不敢停留,只能一个拽着一个往院子里退。还是多喝点酒好了,毕竟何长贵平时也不是什么大方的人。

何长贵重新关好门,折回身来继续讨好王木兰。

王木兰心想,大门是肯定出不去了,今晚不走,就会栽在这儿,怎么办呢?想想后就下了狠心,逗着何长贵同她蒙了眼睛玩捉迷藏。

何长贵想得十分如意。玩捉迷藏,被他捉到,只要一抱到怀

109

里,洞房可就是顺水推舟的事,少不得有一番快活受用,因此由着王木兰拿着红盖头将他眼睛给蒙住。

何长贵笑着说:"小美人,玩捉迷藏可以,但有个条件!"

王木兰一听谈条件,马上警觉起来,问道:"什么条件?"

何长贵打着饱嗝说:"只要被我抓住了,你不准反悔,马上洞房!"

王木兰一听,赶紧说:"好,我答应你!"

王木兰心想,我能让你抓住吗?那一切不完了吗?

王木兰装出一番柔情蜜意的模样,她把蒙了眼睛的何长贵牵到床边,将他按在床沿坐下,说:"等我站远一点儿,待会儿我叫你,你就可以开始捉我了。唔,你可不许耍赖偷看。"

何长贵听着王木兰娇嗔的声音,还没来得及接话,就感觉头上一阵剧痛,眼前一黑,便往后倒去,昏死在床上了。

王木兰手中举着圆凳,大口喘着气。见何长贵已经倒在床上,王木兰长吁了一口气。这时她也不看何长贵是死是活,只担心屋外的人发现,因此赶紧把外层的嫁衣脱下来,又在何长贵的衣柜里翻出一套男人的便装穿上,打扮成一个男人的模样,吹灭了蜡烛,这才轻轻打开后窗,悄悄翻出去。

何长贵的房子不算豪阔,可也不小,老式的两进带厢房宅子,一共有十几间,但当官后他更注重防卫,又绕着房子加建了高高的院墙,后墙有侧门,并修了大厨房。

卧室位于堂屋西侧,西厢几间房是家眷的房间,孩子们随老太太住在东侧。

王木兰从正房里翻窗出来,发现还在院墙里,心里发急,就朝后院走,后院是厨房,厨房倒是有扇后门对着一小片菜园和山林,但因为前院的酒宴还没结束,厨房附近人来人往,难以从这里逃脱。

怎么办?

王木兰在墙影里站着,在昏暗的灯光下,突然看到一个女仆将手中的托盘放下,进库房去了。她赶紧过去拿起托盘,将托盘端得高高的遮住自己的脸,这才顺着院墙边的小径往大门外走。

也有喝醉的小兵看到她,但看不真切,也不理她。她经过仆人房门边,看到竹竿上晾着几件土布衣裳,便赶紧拽起一件,顺便进仆人房里,等换上后走出来,这才拿起托盘继续向大门外走。

看门的两个兵有一个开了小差,剩下的那个眼馋院里的吃吃喝喝呢,正郁闷地张望,看到有个女仆模样的人端着托盘往外走,也看不清脸面,都懒得拿正眼看她。

  王木兰、张百灵、徐解秀围着火堆,一言不发。

大家围着火膛,听王木兰讲起自己逃跑的事。
熊熊燃烧的炭火,映照三个女红军和徐解秀的脸庞。
"木兰姐,你就这样逃出来了?"刘百灵瞪大了眼睛,敬佩地看着王木兰。刘百灵以前只知道王木兰是从长沙逃出来的,但不知道具体的情况,没想到过程这么惊险。

刘百灵一问,大家都望着王木兰。

"嗯!我逃出何家大院,一口气跑了大半夜。"王木兰说着,心里还觉得后怕。为了逃生,人都会表现出特别的勇敢和坚强。

"后来呢?那些当兵的没追上来吗?"

"我就是担心他们会追上来,所以不停地跑!"王木兰说,"后半夜下起了雨,我沿着一条小路的方向,只管朝前猛跑,跑了有几十里地。"

"是的,跑小路安全。"

"这时,前面有一处庵堂,里面静悄悄的,我跑了进去。"王木兰说道。

"里面有人吗?"

"有!有尼姑在里面做晚功!我求里面的师父救我。"

"尼姑收留了你,是吗?"

"是的,好心的师父收留我,给我吃的!"王木兰说,"我也帮着每天打扫,做一些力所能及的事情。"

"何家后来没追杀你?"刘百灵问。

"那何家会去找你父亲的麻烦吧?"徐解秀担心起了这个。

说到这儿,王木兰的神色暗了下去,心神不定起来。

过了一会儿,王木兰才说:"我因为淋了雨,在庵堂里生病了,养了一段时间。我心神不定,生怕有官兵追来,也害怕官兵会找我父亲算账。有师父上街,我便让她们打听消息。"

"是呀,那是最担心的时候。"

"后来,打听到姓何的没有死,还让人四处搜查捉拿我,因此我就躲在庵堂里没敢再出来。隔了两个月,我才托一位师父进城,去街上找到我父亲开的药铺,告诉我父亲说我很安全,怕姓何的去抓人,所以暂且不能回去。父亲说,姓何的带人去搜过几次,没找到,但总派人盯着药铺,恐怕是等我回家,不抓到不罢休。所以,父亲让我在外面躲着,不要回家。"

大家听王木兰谈着自己逃跑的故事,一惊一吓的,为王木兰捏着一把汗。

"后来,庵堂里的师父也生了病,我照料她大半年才恢复。这时候已经是冬天了,格外寒冷,见风声松了些,我才去青松家打探消息。现在,我最担心的就是我父亲。"

徐解秀拍了拍王木兰的手背,细声安慰:"你刚逃走,那畜生都没敢动你父亲,这会儿过了两年多了,你父亲也会没事的。大妹子,你很机灵,很勇敢,要是换个人,就被害了。"

刘百灵站起身叹息道:"是呀,木兰姐,你太勇敢了。"

刘百灵和徐解秀在一旁你一言我一语的时候,只有张小妹沉默不语。她看着王木兰说起往事声泪俱下,也跟着哇的一声哭了。

这个平日里不爱多言的小姑娘,这会儿竟哭得跟个泪人似的。王木兰被吓了一跳,关切地问:"小妹,你这是怎么了?是哪里不舒服了吗?"

"不是,木兰姐,我……我只是听了你的经历,想起了我父母和姐姐。他们……他们……"张小妹泣不成声,悲伤的情绪就像是被拉开了闸门的水,滔滔不绝地流泻出来。

113

王木兰起身,朝张小妹坐得更近一些,伸手把哭花了脸的张小妹拥在了怀里。她的脸贴着张小妹的头顶,一只手抚摸着张小妹的头发,说:"小妹,别哭,过去的事情咱们不想了。"

"是的,那些往事,想起来让人伤心。"

刘百灵和徐解秀也靠得近了些,她们应和着王木兰的话,安慰张小妹。

同时,一个大大的疑问存在于三个人的心里,她们知道张小妹一定也有悲伤的往事,可又不忍心揭她的伤疤。

徐解秀朝灶膛里加了一把柴,灶火更旺了。

张小妹用袖子抹了一把脸上的泪渍,情绪稳定了些。父母和姐姐的死像一把锋利的刀,插在她内心深处,起初,她内心里的伤口鲜血直流,痛得她都想一死了之。后来,光阴一层一层盖在了伤口上,对这段过往,她选择性失忆。刚刚王木兰说着自己经历的时候,张小妹才恍然明白,自己心里的伤口其实一直在淌血。白天,她像只洁白的鸽子一样飞来飞去;晚上,躺在静静的黑夜里,悲伤、恐惧、愤怒……五味杂陈的思绪如同潮水般向她涌来。

此刻,张小妹难以压制内心的苦楚,过去的事情不吐不快了。

王木兰、张百灵、徐解秀围着火堆,一言不发,都在屏气凝神,等着听张小妹说话。

"我是农村妹子,我父亲和我母亲都是很好很好的人,他们辛辛苦苦拉扯着我和姐姐……"张小妹哽咽了一会儿,接着说,"都是姓孙的那恶霸财主,活生生把他们都害死了……"

张小妹眼圈通红,圆溜溜的大眼睛又蓄满了泪水,那些不堪回首的日子清晰如昨……

长大一点儿之后,她才明白,这是人类最难忍受的死别。

山里又下了一场雨,空气更清新了。

噼里啪啦,一串鞭炮声响起,农家又添了新喜事。

"是个女孩儿,好醒气(漂亮的意思)的女儿!"产婆双手托着刚刚出生的婴儿,欢喜地跟躺在床上的张家媳妇报喜。山里村寨上所谓的产婆,无非是自己孩子生得多,生出了经验,又心灵手巧、胆大镇定的妇女。张家的媳妇生产之前还挺着大肚子在地里劳作,发作得急,便急急忙忙喊了下屋场的妇女接了生。

生下来的女婴半晌没有哭声,许是生产时间过长,给憋坏了。产婆把孩子放在一块干净的布上,拎起她的双脚,用力地在她的脚底板拍了几下。

哇的一声,女婴哭了,虚弱的母亲流下了激动的泪水。

女婴前头还有一个姐姐叫张巧妹,父亲决定给这个小女儿取名叫"张小妹"。

张小妹出生在江西于都一个美丽却偏僻闭塞的深山小村寨。父母都是老实巴交的庄稼人,姐姐比她大两岁。爷爷奶奶早些年得了重病,没钱医治,撒手人寰。一家人的生计都指望着父母那两双长满老茧、粗糙得像麻布袋子的手,他们起早贪黑,没日没夜,可家里总是揭不开锅。即便如此,一家人也相亲相爱,其乐融融。

在张小妹六岁那年,一切都被打破了。

罪魁祸首叫孙大少,当地恶霸孙财主的大儿子。

说起这个孙财主,他是个名副其实的地头蛇。孙财主的祖辈就是村里的地主,到了他这一辈,家里有三兄弟,哥哥在政府当大官,弟弟在县城里也是数一数二的人物。只有孙财主在老家守着祖上留下来的基业,这些年靠着兄弟的照顾,捞了不少钱财,一副权势通天、财大气粗的模样,愣是谁都不放在眼里,也愣是谁都不敢惹他。

张小妹六岁这年,家乡遭了灾荒,一家人连野菜根都吃不上。当时的中国,军阀混战,民不聊生,百姓的生命如同草芥。遇到天灾更是雪上加霜,干旱无雨的时候,田地裂的口子大得可以放进拳头,庄稼颗粒无收,村寨里很多人都逃荒去了。草木没力气生长,都耷拉着苗子,焦黄焦黄的。能吃的野菜被挖得连根都不剩。运气好的时候,张家父母能从荆棘丛生的草堆里找到一些菌子,但大多数时候,他们是无功而返的。张小妹和姐姐站在家门口张望着,可等来的只是从山上背着空篮子回来的垂头丧气的父母。

"爸!妈!"小妹和姐姐巧妹远远地就迎了上去。

父亲一把抱起小妹,六岁的孩子抱起来轻飘飘的,三十斤不到,瘦成了皮包骨。母亲摸着孩子们枯草一般的头发,想着两个闺女已经三四天没吃过什么能填饱肚子的东西了,再不好好吃点儿东西,风都能把她们吹倒,不由得心疼地说:"肚子饿坏了吧!妈妈给你们做吃的去。"

两个小姑娘小鸡啄米似的点点头。

张母扔下篮子,往里屋走。小姐妹俩望了望空空的篮子,面面相觑,她们实在想不明白家里哪里还有丁点儿可以吃的食物,于是便像小尾巴一样跟在母亲身后。

到了里间,在灶台阴暗的墙根角落,只见母亲扒开了灶灰。这地方巧妹和小妹都知道,家里那些碗具,小姐妹俩都是用这灶灰清洗的。母亲告诉她们,这灶灰可以将碗洗干净。小妹起初不信,这么脏的灰怎么还能洗碗?当她真的学着大人的模样,拿起一只瓷碗,抓一小把灶灰用力地沿着碗壁擦洗一通,再用清水冲一遍,碗还真就干净了。此后,她对这灶灰竟产生了一种亲切感,再不把它当垃圾看待了。

"妈,你在干什么呀?"张小妹把小脑袋从母亲身侧探了出来,一双眼睛睁得大大的,她想看清楚母亲在做什么。

母亲没说话,只是双手拨弄着灶灰,不一会儿工夫,当灶灰被扒到一边之后,一张木板子露出来了。母亲小心翼翼地将木板子拿开,伸手往里面掏,掏出一个不大的木箱子。她将箱子拿了出来,打开盖子,从里面提出一个小袋子放在地上。

小妹和巧妹早已跟着母亲一起蹲了下来,凑得近近的,直愣愣地盯着母亲的手和袋子。

"今天中午咱们好好吃餐饱的!"母亲温柔地说,她的脸上浮现着笑容,也写满了担忧。如若不是怕孩子们扛不住,她断不

117

会把家里储备的用来救命的这点儿粮食拿出来,可既然拿出来了,她也就下定了决心,明天的事明天再说吧,得先撑过今天。只是她没想到的是,噩运才刚刚开始。

母女几个在里屋的这段时间,外面正吵吵嚷嚷。

孙财主的大儿子,人称孙大少,此时正带着几个家丁大摇大摆地朝这边走来,见着张父正准备往田地里走,便抬起手招呼:"唉,唉,唉!我说你这是要上哪里去啊?这个月的租子还没交呢!"

张父见没处可躲,只得硬着头皮求饶似的应着:"孙少爷,您看咱穷苦人家,今年收成不好,我们一家已经好几天没吃上东西了,哪还有钱粮上交啊?您就可怜可怜我们,宽限一些日子吧!"

"别跟我这儿喊穷啊,警告你!好歹你是要交的,没钱就交东西。"

"孙少爷,您就高抬贵手吧!我们真没东西可上交的了!"

"没东西上交是吧?好!"孙大少恶狠狠地看了张父一眼,转身对着家丁说,"你们,进去搜,搜到东西都给老子拿出来!"

"是,少爷,您就放心吧!"家丁们领了命,朝里屋走去。

……

母亲打开袋子,白花花的米展露在小妹和巧妹的眼前,两个小姑娘都惊得张大了嘴巴,她们已经有好久没有吃过正儿八经的米饭了。米饭可是六岁的张小妹吃过的最美味的东西了,那种香甜柔软的感觉将张小妹馋得口水差点儿流出来。

小妹将小手伸进袋子里,欣喜地叫喊起来:"妈,我们有饭吃了,我们有饭吃了!"

"对,有饭吃了,你们等着啊,妈去煮饭!"

母亲眼睛红红的,小心翼翼地将袋口扎好,拿着准备往灶台走,却被闯进门的孙家家丁撞了个正着。走在前头的一个家丁用手指着袋子问:"你手里拿着什么?"

"没,没什么!"张母赶紧将袋子紧紧地抱在胸前,怯怯地往后缩。

她被吓坏了,一时脑袋一片空白。

家丁伸手就要去夺袋子,张母紧紧拽着不放,边哭边央求着:"求求你们了,别抢袋子,孩子们很久没吃东西了,要饿死人的,求求你们了!"

"你这娘儿们,快松手!再不松手老子对你不客气了!"家丁们围了上来。

张父听到里面动静很大,十分担心,拔腿就往里屋跑。见着家丁欺负家人,张父想都没想,扑了过去挡在自家婆娘面前。家丁们见他们竟敢抵抗,不管三七二十一,对着张父就开始拳打脚踢,场面乱作一团。

小妹和巧妹见着自己的父母被打,早就哇哇地哭了起来,边哭边喊着:"别打了,别打了……"

最后的结果可想而知,家丁们不仅把张家救命的米抢走了,临走还恶狠狠地在被打得鼻青脸肿、趴在地上的张父身上踩了几脚。

这事之后,小妹和巧妹生了场大病,一只脚都踏进了鬼门关。好在好心的邻居从牙缝里省出了一点儿吃食,救了她们的命。张父本就体格单薄,又被狠狠地打了一顿,受了内伤。虽是捡回了一条命,终究身体状况一落千丈,除了大小便常常失禁,还咳嗽得很严重,一咳嗽就停不下来,仿佛肺都要给咳出来。他再也干不得力气活儿,也出不得远门,看着妻子女儿面黄肌瘦的模样,他常常暗地里垂泪懊恼,心中又积压了深深的愤怒,恨得拳头攥出了血。

没有吃食,没有治疗,加上心里抑郁,张父的身体就如快要燃尽的白烛,越来越弱,不到半年,他就离开了小妹、巧妹和她们的母亲。

小妹永远记得父亲去世的那个晚上,天下起了大雨。父亲拉着她的小手,用力地想说什么话,可气息太弱,说话的声音像蚊子叫。母亲在一旁已经哭成了泪人,她把耳朵靠近父亲的嘴巴边上,听他说些什么话。等母亲的耳朵挪开之后,父亲的手慢慢地从她的手上滑落下去。

"他爸啊,你就放心吧,我会照顾好两个孩子的!"

"他爸啊,你怎么这么狠心不管我们了……"

母亲瘫坐在床沿上,声嘶力竭地哭喊着。

"爸爸……"

小妹和巧妹不会像母亲一样说着很多话,她们只知道喊爸爸,她们幻想着爸爸就是睡着了,多喊几声爸爸就会起来跟她们说话。一种前所未有的悲伤、恐慌占据了张小妹幼小的心,难受得让她也想跟着爸爸一起躺着一动不动。长大一点儿之后,她才明白,这是人类最难忍受的死别。

说到这儿,小妹又哽咽了,半天说不出话。

木兰和百灵一人一边,紧紧地抓着小妹的手。

百灵是个急性子,她打断了小妹的哽咽:"后来呢?小妹,你们娘儿仨怎么生活的?"

"后来,我们孤儿寡母,生活得非常艰难……"

> 小妹抱着母亲,鲜血染红了她的衣裳,染红了她的双手。

最初那几年,母亲为了让小妹和巧妹吃上东西,又当爹又当妈。白天起早贪黑地劳作,挖笋子,挖野菜,帮别人家挑土……男人干的力气活儿,她都干。晚上,她就做些纳鞋底子之类的手工活儿,等攒够了数量,就走二十多里路送到镇上去卖。好在小妹和巧妹都是乖巧的孩子,穷人家的孩子早当家,她们看不得母亲那么累,便也早早地开始帮母亲做事,俨然是家里的小大人儿。

如此过活虽然辛苦,但只要母女几个在一起,日子总会越来越好,小妹深信这一点。这样艰难却平凡的日子过了几年,张小妹没想到的是,灾难又来临了。

张小妹17岁时,平静的生活被打乱了。

那日,小妹和姐姐巧妹从小镇赶集回村。拿去的手工绣品和鞋垫全都卖完了,姐妹两个心情大好,一路上说说笑笑。灿烂的阳光洒在两个姑娘美丽的脸上,她们此刻的模样像极了山野里开得正盛的樱花,白里透红,青春洋溢。

此时,孙大少带着弟弟孙二少以及家丁们正在村子里收租子,路上望见两个漂亮的姑娘,风流成性的孙二少眼睛都看直了,饿狼一般口水直流。

"大哥,那两个小妞儿是谁家的?"孙二少问。

"老张家的,二弟,你看上了?"孙大少一脸奸笑地看着孙二少。

"真标致啊,哥,那个大点儿的,啧啧,我没见过那么标致的姑娘。"孙二少说着话,眼睛一直盯着巧妹。

"这还不简单,改天哥帮你抢来做姨太太!"孙大少得意地哈哈大笑。

"大哥,这哪用你动手啊,小爷我自己去!"

……

早春时节,万物吐露着生机,茶树抽了嫩芽,山里的农家都要采摘些茶叶自己做茶。做茶的工序不简单,一般清晨采摘,当天晚上就要做好。新鲜的茶叶采摘回来,到流水里洗干净,放到大锅里用铲子翻炒。山里人家烧柴火,火候得把握得当。火大了会把茶叶炒坏,火小了炒不出最好的味道。

张父在的时候,炒茶、制茶是把好手。茶炒得差不多时,起锅,倒在一个大的用竹篾织的晒盘里。张父脱了鞋袜,把脚洗得干干净净,到晒盘里趁热踩揉。热气腾腾的茶叶,张小妹用手碰一下都觉烫,但做茶人必须趁热去踩揉。这样一番制作之后,再将茶叶散开,放在灶上,就着灶灰的余热,烘一晚上,到了第二天,放在阳光下晒干,一锅好茶就做出来了。

如今,当家的不在了,一切的重任都落在张母身上。张母想着这些往事,不由得又红了眼眶。在大山里,做茶时,女人是不能用脚踩的,得用手揉。那热茶叶烫得手发麻,可张母却没什么感觉,她的手早已粗糙得像树皮一样,这点儿烫对她来讲并没有多么难以忍受。连着几天,母女三个都在山上摘茶叶。

最嫩的一批茶叶拿到县里集市去卖,可以卖个好价钱。那日早晨,天气晴好,张母着急把晚上做好的茶拿出去晒,巧妹得料理家里的家务活。邻居来喊上山采茶的时候,张母招呼着小妹先跟着去,说是自己和巧妹做完了家里的事就来。

小妹应了母亲,欢欢喜喜地跟着邻居阿姨先上了山。

正当张母和巧妹收拾完家里的活儿,准备出门时,孙二少带着家丁来了。见着巧妹,孙二少一个箭步冲到前头:"小娘子,我今天是特地来接你的!"

孙二少边说着不正经的话,边伸手去拉巧妹的手。巧妹机灵地躲开,慌忙中抬眼望向孙二少这帮人,那些家丁,那些该死的家丁,虽然年岁老了些,但她还是一眼就认出来了,当年就是这些人将她父亲打得一病不起的。这可是一笔血债,平素里乖巧温柔的巧妹气不打一处来,恨得牙痒痒,骂道:"你们这群流氓无赖,我要杀了你们!我要杀了你们,替我父亲报仇!"

张母听到了吵闹声,从屋里急急忙忙挎着采茶的篮子出来。这群恶霸,化成灰她也认得,便扑了上去。在张家闹出了人命之后,孙财主怕影响不好,便告诫两个儿子,别再去张家惹事。这些人,张母已经好几年没见到了,今日再见,杀夫之仇化成烈火,她要跟这群混蛋拼命。

张二少一把将张母推倒在地,巧妹蹲下扶住母亲,恨恨地望着孙二少。

孙二少的笑脸立刻变得阴冷:"老娘儿们,别不识抬举。今日我把你女儿带回去,过去的事情既往不咎,你们好好过你们的日子。如若不然,你家男人的下场就是你的下场!听明白没有?"

孙二少把脸凑得离张母和巧妹近了一些,还伸手去摸巧妹的下巴,却被张母啐了一口唾沫星子在脸上。孙二少抹了一把脸,站起来,冲着家丁说:"既然她们敬酒不吃吃罚酒,来,给我抢!"

家丁们冲了上来,生拉硬扯要抓走巧妹。

张母站了起来,像一头发疯的狮子,铆足了劲儿,直直地朝孙二少撞过去,孙二少一把抓住了她,朝旁边的地上一扔,张母的脑袋正好撞在一块石头上,瞬间鲜血直流!

巧妹见母亲倒在血泊里,凄厉地喊了一声"妈"。她失去了理智,从家丁手里挣脱开来,朝孙二少扑了上去,嘴里喊着:"你这恶霸,我跟你拼了!"

孙二少见势不妙,拔出腰上的佩刀,刺向了扑过来的巧妹的胸膛……

等孙二少带着家丁走了之后,邻居才敢近前,此时,巧妹已经断气,张母奄奄一息。邻居将张母抱到床上,又派人飞快地上山去找张小妹。等到张小妹赶回家时,母亲只跟她说了一句话:"小妹,你……你一定……一定好好活着!"

小妹抱着母亲,鲜血染红了她的衣裳,染红了她的双手。小妹凄惨地叫着母亲。母亲的气息越来越弱,终于还是丢下了她一个人……

"该死的恶霸,以后别让我碰到,见一个消灭一个!"刘百灵听到这里,已经哭得稀里哗啦,怒火中烧!

"当时看着我妈和我姐的尸体,我也想过一死了之,可是转念一想,我不能死。我死了谁给他们报仇?要死我也要姓孙的恶霸当垫背!"

当时家里也没有钱买棺材,张小妹在几个乡亲的帮助下,用家里唯一的被单,一针一针缝了两个被套,然后往里头塞了些稻草,这才做成两床稻草被子,匆匆将母亲和姐姐裹着,埋在了茅屋后坡的树下。

后来,她也想过要去找孙财主家拼命,可她也知道自己一个小姑娘就这么去无疑是飞蛾扑火。正当她六神无主的时候,红军的部队经过村庄……

听完张小妹的讲述之后,大家都十分悲愤。

徐解秀这会儿一点儿都不紧张了,她想不到,这些小姑娘竟然比自己还命苦些,她们恨透了恶霸,自然是不会伤害手无寸铁的百姓的。这会,她倒是心疼起三个女红军来。

"百灵,说说你为什么当的红军呗?"王木兰好奇地望着刘百灵。

"我是跟着我哥哥来当的红军……"刘百灵雀跃地说,想来已经有些日子没见过哥哥了,刘百灵想起了那些闪闪发亮的岁月,那些听哥哥谈论救国救民大道理的日子。

"你们听过'德先生'和'赛先生'吗?"

中国的东南沿海,风更自由,携带着包罗万象的先进思想,轻抚土地。

刘百灵是福建客家人,客家精神与生俱来。

岭南地区可以算得上是客家起源和形成的地方,国内外各地的客家人祖辈都与岭南地区有渊源。上古时代,岭南地区就有人类居住,但在秦朝之前,与黄河、长江流域相比,岭南地区属于相当落后的蛮夷之地,秦始皇派兵平定岭南之后,中原地区的文化进入岭南,岭南地区的文明才得到了开发。

历经千百年的斗争,因避战乱、逃灾荒等原因,大量中原地区的人挥别故土,扶老携幼,翻山越岭,辗转南迁,自然形成了客家族群。大部分客家先民扎根在南方的穷乡僻壤、边远山区,面对当时恶劣的自然环境,他们披荆斩棘,艰苦创业,开辟了美好家园,也铸造了坚韧不拔的客家精神。

有人说,哪里有阳光,哪里就有客家人;哪里有一片土,客家人就在哪里聚族而居,艰苦创业,繁衍后代。

刘百灵和她的哥哥刘百川就是典型的客家人——心中有梦想、有追求,天不怕,地不怕,敢探索,敢闯荡。

刘家虽不富裕,却也安乐。父亲是知识渊博、有开明思想的中学老师,母亲慈祥仁爱。别家兄妹打打闹闹都是家常便饭,百川和百灵却从不打闹。百川爱护妹妹百灵,手里只有一颗糖,他也绝对会留给妹妹吃。妹妹百灵视哥哥百川为榜样,很小的时候,她就是哥哥的"小跟屁虫"。

兄妹俩各有特点。百川从小学习好,脑瓜子灵活,做什么事情都积极,在家里,在学校,没少被表扬。百灵是家里的"开心果",天生一副好嗓子,高兴的时候开口就能唱上两句。说也奇怪,就算是随意哼唱,那词到了百灵嘴里都能变成美妙的音符。

百灵记得,有一天,父亲从学校回来,兴奋地拉着她和哥哥说了好多话。

"你们听过'德先生'和'赛先生'吗?"

百川和百灵直摇头,瞪着大眼睛望着父亲。

"哈哈,不知道吧。我来告诉你们,'德先生'是'民主'的意思,'赛先生'是'科学'的意思。今天我们学校从北京来了一位新老师,新老师手里拿着一本杂志,叫《新青年》,这个老师告诉青年学子,要做对社会有大作用的新青年。"

父亲说的话,百灵一句没听懂。可她看到哥哥非常激动,便也跟着开心起来。百川听了父亲的话兴奋不已,一颗火苗从这时候开始落在了百川的内心深处。他不知道,这样的火苗最后会以燎原之势占据他整个内心,成为他一生追逐的理想。

父亲在县城教书,百川在县城读书,百灵跟着母亲在家。

记得每次父亲和哥哥回来,都会谈论一些新思想,那是她在家听不到的内容。她不明白父亲和哥哥讲的那些大道理,只是看着父亲和哥哥开心,她也跟着傻乐。渐渐地她长大了,开始理解父亲和哥哥讲的话,那些话令她充满希望,热血沸腾。

百灵记忆最深刻的一次是,父亲和哥哥从外头回来,火急火燎地翻找纸笔。

"爸爸,你这是要做什么呀?"百灵好奇地问。

"百灵,外头现在闹得很,你没事别往外乱跑啊!"父亲边翻箱倒柜,边跟百灵说着话。

"外头闹什么呢?"百灵更好奇了。

"城里很多学生、工人都在游行示威。这是一场全国性的战斗。"哥哥激动地说。

说话的间隙,父亲找到了纸和笔。他拿出砚台和毛笔,吩咐着:"百灵,帮我倒点儿水来!"

百灵快步走到厨房,拿着瓷碗舀了半碗水,放在父亲放砚台的桌子上。

父亲倒了一些水在砚台上,拿出墨锭快速地研磨。

"我来研墨吧!"哥哥说。

"好!"父亲回答着。

百川接过父亲手里的墨锭,一边研墨,一边探头看着父亲。只见父亲将长达几米的宣纸在桌上展开,右手拿起毛笔,抬着头望着窗户的方向思考了片刻。

"有了,就这么写!"父亲自言自语。他快速地用笔头蘸了蘸刚磨好的墨水,在纸上大笔挥毫。

不到半小时,几张醒目的横幅就写好了。每写好一张横幅,兄妹俩就小心地将纸抬起再放到地上,墨水一时半会儿干不了,得风干一段时间。

百川站在一旁,逐条读着横幅上的字:

"抵制日货!"

"废除二十一条!"

"宁肯玉碎,毋为瓦全!"

"外争国权,内惩国贼!"

"誓死力争,还我青岛!"

"拒绝在巴黎和约上签字!"

读完之后,百灵问哥哥,为什么要写这些横幅？百川耐心地跟妹妹解释了一通。父亲听见百川的解释,点点头。

事情的源头要追溯到1919年5月4日,震惊中外的五四运动爆发。北京三所高校的3000多名学生代表云集天安门,他们愤怒地要求惩办交通总长曹汝霖、币制局总裁陆宗舆以及驻日公使章宗祥。

这场发源于北京大学的学生运动很快席卷了整个国家。甲午战争后,日本侵占台湾,并把福建作为它的势力范围,加紧侵略扩张。五四运动爆发后,福建人民奋起反日。此时,民众反日的情绪正与日俱增。

"对这等侵害国家主权的行为,我们中国人自然要挺身而出,义无反顾!"百川握紧了拳头,越说越激动。

"哥哥,你真是太勇敢了,我也想跟着一起去游行。"才六岁的百灵抓着百川的手,坚定地说。

"不,你还小,等你长大了,哥哥做什么都带你去。"

百灵撅了撅嘴巴,只得作罢,她对哥哥说:"好,我们拉钩！等我大些了,你可一定要带我!"

兄妹俩拉着钩,嘴里念着:"拉钩上吊,一百年不许变!"

站在一旁的父亲微笑着,对他们点点头。

"哥哥,你不是说过做什么事情都带着我的吗?我也要去当红军。"

五四运动之后,全国的局势发生了巨大的变化。

刘百川的内心也跟着泛起了波澜。

那几年,百灵记得哥哥跟她说过李大钊、共产党、马克思主义……具体什么内容,她记不太清楚了,只记得哥哥每每说到这些,总是激情澎湃,眼睛里放着亮光。那些日子,听哥哥说他在外面的见闻成了百灵最期盼的事情。每当哥哥从县城回来,她总缠着哥哥,让他说这说那。

百川总是摸着她的小脑袋,宠溺地说一句:"你这个小鬼精灵。"

渐渐地,百灵长成了亭亭玉立的大姑娘,百川也在县城当上老师教书了,一切都似乎在正常的轨道上行进。直到有一天,百川急急忙忙回到家中,脸上红一块紫一块,百灵才知道出了大事。

"百川啊,你赶紧出去躲躲吧!"父亲特意从县城赶回来,焦急地催促着儿子。

"我要是走了,您和母亲还有百灵怎么办?我不走,要抓就让他们抓去,我不能连累你们!"百川说。

"傻孩子,现在不是意气用事的时候,你快走吧!他们不会放过你的,他们抓住了你,会把你打死的。爸爸好歹是个教书先生,他们不会拿我们怎么样的!"父亲焦急地说着。

"哥,出什么事了?"百灵急切地问。

"你哥打了人家政府的官兵,闯下大祸了。唉!"父亲抢着说。

"谁叫那王八羔子欺负朱老爹的,七十多岁的老人都不放过,再让我遇到,我还打!"百川气愤地说。

原来,百川在回家的路上经过朱老爹家门口,看到朱老爹正在跟一个官兵理论。一言不合那官兵就动起了手,将朱老爹推倒在地上,还恶狠狠地骂着:"你这个老东西,没钱交还不老实!"正当官兵扬起手准备打人的时候,百川一个箭步冲了上去,抓住他的手往后一推,官兵朝后一个趔趄,差点儿摔倒。

"哪来的狗东西,敢管老子的闲事!"官兵扑了过来,想教训百川。

身材高大的百川一个反手,将官兵摁在了墙上。官兵用手肘往后撞击百川的胸膛,两人厮打了一番。虽说两个人都受了伤,官兵终究不是百川的对手,被他揍得鼻子不是鼻子,眼睛不是眼睛,还被打掉了一颗牙。官兵慌慌忙忙从地上爬起来,捂着掉了牙的半边嘴巴,悻悻地逃跑了,跑了一段,回过头来看着百川,恶狠狠地说:"你给老子等着,等会儿就来要了你的小命!"

把人赶跑了,百川倒也没追,他把朱老爹扶进屋安顿好了,准备回家。邻居黑子看到了这一幕,不敢上前插手,又怕百川吃亏,早就跑去通知百川的父亲了。父亲跑步往这头赶,累得上气不接下气的,半道上遇到百川,拉着他就往家里走,一路上催促

131

着他赶紧收拾东西出去躲躲。

刘百灵知道情况后,被吓了一跳。虽说她赞成哥哥见义勇为的做法,但现在哥哥留在家里确实不安全,她便急忙帮哥哥收拾东西。刘百川还坚持着不肯走,他知道,他一旦走了,父母和妹妹就要遭殃了。

正当家人还在苦口婆心地劝百川的时候,黑子气喘吁吁地跑了进来。

黑子是朱老爹的邻居,也是百川父亲的学生。见到老师,他忙说:"你们快……快些走,有一队官兵往这边来了!"

哪还来得及收拾东西,一家人逃命要紧。

"要走一起走!"百川说。

"成,那就一起走!"父亲母亲答应着。

稍微装了几件衣服,拿了些盘缠,一家人就从后门出去逃命了。

他们跑了好一段路,估摸着官兵应该是追不上了,母亲对着百川说:"先到你外公家躲一阵子吧,等过了风头咱们再回家。"

百川没有立刻回答,他的心里其实早已另有打算,此时坦诚地说道:"父亲、母亲、百灵,你们去外公家吧,我不去了,我要去井冈山。"

"去井冈山做什么?"母亲不解地问。

"去参加红军!其实,我有这个想法很久了,一直没敢跟你们说。今儿就算不出这事,我过阵子也是要走的!我有同学在那边,他写信告诉我,说那是一支为咱老百姓打天下的队伍!大丈夫志在四方,当齐家、治国、平天下,父亲,这不是您常常教我的吗?那是我的理想,我的追求,我想去看看。"刘百川斗志昂扬,说得斩钉截铁。

做父母的了解儿子,他决定了的事情,是怎么都不会改变的。现在又闯下了祸,回家还怕被抓住。于是父亲拍了拍儿子的肩膀:"那你就去追求自己的梦想,好男儿,志在四方!"

母亲已经在一旁哭泣,儿子这一走,也不知道什么时候能回来。

"爸、妈,那你们多保重,等天下太平的那一天,我再回来孝敬你们。"

百川又回过头看着妹妹,说:"百灵,哥不在的日子多照顾爸妈,碰到好人家就把自己嫁了!"

说完,刘百川转身打算走,突然被妹妹百灵叫住:"哥哥,你不是说过做什么事情都带着我的吗?我也要去当红军。"

百川不敢相信百灵也要去当红军,呵斥道:"百灵,别胡闹,你以为当红军是好玩的吗?那可是要上战场的!"

"我才没胡闹,许你有梦想,就不许我有吗?"

父亲琢磨着,留在家里总归不安全,他们老两口已经是半截身子入土的人了,当然是什么都不怕的。但百灵不一样,万一被官兵抢了去……他不敢往下想,还不如让百灵跟着百川去,于是说道:"百川,你妹妹想去你就带她去吧,我们可以自己照顾自己,你要照顾好你妹妹!"

既然父母和妹妹都这么决定了,百川想了想,去参军本也是一件好事,带着妹妹也未尝不可,便同意了。分别的时候,百灵和母亲都哭成了泪人,一家人在岔路口匆匆道了别。百川带着百灵连夜赶路,往江西于都方向走去。

经过二十来天的长途跋涉,百川终于按照同学告诉他的地址找到了革命根据地。同学见着他实在太高兴,当晚就带着刘百川兄妹两个见了连长陈青松。

陈青松听了介绍,打量着大老远从福建过来的刘百川、刘百灵,问道:"百川兄弟,百灵妹子,你们为什么要当红军?"

刘百川拍着胸脯,说道:"我父亲常常教育我,大丈夫在世,当为天地立心,为生民立命,为往圣继绝学,为万世开太平。我学习过马克思主义,观当今社会,只有共产党领导的工农红军能实现我心中所想!"

刘百灵站了起来,附和着哥哥的话:"对!我赞成哥哥的说法,女子也能这么做。"

陈青松满意地点点头,用力地拍了一下刘百川的肩膀,说道:"好!红军队伍欢迎你们!这样,百川,你先去新兵连,锻炼一下自己!百灵,你一个女孩子,就去卫生队吧,我们的队伍特别需要医护人员。怎么样?"

"领命!连长放心,我们一定做合格的红军战士!"百川、百灵兄妹俩站得挺立、笔直。

第五章　眼见为实

"没什么,国民党反动派就是这么叫我们的,到底谁是匪,百姓的眼睛清亮着呢。"

　　"百灵,真羡慕你有个这样的好哥哥!"张小妹说。
　　"是啊。可是从那次分开之后,我就再也没见过他了,也不知道他现在怎么样了。"刘百灵望向窗口,淅淅沥沥的雨声闯进房间。
　　"你放心吧,他这么优秀,肯定能干出一番大事业的!"王木兰说。
　　"那是一定的!"刘百灵突然又有了精神。
　　说着说着,屋里飘满了米汤的清香,鼎锅里的水收得差不多了,刘百灵赶紧将锅下的木柴扒开,留下些余火烘着锅。
　　张小妹的所有注意力都在这饭香四溢的鼎锅上。
　　王木兰安慰她:"等都等了,再焖几分钟,水汽收干,饭更香。"

满屋子饭香味如此勾人,别说是火塘边的四个女人,就是阁楼顶上的朱兰芳此刻也口水直咽。

三个女红军从自己的行李里掏出饭盒,又问徐解秀要饭碗。

"这是什么做的?看着好结实哟!"徐解秀指着张小妹手中的饭盒问。

"我也不知道什么做的,据说是缴敌人的,优先发给我们女兵用。"

刘百灵补充说:"这一路吃饭、喝水我们都靠它,用处可多了。"

说着,徐解秀起身去拿碗来,心里想起阁楼上的朱兰芳,他还饿着肚子呢。

徐解秀家的碗是楠竹做的,样子粗糙得很,但边口打磨得很细致。

"我家的碗就是这样的,山里穷人家没钱买碗。"徐解秀解释说,"清乡队来过之后,我家最值钱的家当就剩这口鼎锅了。得亏没打算在山里煮食物,也就没把鼎锅带上,把它藏在柴堆里了,现在就剩下这口鼎锅,要是被抢夺了也没钱再去买……"

说着,所有人的注意力都被刘百灵打开的饭锅吸引了。

雪白的饭粒子晶莹剔透又松软,惹人垂涎。

徐解秀看着米饭,心中一紧,要是天下太平,天天有这样的白米饭吃个饱,该多好啊!想着,徐解秀的眼神都有点儿直了。

"大嫂,我给你添一碗!"王木兰说。

"我,我不饿!"徐解秀羞怯地回答。

"大嫂,我特地让百灵多放了些米,你让我们进屋来歇息,我们都不用在雨里冻着淋着了,你别客气。"

徐解秀脸红了起来:"那……那他……他……"

王木兰不解地问:"谁呀?"

刘百灵诧异地看着徐解秀,说:"大嫂,你快说呀。"

徐解秀解释着,用手向上一指,说道:"他……他害怕,躲在阁楼上。"

一听说阁楼,三个女红军不约而同地抬起头朝头顶看看,却没发现什么异常。

王木兰心里突然明白了,便笑道:"原来大哥在家啊,那赶紧叫他一起下来吃饭吧。"

徐解秀听了,有几分不好意思,但她还是站起身来朝墙角走去。

"兰芳,兰芳!"她叫了两声。

朱兰芳生怕自己发出动静会被屋子里的人听到,在阁楼上都不敢挪动。楼下是三个进屋的姑娘,有说有笑很文雅,他早就不怎么害怕了,但徐解秀没招呼他,他也不敢下楼。

现在,徐解秀招呼他了,他便从稻草里爬起来,弓起身子走到墙边,挪开了盖着的木板。

阁楼上,一张灰扑扑的年轻男子的脸,被煤油灯昏暗的光亮照着。

"我……"朱兰芳张了张嘴,也不知道要怎么说。

"下来吧,红军妹子叫你下来一起吃饭。"徐解秀羞涩地说。

"大哥,快下来吧,吃饭了。"

刘百灵举高了手里的煤油灯,帮朱兰芳照着。

朱兰芳犹豫了一下,这才扯过梯子慢慢放下来。

徐解秀朝前走,扶住梯子,等朱兰芳站定了,她拍了拍朱兰芳身上的灰尘,这才对三个女红军说:"这就是我男人,小武的爸爸,他叫朱兰芳。"

"朱大哥你好,饿了吧,一起来吃饭。"

王木兰看了看鼎锅里的饭,给朱兰芳添了一满碗米饭。

说是饭够,但吃饭的嘴多,又都是成年人,红军战士奔波一天了,朱兰芳夫妇也饿了大半天,大家心里拘谨着,都不敢敞开吃,一口米饭含在口里细细咀嚼,品着米饭的香甜味道。

朱兰芳吃着白米饭,心里不再害怕和担心,但他此时有了新的感慨:要是每天都有白米饭吃,该多好呀!

徐解秀慢慢吃着,心想男人都下来吃了饭,想要再给孩子盛一碗,也不好意思说了,但孩子比她更需要食物,不然还是自己吃半碗吧,得给孩子留半碗。

王木兰却早就考虑周到了。此时便直接说:"大嫂,你再拿只空碗来装一点儿留给孩子吃吧。"

徐解秀呆住了,眼泪不自觉地浮了上来。

"今年大旱,收成本来就不好。我家收了点儿粮,要过冬本来就不够,结果还被清乡队给抢走了,说不能给'共匪'留粮食。"

话说完,徐解秀意识到自己不该说"共匪",心里一慌,立马抬眼朝女红军们看过来。

张小妹偷偷地笑,正吃饭,这么一笑,呛了气,刘百灵忍不住笑着看她一眼:"有什么好笑的,傻丫头。"

王木兰也笑起来,抬起头朝徐解秀安慰道:"没什么,国民党反动派就是这么叫我们的,到底谁是匪,百姓的眼睛清亮着呢。"

有屋子躲雨,有温暖的衣裳穿着,有白米饭吃着,徐解秀一家和三个红军姑娘此时都是踏实的。

"红军和国民党的官兵真的完全不一样!"朱兰芳突然说。

刘百灵点了点头,说:"是啊,我们红军闹革命,就是为了打倒这些欺负百姓的坏人,让所有穷人都过平等的日子,都有饱饭吃。大嫂,你放心,只要我们还在战斗,清乡队就张狂不了多久了。"

> 这是一床军用薄被,展开刚好一张床大小,但要盖五个人,肯定是四面漏风了。

对徐解秀和朱兰芳来说,三个女红军的到来,给他们带来勇气和力量,使他们放下了心里的恐惧,喜悦和踏实由衷而来。

对三个女红军来说,因为徐解秀一家的收留,风雨和饥寒都被挡在了门外,这快乐和感激更是发自肺腑。

五个人高高兴兴吃完了饭,小武还没有醒,徐解秀将留下的饭细心收好,马上又开始烧热水给女红军们洗漱。

三个女红军洗漱完毕,刘百灵和张小妹早已经是哈欠连天。

天一亮就有得忙,现在赶紧睡上一觉才是当务之急。

王木兰环视了一圈徐解秀的家,屋子不大,能睡觉的地方还真有限,但这样的天气,有一个角落打个地铺也是很好的,因此招呼姐妹们赶紧准备起来。

刘百灵心里有数,她也留意到徐解秀家就厢房里有一张床,心里便没有什么奢望,因此和张小妹一起将行军包的绑带松开,准备打地铺。

徐解秀见刘百灵拉着张小妹在清理地面,赶紧上前制止,说:"小妹,你们是客,当然不能睡在地上,得睡床上。"

王木兰听了,过来劝阻徐解秀,说:"家里就一张床,这么多人怎么睡得了?"

"没关系,那我们一起睡也行的。"徐解秀说。

王木兰忙摇手,说:"不行,人太多了,我们可不能挤着大嫂,还有孩子呢。"

张小妹也推辞道:"还有小武,五个人挤一张床,不行啦。"

徐解秀左想右想,那张床确实太小,四个大人一个孩子,横竖都睡不下。况且三个女红军只背了一床小被子,而徐解秀的床上,也只铺着蓑衣、稻草和一堆破烂的棉絮。但不管是主人还是客人去睡地铺,对方心里都过意不去。

张小妹安慰徐解秀,说道:"大嫂,没关系的,我们行军打仗,经常打地铺,你就别为难了。"

徐解秀却坚持着:"那可不行,挤挤没关系,都睡到床上去。"

三个女红军对视了一眼,真是感到十分为难。

这时,饭后收拾完碗筷的朱兰芳走来,敲了敲厢房的门。

徐解秀之前说过让朱兰芳去阁楼上睡一宿,现在见他敲门,估计是有事,便应声去将门打开,看见朱兰芳手里拿着两张长条凳。

王木兰睁大眼睛,好奇地问:"朱大哥,你这是干什么?"

朱兰芳笑了笑,说:"我想着,这床太小,五个人是肯定睡不下,所以我搬了长条凳过来。这条凳平放在床沿边也差不多高,垫上稻草,你们横着睡,就可以睡下了。"

"哇,朱大哥,你真聪明!"张小妹笑着嚷道。

"太好了,我看这样准能行。"刘百灵马上接过一张长条凳,"朱大哥,让我来吧。"

张小妹也接过朱兰芳手里的另一张长条凳说:"嘿,这下问题解决啦!"

两个人动手,将两张条凳平放在床沿边,将稻草扯均匀,垫上一层,不一会儿就铺好了床。

床的问题解决了,徐解秀暗暗松了一口气,待朱兰芳出了房间门,她跟过去又叮嘱了几句。

朱兰芳说他可以给大家放哨,让徐解秀和红军都放心睡。

徐解秀点了点头,这才回屋将门关好,又略有些内疚地冲三个女红军说:"我家的被子被清乡队抢走了,就剩下这团破棉絮和蓑衣了,大家将就着盖吧。"

王木兰将自己的背包带解开,这是一床军用薄被,展开刚好一张床大小,但要盖五个人,肯定是四面漏风了,于是也笑着说:"大嫂,我们三位女同志也只分到了一条行军被,大家凑合着盖,谁也别不好意思啦!"

大家脱了鞋子,和衣躺下。

床上王木兰在最左边,旁边是张小妹,接下来是刘百灵,她旁边是小武,最右侧是徐解秀。

徐解秀睡在床的最边上,说是方便照料孩子,其实她和王木兰的心思差不多,都是知道两侧露背盖不住,肯定会更冷一点儿的。

徐解秀怕客人冷,将破棉絮盖在了王木兰的后背上,把并不保暖的蓑衣搭在了自己身后。

大家挤成一排睡下,翻个身肯定都不容易,也都在迷迷糊糊睡着前不断提醒自己,不要随便翻身。

三个女红军一躺下,就发出轻微的呼噜声。

徐解秀弓着腰抱着小武,尽量让孩子睡得暖和些。

大家这么小心翼翼地睡了差不多两个小时,突然,小武醒了,大哭起来。

徐解秀迷迷糊糊,突然被惊醒,赶紧哄着说:"哦,哦,我的小武不哭,小武不哭,不哭了啊,别吵着阿姨们睡觉啊。"

王木兰在三个女红军里算是最稳重的,也更警醒,孩子在大哭之前小声哼唧的时候她就醒了,听徐解秀哄孩子,觉得应该能哄住,也就没吱声,没想到孩子反而哭得更大声了,把刘百灵也吵醒了。

张小妹年纪轻,瞌睡重,又累得很,只有她还没醒。

朱兰芳没有上阁楼去睡,他在外面的火塘点了一小堆火烤着,靠着墙根睡得迷迷糊糊,听小武一哭,他就赶紧起身,走到房门边,轻叩着房门询问:"阿秀,小武怎么了?"

徐解秀早已坐起身,抱着小武哄着。

刘百灵一听,知道是朱兰芳,赶紧起身打开门,让朱兰芳进来。

徐解秀抬起头看朱兰芳,有些责怪地说道:"你进来干什么?大半夜的,你赶快出去。"

王木兰赶紧制止,说:"没关系的,没关系。大哥大嫂,这孩子到底是怎么了?"

徐解秀见孩子大哭把大家都吵醒了,难为情地说:"我小孩儿……这些天反反复复在发烧。"

刘百灵过来摸摸小武的额头,问:"发烧?是不是受了风寒?"

朱兰芳忧心忡忡地解释说:"有人说,这是'打摆子',一下子发冷,一下子发热,村里有几个小孩儿'打摆子',都死了……"

说到这个,徐解秀的心都碎了,悲伤地说:"原想吃些草药会好,谁知道不管用,我现在就害怕……害怕……"说着,徐解秀忍不住哭了起来。

王木兰赶紧安慰道:"大嫂,你别哭,让我看看。"

刘百灵走过去给张小妹掖了掖被子,结果看到张小妹已经醒了,只是没吭声,就轻轻拍了拍张小妹,示意她继续睡,然后坐在床沿的长条凳上冲徐解秀说:"大嫂,你别哭,让木兰姐看看,

145

她坐过诊,又上过医学堂,是懂医治病的。"

徐解秀这时抬起泪眼,满怀希望地朝王木兰看过来,说:"大妹子,你真能看好我小孩儿的病?"

王木兰笑了笑,说:"大嫂,'打摆子'就是一种疟疾,打寒战,发高烧……也不是要命的病,但拖着不治,孩子肯定耗不起。"

朱兰芳见王木兰说得内行,赶紧问:"那怎么办?有救吗?"

徐解秀也眼巴巴地看着王木兰。

王木兰走过来,用手背试试小武的额头,温度是挺高的,说:"是发高烧,这高烧久了会烧坏脑子。"

张小妹也坐起身子,同刘百灵一起看着王木兰,问:"啊,烧坏脑子?那现在怎么办……"

王木兰走过去,同张小妹和刘百灵悄悄讨论,将她的想法说了一遍。

徐解秀看到王木兰几个在说悄悄话,心想,她们说孩子能治恐怕也是安慰她罢了,因此又哭了起来。

王木兰赶紧站起身,冲徐解秀说:"大嫂,你先别哭……百灵,你快去拿药呀。"

红军在长征路上,一切用品都是奇缺,尤其是药品,更是十分珍贵。治"打摆子"的药,药箱里的确有,但行军艰苦,战士们生病的情况很多,这种药只有那么几颗了,现在要拿出来治病,而且还不是给红军战士治病,药用掉了,三人是要担责任的。

这就是刘百灵犹豫的原因。

徐解秀一见刘百灵并没起身去拿药,便抱着小武跪下去磕头。

王木兰赶紧弯腰,将徐解秀的肩扶住了,说:"大嫂,你快起来,别这样。"

徐解秀看着惊跳起来躲到了另一侧的刘百灵,央求着说:"求求你们,救救我孩子。"

王木兰赶紧说:"救人要紧。来吧,我们三人来做一个表决,同意用药的请举手。"

刘百灵和张小妹一听,也只有如此了,赶忙点点头。

王木兰说完,第一个高高地举起手。

张小妹赶紧也把手举了起来。

刘百灵一看她们两个人都举了手,便也举起了手。

王木兰一笑,说:"好了,大家表决,都同意用药。百灵,还不快点儿去拿?"

刘百灵赶紧去拿药箱。

"千万别这么说,你们救了我孩子,你们都是好人。"

已经白发苍苍的徐解秀,用一口让人听不太懂的瑶族官话,对罗开富说道:"……罗记者,你看,即使是现在,'打摆子'在我们这儿也还是很凶险的病啊,当年要不是三个女红军,我孩子就没命了。"

罗开富老师将玻璃杯里的绿茶吹了吹,喝了一口,见我没有提问,于是继续讲述他去采访的情景:"那是1984年11月,我们国家刚刚改革开放,城市的生活水平慢慢在提高,但乡村刚开始实行分田到户,交通不便,农村医疗能力极为有限。"

我点了点头,等着罗老师继续往下说。

"徐解秀老人告诉我,红军都是好人,要是没有三个女红军,小武就连命都没了,据说那晚的高烧,小武就算能熬过一晚,不死掉也会烧坏脑子!"

"后来呢?"我接着问。

后来,小武吃了药,徐解秀终于哄着他睡了。

三个女红军非常劳累,徐解秀自己也困极了,不一会儿便都睡着了。

早上醒来,徐解秀用手一摸,整条被子都盖在她和小武身上,三个女红军已经不见了。

徐解秀用嘴亲了亲小武的额头,孩子的体温果然恢复了正常。

抚着儿子的小脸蛋儿,徐解秀忍不住一阵激动。

徐解秀知道,即使是朱兰芳回家了,但小武半夜病情加重,发高烧那么狠,也没办法找任何人来帮忙。没有药退烧,即使熬到天亮,小武也不知道会烧成啥样了。

天刚蒙蒙亮,朱兰芳就去后山找草药,也没有来得及告诉徐解秀。

虽然朱兰芳看到女红军给小武喂了药以后,小武的确安稳地睡了半宿,但他还是担心小武会接着发烧,便寄希望继续吃草药能救孩子。再说,日子还得继续过,粮食没了,多少也要找点儿野菜回来。

徐解秀起床,略微收拾了一下自己,赶紧生火,再把米饭添点儿水用锅热着。

等小武醒来,一看孩子眼神清亮,有见好的模样,她便将温软的米饭一口口喂给小武吃。

小武很少吃到白米饭,虽然高烧刚退,胃口不太好,但米饭的清甜吸引了他,也还是吃了半碗下去。

等小武吃完了,徐解秀这才打开门抱着孩子走出来。

屋外很热闹,几名战士正在帮徐解秀家打扫和挑水。

大门外的石板路上,还不时有战士们经过,大家一见到徐解秀都热情地招呼:"大嫂好!"

徐解秀的心像是被这些年轻、热情的战士点亮了一般,脸上漾起了温暖的笑容:"哎,哎,你们别累着,别累着了。"

红军战士们有的挑水,有的扫地,有的背来柴火,有的将粗柴劈了,然后在屋檐下码放好……

徐解秀一时呆住了,也不知道该如何招呼战士们才好。

这时,王木兰背着药箱从祠堂方向回来了。

"大嫂,小武好些了吗?"

徐解秀侧过身,将小武的脸亮给王木兰看,高兴地说:"好了好了,不发烧了,还吃了半碗米饭。"

王木兰摸了摸小武的额头,果然不烫了,便两手一拍,冲小武张开双臂。

小武羞怯地睁着大眼睛看着王木兰,徐解秀忙解释道:"哎,这孩子没见过世面,认生的……"

话还没有说完呢,却看到小武也张开了小手向王木兰探过去。

这时,张小妹和刘百灵也走过来,看见王木兰抱着小武,也都伸出手来要抱孩子,小武看见几位漂亮阿姨争着要抱他,咧开嘴咯咯地笑了。

徐解秀腾出了手,拿着葫芦瓢在水缸里舀了清水过来喂小武,王木兰赶紧伸手制止,说:"大嫂,这样可不行,孩子要喝温开水,可不能喝生水。"

"为什么不能?我们山里人从来都是喝泉水啊。"

"那可不行。孩子的肠胃受不了凉水,泉水也不干净,喝了会拉肚子,只有烧开的水才能喝。"王木兰不好说得太细,怕吓着徐解秀,但又不能不说。

"那,这千百年来咱瑶民都是这么喝,也不见啥事嘛。"徐解秀质疑道。

"大嫂,山村里孩子常会生一些病,怎么也治不好,有的就夭折了,对吧?其中就有这些饮食不卫生的原因。"刘百灵插话说道。

徐解秀心里一惊,想想村里每年都有几个孩子夭折,吓得葫芦瓢里的水都洒了,说:"原来这样,那我知道了,以后水烧开了再给孩子喝。"

话说到这儿,张小妹又补充了一句:"大嫂,山里夜间格外冷,小武现在体质还弱,千万别让他受凉。"

深秋夜冷,清乡队又把被子都抢走了,孩子怎能不受凉啊。徐解秀心中叹着气,还是应声说:"好的,我记住了。"

"大嫂,我们住在你家,给你添麻烦了。"王木兰想着,这村子里各户都锁了门,空房子虽然多,但还是只能在徐解秀家那一张床上睡,到底还是挤。

红军来了,不是土匪,有笑脸温情,还帮着干活,帮着给孩子看病,徐解秀心里早已千恩万谢,真诚地说:"千万别这么说,你们救了我孩子,你们都是好人。"

刘百灵过来,从王木兰怀里接过孩子,边逗着边说:"我们红军是为了帮助老百姓翻身做主人才打仗,当然都是好人。"

徐解秀望了刘百灵一眼,说:"那些国军不也是百姓出身?他们经常来村里催粮、催税,又是拿又是抢。"

"放心吧,大嫂,"刘百灵看小武向徐解秀倾过身子,便把孩子递到徐解秀怀里,说,"有我们在,国军和土匪都不敢来骚扰。"

"是啊,大嫂,我们为你们撑腰。"王木兰接着安抚道。

"对对对,你们是自己人,有你们在,我什么也不怕。"徐解秀笑着说。

徐解秀看很多战士很抵触这"百草汤",便倒了一碗拿在手上,大声说:"同志们,我喝给你们看!"

朱兰芳去哪里了?徐解秀已经在大门边张望过好几次,想着朱兰芳一早就不见人影,晌午了还没有回来,心里发急,免不得担心。

正想着,朱兰芳背着一捆柴,走进屋来。他放下背上的柴火,拿出挖到的半篓草药和野菜递给徐解秀,又伸手摸了摸小武的额头,才发现孩子已经退烧了。

朱兰芳高兴地说:"退烧了,我的小武!"

徐解秀也高兴地说:"是呀,全靠三个女红军给喂了药啊!"

朱兰芳想进屋去洗手。

徐解秀担心地问道:"都过晌午了,你只是去……打柴了?"

朱兰芳笑道:"我进大山了。"

王木兰走过来,追问:"进大山?"

朱兰芳看了徐解秀一眼,略有点儿羞涩地回答:"我是去叫人……"

徐解秀也不明白,问道:"你去叫什么人?"

见徐解秀不懂自己的意思,朱兰芳便直说:"红军是好人,我去将朱孝富、朱忠福他们叫回家啊。"

徐解秀一听,马上明白过来,笑道:"是呀,你告诉躲在山里的人,红军不是坏人,在山洞里多冷啊,也没有地方睡,赶紧回家来。"

"嗯,我就是这样说的。我还叫他们回来打开门,让红军住进房子里。"

"那他们回来没?"徐解秀继续打听着。

"嗯,我先回来了,他们应该会回来。"朱兰芳觉得,红军进村,自己一家安好,这就是最大的说服力。

王木兰听到这儿,心里充满了感动和谢意,说:"大哥,真是太谢谢你了,我们红军战士们都谢谢你。"

朱兰芳一听王木兰这么郑重地感谢,脸唰地一下子就红了。

这时候,徐解秀喜悦地大叫起来。

众人随着徐解秀的目光一看,门外的石板路上有几个村民经过,还探头探脑地朝徐解秀的屋子张望。

王木兰和徐解秀到大门边去看,看到村民正挑着行李,牵着孩子们往村里走呢,虽然大家表情略有些凝重和迟疑,但回来的村民可有好几户。

朱兰芳抱着小武,和徐解秀忙迎了出去,远远地就对着他们打招呼,那些村民看到朱兰芳和徐解秀抱着孩子,脸上的笑容是从来没有过的灿烂,一颗心便落回了肚里,也招呼着走了过来,并好奇地打量着朱兰芳身旁站着的王木兰,还有正在帮忙劈柴的两名战士。

王木兰短发,大眼睛,一身军装,英姿飒爽,威风好看,此际,

153

正以微笑的姿态迎接村民们回来。

村民们还不敢同她讲话,跟朱兰芳打招呼后,便朝自家走去,走远了回头看,王木兰还站在原地亲切地望着他们呢,这一幕让大家心里感觉踏实得很。

等到了自家门外细细一看,屋外的东西果然一样没少,门锁扣一点儿没坏,村民们心里都免不了十分惊奇。邻近的几家都边收拾边悄悄议论上了:红军,这是一支什么样的部队?他们来干啥?这么大的部队住在村上,秋毫无犯,没有掠夺骚扰,太不可思议了……

我用心地听罗老师说着,认真地记录着。

罗老师望了我一眼,接着说:

"徐解秀老人说,清乡队员也是躲在大山的石洞里,他们每天都在监督着村民们,不准他们下山与红军接触。其实,清乡队每天也在观察着红军部队……"

在大山上,一夜的风雨,一夜的寒冷。

村民们都躲在了山洞里,一些村民想悄悄地回家去看看虚实。

黄队长很快知道朱兰芳逃回了沙洲村,也知道一些村民悄悄地回去了,心里火冒三丈。第二天,他便派郭副队长深夜潜入沙洲村。

郭副队长打扮成村民,混进村后,在村里走了一圈,发现村里的祠堂住着许多红军战士,还发现徐解秀家里住着三个女红军……

郭副队长乘夜色赶紧回到山上,悄悄地告诉黄队长说:"小脚女人徐解秀的男人朱兰芳果然回家了,而且,他们家还住着三个女红军。"

黄队长一听,非常生气地骂道:"这个王八蛋,他躲得过初一,躲不过十五。我总要找他算账!"

郭副队长附着黄队长的耳朵,小声说:"朱兰芳下山,带了个坏头,带走了一些村民,现在山上的村民都不安分,一个个都想着下山回家。"

黄队长赶忙说:"明天在山上开个大会,告诉村民,朱兰芳私自下山,绝没有好果子吃。大家不要学朱兰芳的样。从今天开始,凡是逃跑的,统统抓回来枪毙!"

第二天,在山里的一块平地上,郭副队长将村民们从各个山洞里叫出来,集中在一起。

村民们带着老人、孩子聚到一起,孩子们哭哭啼啼的。

有的老人在山上受了湿寒得了病,都嚷着要下山回家。

黄队长站在一块大石头上,对村民们训话:"这两天,我发现有人偷偷地下山了。我警告大家,大家躲在大山上,这是上头的命令,你们谁也不准下山回家!如果不听话,硬要逃跑,抓回来就地枪毙!"

村民们一听,个个都害怕,议论起来。

"啊!枪毙!那咱们走不成了。"

"朱兰芳逃下山,第二天就悄悄上山叫人回家。"

"听说共军对老百姓好,三个女红军给朱兰芳家的小武看好了病,救了命,还没收一分钱呢!"

郭副队长站在一边,听到有人议论,赶紧说:"朱兰芳偷偷逃跑,我们决不会放过他!"

黄队长气不打一处来,大声吼道:"岂有此理,朱兰芳这个通共分子,胆大包天,还敢上山来叫人下山?你们要加紧巡逻,只要发现他,立即枪毙!"

郭副队长连忙大声说:"只要谁发现朱兰芳上山,举报的,奖励10块大洋。发现不报的,一样受处罚!"

"啊,10块大洋!这么多钱?"有村民小声议论,"可都是街坊邻居的,谁有脸挣这个钱?"

"朱兰芳是好样的……"大家议论着,说红军不像黄队长说的那样杀人放火、"共产共妻",红军给小孩儿看病不收钱,还帮助村民们挑水、劈柴。村民们要求回家的呼声也越来越高。

黄队长见大家议论,心里有点儿不自在,大声说:"他妈的,老子和你们一样,也在山里躲着受罪,你们倒埋怨起来了。"

郭副队长马上接上话:"谁再敢在那儿胡说,老子拿他来杀鸡儆猴!"

郭副队长这么一说,大家都不作声了,他看黄队长虽然脸色很差,但似乎没什么话要说了,才大喊了一声:"散会!"

村民们散开,不敢多说,纷纷回到山洞里去。但是,红军对老百姓好、给孩子治病不收钱这些消息,使得村民们对红军产生了好印象……

阿云两口子就是最先回村的一批,打开锁,进了家门,阿云把包袱里的东西重新分开,各归各位,收拾了屋子,准备烧点儿热水洗澡。这些天藏在山里,各种不方便,没法正常洗漱,整个人都感觉不清爽,可以说糟糕透了。

朱孝富抱了柴在火塘里点着,架上大锅给阿云烧水,烧开一锅水舀进桶里,再给锅里添上水继续烧,唤阿云去洗澡。

阿云口里应着,在房里找衣服。

这时候,朱孝富便拿起砍刀要去后岭砍柴。这半天总算无雨,湿柴也要砍点儿回来,搁在雨淋不到的地方,隔几天就干燥了。否则,连天的雨下起来怎么得了。

朱孝富刚走,王木兰和徐解秀到了阿云家屋外,敲了敲门。

"阿云呀,你在家吗?"

"三嫂子,我在,你有事吗?"阿云边应声,边从火塘边站起身,手里拿着准备换洗的衣服。

"你在家就好,你家还有打伤药吗?红军同志的伤员药不够。"

阿云听徐解秀嘴里说"同志",感觉新鲜得很,就道:"'同志'是什么呀?"

徐解秀骄傲地笑着说:"'同志',就是他们红军战士互相的称呼。"

王木兰解释给她听过,徐解秀觉得自己长了新知识,心里很高兴。

"哦,知道了,这就是同志,药还有点儿,我给找找。"阿云应着。

徐解秀一听,高兴地叮嘱说:"那你就赶紧找药,同志们正在祠堂等着呢。"

阿云咧嘴一笑:"好咧,三嫂子同志,你先回去烧一锅水,放几勺盐,等下我有用!"

157

徐解秀忙应道："那好，我马上回家烧水，回头我们在祠堂等着你，快点儿呀。"

阿云一听，将手上的衣服一丢，赶紧动身去翻找收藏起来的药罐子。还好，一翻就找到了。

她拿出药罐子放好，这才赶紧把锅里的热水舀出来兑成温水，匆忙洗了个澡，便带上打伤药往祠堂走去。

拿着药往祠堂里走，沿路遇到好些"同志"都在冲她微笑点头，阿云心里免不得一时紧张，一时激动，一时又开心。

阿云刚走到祠堂外面，就听到身后有人在唤她，扭头去看，原来是徐解秀与王木兰，她们一人端着一大盆热水，朝这边走过来。

"三嫂子，这是打伤药。哎呀，你这盆……"阿云笑道。

徐解秀也笑着，说："这个盆也是借的，我家要有这样的大盆就好了。"

说着，徐解秀就和王木兰一起领着阿云进了祠堂。

阿云进了祠堂一看，没想到朱孝富已经在这儿帮上忙了。

原来，朱孝富想到山上去砍柴，谁知经过祠堂时，看见好多红军伤员正需要帮助，便丢下柴刀，上祠堂帮忙来了。

阿云拿着打伤药，刚说明了应该怎么用，王木兰便迅速将任务分派下去。

刘百灵和张小妹就领着大家，开始拿盐水为伤员清洗伤口，阿云为清洗好伤口的战士们敷上打伤药。

祠堂前坪里，朱兰芳也在周小年的帮助下，忙着将刚熬出来的"百草汤"分发给淋了雨受了湿寒的战士。

原来,朱兰芳回家时,正看到徐解秀和王木兰在找"百草汤",忙问干什么,徐解秀解释说:"同志们淋了雨,喝点儿'百草汤'出出汗!"

朱兰芳一听,就把家里晒的草药全部拿了出来,准备洗干净,煮上两锅给大家送过来。

王木兰见朱兰芳那么实在,说:"大哥大嫂,你们也留一点儿,全部煮了,你们就没有了。"

徐解秀一听,笑着说:"这个不打紧,你大哥可以上山去采。"

这"百草汤"是瑶家的草药,特别不好闻,但热腾腾地喝上一碗,出一身汗,瞬间就能觉得浑身通泰,舒服许多。

朱兰芳将药端进来,有的人便捏起了鼻子。

陈青松走过来,一见是草药,知道是徐解秀家里熬来的,是为战士们治病的,便说:"大哥大嫂,真是太麻烦你们了!"

徐解秀看很多战士很抵触这"百草汤",便倒了一碗拿在手上,大声说:"同志们,我喝给你们看!"

徐解秀说完,一口气喝完了草药。

陈青松见此情景,也带头喝了一碗,抹着嘴说:"有点儿苦,但良药苦口利于病!"

战士们一看陈连长也喝了药,就都不再拒绝。

不一会儿,有战士说,全身出了汗,舒服多了。

徐解秀一听,比什么都高兴。

祠堂里里外外这么一忙,就忙到了天黑时分。

阿云低着头一阵忙碌,等到端着几乎空了的药罐子直起腰来,只觉得眼前昏花,身子晃了晃,朱孝富一见赶紧扶稳了夫娘,又接过她手中的药罐子看了看,说:"明天一早,我们就进山找药去吧,看来还得多备一些才行。"

"太感谢你们了,明天我们派几个战士陪你们一起进山挖药,嫂子你指什么,他们就挖什么,也可以省不少时间。"陈青松听到朱孝富的话,就马上安排起来。

阿云一口答应,说:"这样太好了,我们进山也就安全了。你们也要小心些,大山里还有清乡队呢。"

即使没有清乡队,平时两口子进山挖药,也是小心又小心,生怕遇到野兽之类,有战士背着枪一起去,就安全多了。阿云可以教战士们挖什么药、怎么挖,这样的确会省很多工夫。

徐解秀和阿云一起往回走,说起祠堂里的同志们睡在地面上太冷,又约定去看看村里还有谁从山里回来了,大家多凑些稻草给祠堂送去,尽量给战士们打个舒适的地铺,看能不能再找些红薯和野菜煮了送来。

第六章　加入红军，我们就有了新家

"我也想……加入……中国……共产党!"

"小妹,小妹!"周小年从远处跑过来,大声叫道。

张小妹迎了过去,忙问:"我在这里,有什么事吗?"

"小妹,你照顾的那个小战士,他醒来了,一直在叫你的名字。"

"啊!他好点儿了吗?我这就过去。"说着,张小妹回头向王木兰和徐解秀挥挥手,跟着周小年前去看看情况。

刘百灵知道,那名救过张小妹的小战士伤得挺严重的,心里觉得不安,也跟着张小妹一起朝那边跑了过去。

她俩的心里,都牵挂着那个受伤的小战士。

这名小战士在炸弹爆炸的瞬间,用身体保护了张小妹,是张小妹的救命恩人。但他从战场上被抬下来时,除了外伤,还受了内伤,红军部队现在所处的环境和医疗条件根本无法治疗内伤,又经过转移时的颠簸和冷雨,抵达沙洲村后他就一直昏迷着,加上昏迷之前也是迷迷糊糊的,所以张小妹连小战士叫什么名字都没问出来。

小战士的头整个儿都被绷带裹着。

张小妹走到这位小战士身边,见他闭着眼睛,以为他又昏睡过去了,于是蹲下身来,用手摸摸他露出来的额头。

"小同志,你醒醒。"

说着,张小妹拧干了自己使用的洗脸布为小战士擦脸。

前两天一路奔波,又下着雨,担架上的小战士只盖着一块油布,被战友跌跌撞撞地抬着走,抵达沙洲村已经很晚,抬进祠堂之后,卫生员们先帮他烘干了湿衣服,又勉强给他喂了一些温热的米汤。

毕竟要照料的伤员太多,大家忙不过来,因此没有替小战士擦洗脸,那脸上黑一块儿灰一块儿的,都看不清长什么模样了。张小妹帮他擦拭干净,才显露出一张稚嫩的脸,年龄看着比张小妹还要小。

"水……水……"小战士没有睁开眼睛,但他听到了身边有熟悉的声音,便用微弱的声音呼唤。

张小妹拿过水壶给小战士喂水,小战士的嘴张不开,一点点水从他微开的嘴唇进去,大部分却顺着他的脸颊流了下来,张小妹一下子慌乱起来。

小战士的咽喉在轻微吞咽,张小妹知道他醒着,便轻拍着小战士的肩小声唤道:"小同志,你醒着对吧?能睁开眼睛看看我吗?"

小战士的眼球滚动了一阵，艰难地将眼睛睁开了一条缝，又过了一会儿，他的眼神才安定下来。

张小妹往后退了一小步，好让小战士更清晰地看到自己，她面露微笑，希望能鼓励对方。

"我……"小战士的喉咙里咕噜了一阵，才艰难地继续说，"我……能叫你一声姐姐吗？"

声音不大，吐字缓慢，张小妹都听清了，她赶紧点点头，说："可以，可以！弟弟！"

"姐姐！"这么叫了一声，小战士的眼中突然淌出了泪水。

张小妹伸手用洗脸布轻轻替他揩去眼泪，柔声道："弟弟，我就是你姐姐，你要坚持，一定会好的。"

"姐姐……我……难受。"小战士低语，每一句话说得都那么艰难，"你……抱抱我，好吗？"

张小妹的眼泪突然就滚落下来，她偏过身子擦了擦自己的眼泪，俯下身子亲了亲小战士的额头，轻轻给了他一个拥抱。

"姐姐，我有一个……小秘密！"

"什么秘密，能告诉姐姐吗？"

"我也想……加入……中国……共产党！"小战士的话说得断断续续，但意思明明白白。

"太好了，弟弟，我支持你！有一天，你一定可以入党的。"

小战士一听，脸上浮现出幸福的微笑。但很快，这微笑就变成了非常痛苦的表情。

张小妹一看，赶忙握着他的手，大声说："弟弟，你怎么了？你还好吗？弟弟，你叫什么名字？告诉姐姐，好吗？"

"嗯,姐姐,我……"

小战士眼神里又有了淡淡的微笑,他很想把自己的名字告诉这位好姐姐,他希望这位刚刚亲吻过他额头的小姐姐能记住他的名字,但他还没说完,头一偏,便停止了呼吸。

"告诉姐姐啊!告诉姐姐,你叫什么名字?让姐姐记住你,帮你找到家人。"张小妹忍不住猛摇小战士的肩膀。

刘百灵一直蹲坐在旁边看着,心里明白小战士已经牺牲了。

看到张小妹紧紧抱着小战士的身体哭起来,刘百灵心里也格外难受,忍不住走到张小妹身后,将张小妹的身子扳过来,抱在自己的怀里。

张小妹抱住刘百灵,埋头痛哭起来。

刘百灵也忍不住了,摸着张小妹的头发,两行热泪无声地淌了下来。

听到张小妹的哭声,陈青松走进了祠堂。

陈青松走过去探了探小战友的鼻息,见气息已经全无,便伸手摘下自己的军帽,行了一个军礼。

在陈青松的身后,卫生员和所有的伤员都缓缓站直了身子,摘下军帽,向小战士行军礼。

"等红军打赢了,天下太平了,人们的生活就会特别幸福、安宁,到时候,就有充足的粮食、充足的药,这些病和痛,也就不会再那么折磨人了。"

经过两天的相处,大家渐渐地熟识了。

徐解秀更深入地了解了三个女红军的经历,不由得暗暗叹道:"原来,谁活着都不容易,大家都是苦命人啊。"

王木兰逃出来以后在乡下东躲西藏了两年多时间,后来才打听到陈青松已经在江西瑞金当了红军,于是,千里迢迢地跑去寻找。

"我小时候的家,说是家,其实也就是茅草屋,四面是用泥巴混着稻草、竹篾糊的破墙。大嫂,你家的房子才是真的好呢。"张小妹冲徐解秀说。

"父母和姐姐死后,家就更不像家了。我一个人离开了那个空落落的家,离开了那个扒皮、吃人不吐骨头的山村。出来的日子也同样苦,但我年轻,又肯干活儿,多少还能挣点儿吃的。后来我经过红军临时卫生所时,看到几个伤兵在那里治伤,其中还有年轻的女孩子在干活儿,我就进去问她们还要不要人。"说到这里,张小妹扭头看了一下正在护理伤员的刘百灵,才继续说,"当时,在红军卫生所里正在为伤员上药的女孩子,就是百灵姐。

"百灵姐是跟着哥哥来当红军的。就这样,我也留在了红军卫生所里,连长陈青松每周会抽三次时间为我们讲解护理知识,包括如何操作一些简单的手术,像清创和缝针之类。

"刚开始学,我也觉得很恐怖,吓得直抖,但百灵姐告诉我,说陈连长讲过,如果战士受了枪炮的伤,不动手术将弹头、弹片从身体里弄出来的话,会感染,是会要人命的。所以,就算是没有其他器械,没有其他药品辅助,也要想办法把子弹取出来……"

张小妹一口气说了不少话,还在说的时候,刘百灵已经走了过来,听着张小妹的话,淡然地朝她笑了笑。

"百灵姐,你这样做过吗?"张小妹问。

"还没有,不过,如果到了那种时候,我想我会有勇气的,小妹,你也一样。"

张小妹咬着嘴唇,点了点头。

徐解秀听到这儿,感觉一身的鸡皮疙瘩都冒了出来:"天啊,那样会直接痛死人。"

刘百灵朝四周看了看,凑近徐解秀的耳边说:"听说,女人生孩子的时候也是那么痛的,但不能不生啊。"

徐解秀听着,愣了一下,想想当初自己生小武也的确是痛不欲生,但她还是咬着毛巾将孩子生了下来。想来,为了生存,人的潜力是无限的。

"大嫂,等红军打赢了,天下太平了,人们的生活就会特别幸福、安宁，到时候，就有充足的粮食、充足的药，这些病和痛，也就不会再那么折磨人了。这样想想，我们现在做什么，怎么做，也都有了奔头啊！"

王木兰正好经过，听了张小妹这段话，有些意外地拍了拍张小妹的肩，夸道："小妹，你成长得非常快，好样的！"

徐解秀听在耳朵里，心里默默地想，好像这两天，自己也成长了。

晚上，三个女红军战士舍不得徐解秀，还是都回到了徐解秀家。

徐解秀从房子后面的小土窖里掏出几个红薯，洗干净切成丁，与刘百灵倒出来的米掺着，又加了一些野菜，拿鼎锅煮了菜饭，焖得香香的，这才招呼大家一起吃饭。

"加了这么多红薯和野菜，今晚大家都可以填饱肚子了。"朱兰芳略有些羞涩地说。

"嗯，朱大哥，你多吃点儿，能叫回来这么多村民，你是功臣啊！"

这么一说，大家又都笑了起来。

徐解秀端起饭碗，才吃了两口，便又好奇地问上了。

"那，王同志，你是怎么和她们走到一起的？你不是找自己男人去了吗？"徐解秀说的"王同志"是王木兰。这些新鲜的词在徐解秀脑海里团着，她还没有来得及梳理怎么使用更合适。

王木兰没有就"同志"这个称谓进一步解说，而是直接回忆起了当时的情形……

王木兰从何长贵那个恶棍家里逃出来，连长沙城的家都没敢回。她一路打听陈青松的下落,还托人到陈家去打听,得知陈青松也在到处寻找自己。

陈青松的堂兄还说,何长贵在村里布了眼线盯着他家呢,恐怕就是要等王木兰找上门,或者是要找陈青松算账,因此陈青松一狠心,干脆当兵去了。

国民党的兵干的坏事太多,陈青松是不会去当的。听说江西有红军在闹革命,专门打土豪、分田地,为穷苦人撑腰,陈青松便打算去江西参加红军。

打听到陈青松可能去江西当了红军的消息,王木兰心中一半惊喜一半绝望,因为她不知道该上哪里去寻找陈青松。她只好一路流浪,各方打听,总算有人告诉她,红军在江西于都一带,从湖南过去,倒还不算太远。

王木兰风餐露宿,忍饥挨饿,偶尔也在好心人家里做短工,有时候挨冻,好心人送她薄被或蓑衣披在身上取暖。但每忙过一阵子,不等安稳,她又会带上十几天的干粮再次出发。

早在1929年初,毛泽东、朱德率领的红四军主力从井冈山来到赣南创立了中央苏区,与此同时,蒋介石开始对苏区进行武装"围剿"和经济封锁。

为粉碎敌人的经济封锁,解决革命经费问题,1930年冬,红军一个团驻扎在铁山垅分水坳,参与了铁山垅钨砂的开采。1932年春,铁山垅成立了"中华钨矿公司",毛泽东的弟弟、当时担任中华苏维埃国家银行行长的毛泽民兼任公司总经理。

毛泽民到任后认真执行临时中央政府的经济政策,发动群众,团结商人,与盘踞广东的国民党军阀陈济棠部队发展"边境贸易"。

  1931年至1934年,4年间,铁山垅钨矿共生产钨砂4193吨,财政收入430万银圆,同西华山等几座钨矿一起撑起了苏区的财政,粉碎了蒋介石对苏区的经济封锁,中国革命能星火燎原,铁山垅钨矿功不可没。

  江西于都红军最多,名声最响,王木兰对这里寄予的希望就更大。她一路艰辛,前往江西于都县城找红军部队。到了于都,遇见的红军就多了,她见到了红军就打听陈青松的名字,问了几天也没什么消息。这天她正好一路打听,来到了铁山垅钨矿附近,看到路边有一处红军临时卫生所。

  王木兰心里想:陈青松也是学医的,当了红军会不会在卫生所呢?

  卫生所外的围井边,两名姑娘正在洗衣服,她们就是刘百灵和张小妹。

  刘百灵用手擦了一把汗,抬头一看,只见远远地走来一位风尘仆仆的姑娘,单肩背着个带着蓝点点的花布包。

  刘百灵比较警惕,站起身就先问道:"你找谁?"

  王木兰看了她们一眼,心想原来红军里有女的,便答道:"我找我同学。"

  刘百灵听了这话先是愣了一下,接着还是耐心地继续问:"找同学? 男的女的?"

  "男的!"王木兰赶紧补充道,"他姓陈,叫陈青松!"

  张小妹一听,赶紧站起来,笑道:"啊,这么巧,陈青松? 他可是我们连长。"

王木兰点点头,她一路打听过来,似乎听说陈青松现在是连长了,但还没见着人,她也不能确定是不是同一个人。

这时,张小妹和刘百灵都高兴地站在王木兰身边打量她:"呀,你是陈连长的家人,太好了!"

王木兰一听两人说她是陈连长的家人还很高兴呢,心里也释然了,忙问:"那,青松在哪里?你们能领我去找他吗?"

刘百灵忙摇了摇头,说:"不能啊,陈连长上前线了。"

王木兰知道,"前线"就意味着"危险",那可是有子弹呼啸、打仗有伤亡的地方,心里马上就害怕起来。

张小妹看了看王木兰的神情,知道她担心、害怕,于是安慰道:"陈连长很稳重,他不会有危险的,你别担心。"

正在这时,一名红军战士走过来,远远地就冲她们叫道:"你们三个姑娘,这床新被子,优先给你们拿上。部队就要转移了,你们赶紧收拾一下,马上出发。"

刘百灵大声叫道:"我们三个只有一床被子啊?那怎么够?"

那个战士停下脚步,冲她们几个解释道:"每两个伤员共用一条被子,这条被子本来是我们的,看你们卫生所的女同志还没有被子,才先给你们。"

刘百灵一听,赶忙说:"被子给了我们,那你们怎么办?"

那个战士说:"我们……我们男战士比你们女战士方便!"

王木兰听男战士这么说,感到心里很温暖。

张小妹赶快说:"那你们也要注意身体。"

那个战士说:"你们别管我们,将就着用吧。跟上大部队,别掉队了,伤员还要靠你们呢。"

红军部队里所有物资都格外缺乏,经常是走到哪里能补充一点儿就补充一点儿,没有补给的时候,就只能艰苦地硬扛过去。

刘百灵回头看着王木兰,问:"那你要跟着我们部队一起转移吗?"

王木兰想了想,自己好不容易找到陈青松所在的卫生所,当然是跟着转移了,如果再迟两天抵达,还不知道上哪里去找。想到这儿,她赶紧点点头,并且马上自我推荐说:"我家里就是开医馆的,我会行医,留在卫生所完全可以帮上忙。"

刘百灵一听,马上笑了,说:"呀,那太好了!"

"你叫什么名字?"张小妹问。

"王木兰,三横王,花木兰的木兰。"王木兰解说道。

"花木兰的木兰?"张小妹一头雾水地问。

"花木兰是一个古代女孩子的名字,她曾经女扮男装代替父亲当兵打仗。"刘百灵用极为简练的语言告诉张小妹。

"哦,原来这样。百灵姐,那你有空详细地说给我听,好吗?"

"好咧!现在咱们先把这些绷带收拾好,跟着部队出发!"说着,刘百灵就领着张小妹去收绷带。

王木兰把手上的蓝布包往围井边的石板上一放,也撸起了袖子加入她们……

"加入了工农红军,从此以后,我们就有了新的家了。"

国民党军队在湖南桂东县、汝城县和广东仁化县城口镇之间的百余公里范围内,给红军布下了第二道封锁线。

跟着部队走,每天都面临着枪林弹雨的危险,但王木兰一心想要找到陈青松,陈青松在哪儿,她就愿意去哪儿。

蒋介石已基本弄清中央红军主力突围的大方向是西进,要与湘西贺龙、任弼时、萧克、王震等领导的红军会合。蒋介石任命何键为"追剿"军总司令,指挥湘军和蒋系薛岳、周浑元部共16个师,意图追击红军。

第二道封锁线主要由粤军和湘军共同构成。

湘南主要由湘军何键的部队防守,粤北则由粤军陈济棠的部队防守。湘军第六十二师陶广在桂东、汝城驻防,其中湘军第一八六旅王育芳部驻桂东县城至沙田30多公里碉堡线,补充第五团钟涤松部布防沙田至汝城濠头20多公里碉堡线,湘军第一八四旅钟光仁部守桂东查坪经汝城县城至大坪新桥50多公里碉堡线。汝(城)、桂(东)、宁(岗)、遂(川)边区"剿匪"保安团胡凤璋部、汝城"铲共义勇队"副总队长朱凤鸣部分别驻守汝城各地要道隘口。

汝城南的广东仁化地区仅粤军一个旅,因陈济棠执行与红军的秘密军事(借道)协议,只派了李汉魂部一个连驻守城口,但这道封锁线上也是碉堡密布的。因为红军通过第一道封锁线的速度很快,在第二道封锁线上的国民党部队都把当地的保安队推到了最前线。

红军发动突袭,打响了城口战役的第一枪。

陈青松作为连长,带着医疗队出现在战场上,在枪林弹雨中穿梭,冒着生命危险去抢救伤员。

在搭建的红军临时卫生所里,赶上大部队的三个姑娘正为伤员清洗伤口。轻伤的战士都不肯浪费药品,清洗完伤口便离开了,接受治疗的都是重伤员,有的需要取弹片,有的需要缝针,有的需要截肢……专业军医负责处理那些重伤员,普通卫生员除了要配合军医的手术操作,还要负责处理轻伤战士,因此十分忙碌。

这时,几名战士抬进来一批重伤员,陈青松跟着伤员进了临时卫生所,马上就投入了手术当中。王木兰看到手术床前只有一名医生,赶紧捧了手术器械盒过去。

陈青松将军帽反戴着,这样做起手术来不碍事。他还在查看伤口,听见有卫生员进来,头也没有回,就伸出了一只手。

王木兰看了一眼战士大腿外侧的伤口,伤口很深,像有什么东西穿透进去。医生要什么器械?王木兰判断了一下,左手拿起镊子,右手拿起手术刀同时递过去,陈青松扫了一眼这两样器械,伸手把镊子接了过去。

陈青松俯下身子,用镊子轻轻地从伤口中伸了进去,镊子碰到了一个硬硬的东西,陈青松心里一喜,判断出这弹头的深度与夹取难度还在可以简单操作的范围,便抬头看了看昏迷中的战士。

这时,有两名男卫生员到手术台前来当帮手。

"你,按住他的膝盖;你,按住他的腰身。"陈青松指挥道。

等卫生员都照他说的按好了,陈青松这才重新将镊子伸进伤口里,略试探了一下,稳稳地夹住了弹头。陈青松再一次抬头看了伤员一眼,见伤员的眉头皱着,但还是没醒,于是他用左手扶住伤口周围,右手往后飞快一退,一截弹头便从伤口处露了出来——还是脱离了镊子。

全靠陈青松动作迅速,否则弹头深陷在伤口里头,还得取第二次。

陈青松再次用镊子夹住弹头,完全取出来,这才扫了一眼,说:"汉阳造88。"

弹头落在王木兰已经端好的铝盒盖上,发出"咚"的金属碰击声。

王木兰早知道"汉阳造88"就是汉阳造88式步枪的意思,但没想到这位高人看一眼弹头,就能知道是什么枪。

"你把伤口清理一下,上药。"陈青松并未扭头看向王木兰,而是转向伤员的头部去检查。

"虽然流了不少血,但好在头骨没什么问题,估计脑震荡有点儿严重。你,处理完腿上的枪伤,赶紧把他额头上的伤也处理一下。回头病人醒来,必须嘱咐他好好躺着,尽量多睡。别忘了给他喂水。"陈青松对正在给伤兵大腿伤口清洗上药的王木兰说。

话说完,陈青松这才发现这姑娘并不是刘百灵或张小妹。卫生队里什么时候又添了一个女护理?他疑惑地扭头看向王木兰的脸,一下子便觉得心跳如鼓。

这像是他的王木兰,太像了。

王木兰觉得有异样,听到陈青松熟悉的声音,于是包扎伤口时抬头看了一眼,视线落到了陈青松惊愕的脸上。

陈青松胡子拉碴,像几天没洗脸似的,当然,那是因为他刚从战场上抬伤员下来。但无论怎样黑了,瘦了,王木兰都认得出,这不正是自己日思夜想、苦苦寻找了好几年的爱人陈青松吗?

"青松!是你!"

"木兰?你真是木兰!"

就这样,王木兰手上还拿着正包扎的纱布呢,就被陈青松紧紧拥在了怀里。

刘百灵这时从卫生所外面进来,看见陈连长与王木兰终于相见了,瞬间眼眶一热,也落下泪来……

徐解秀听到这儿,眼眶也是湿湿的。她想,好在自己和朱兰芳没有经历过这样的离别,要是再也遇不到彼此,该怎么办?这样的情境,她没想过,也不愿去想象。

徐解秀叹息了一声,说道:"原来,你们三个同志也刚认识不久啊!"

王木兰点了点头:"是呀,其实我们大家都是苦命的姐妹。"

徐解秀一听,非常感动,拉着王木兰的手,眼中盈满泪水。

"我们就是在广东仁化的城口追上了大部队。我们三人在临时卫生所里,为伤员治伤。"王木兰继续说,"我……呃,陈青松为了我们三个女兵能正式加入红军,特意去找了营、团、师政委。经师首长批准,我们正式加入了工农红军!"

　　王木兰伸手摸了摸自己剪短的头发,笑了笑:"加入了工农红军,从此以后,我们就有了新的家了。"

　　"是啊,木兰姐、百灵和我,以后就都有了家。"张小妹接着王木兰的话说,同时握紧了刘百灵的手,三人都眼含泪光。

　　"陈青松对我要求特别严格,组织我们学习业务知识,还给我讲革命道理。中国共产党是为穷人撑腰的,打土豪、分田地。当我得知他光荣地加入了中国共产党,我也志愿加入中国共产党。在他的指导下,我写了入党申请书。经他介绍,我加入了中国共产党,成了一名光荣的共产党员。"王木兰骄傲地说。

　　"是呀,木兰姐是我们学习的榜样,我也要向党组织靠拢!"刘百灵说。

　　"我做梦都想着,像木兰姐一样加入中国共产党!"张小妹也认真地说。

　　"加入中国共产党?共产党是什么?"徐解秀不解地问。

　　"共产党呀,他们为我们穷人撑腰,让我们穷人不受压迫,不受剥削,让我们有饭吃,有衣服穿,带领我们走向美好的社会!"王木兰认真地说着。

　　"共产党这么好,我也要加入中国共产党!"徐解秀说。

　　"哈哈哈,大嫂,加入中国共产党要听党的话,党叫干啥就干啥!"刘百灵说。

"我能做到。"徐解秀十分认真地说着,望着三个女红军。

三个女红军一听,都开心地笑了起来……

原来啊,这就是红军。

小武吃了红军阿姨的药,退烧了,胃口也好了起来,连吃了几餐饱饭,几乎全好了。

见小武一晚上睡得安稳,徐解秀喜得直掉泪。

一大早,徐解秀喂完小武半碗红薯粥,又煮了一大锅驱寒的草药汤,舀进木桶里,跟张小妹一起抬到祠堂。

好在天气晴朗了起来,对于各项工作的展开,还是大大有利的。

王木兰正在给伤病员检查体温,刘百灵给重伤员喂药,几个头上缠着绷带的轻伤员主动走了过来,帮张小妹和徐解秀分草药汤。

草药很苦,但战士们喝得挺开心,有几个小伙子已经在表演节目,逗大家乐一乐了。

大部分伤员都开始笑起来,就是重伤员也被笑声感染,忍着痛,咧着嘴,想笑,又不敢大笑。

刘百灵哼着歌曲,歌声也被笑声淹没。

这时,有人大声说:"刘百灵,唱一个!"

战士们一听,便跟着起哄了。

"刘百灵,唱一个!"

周小年大声说道:"刘百灵,唱一个! 大家要不要?"

"要!"战士们齐声说着,鼓起掌来。

刘百灵见大家热情高涨,红着脸,清清喉咙便唱起来:

当兵就要当红军,红军做事最文明;
公买公卖合情理,人民百姓都欢迎。
当兵就要当红军,带领工农打敌人;
土豪劣绅和恶霸,批判斗争不留情。
吃菜要吃白菜心,当兵就要当红军;
打倒土豪分田地,贫苦百姓把腰伸。
吃菜要吃白菜心,当兵就要当红军;
穷人跟着共产党,黑夜有了北斗星。
要吃辣椒不怕辣,要当红军不怕杀;
刀子架在颈项上,眉毛不动眼不眨。

一曲唱完,战士们浑然不觉,还陶醉在歌声里,在等刘百灵接着唱下去呢,一时间,祠堂里悄然无声。

王木兰带头鼓掌,笑着说:"到底是百灵,比百灵鸟儿唱得还好听……"

陈青松从祠堂外进来,见王木兰夸,便知道刚刚是刘百灵在唱歌,也跟着鼓掌,大家这才反应过来这支歌已经唱完了,赶紧跟着鼓起掌来。

刘百灵心情好的时候经常会哼几句,陈青松是听过的,现在见伤员们情绪不错,便说:"百灵同志,你歌儿唱得好,我来迟了,也没听着啊,再唱一支给大家听吧。"

"对啊,我们还想听!"

"再唱一个吧!"

"百灵姐,再唱一个吧!"

战士们都珍惜这难得的美好时光,希望这样的时光更长一些。

见战友们热情期待,刘百灵也就不客气了,她略微清了清喉咙,又唱了一支《红军阿哥你慢慢走》:

啊呀嘞——
红军阿哥你慢慢走嘞。
小心路上就有石头,
碰到阿哥的脚指头,
疼在老妹的心里头。
啊呀嘞——
红军阿哥你慢慢走嘞。
走到天边又记心头,
老妹等你哟长相守,
老妹等你哟到白头。
红军阿哥你慢慢走嘞,
红军阿哥你慢慢走嘞。
革命胜利哟你回头,

老妹等你哟长相守，
　　老妹等你哟到白头。
　　老妹等你哟长相守，
　　老妹等你哟到白头。

　　刘百灵边唱着歌，边慢慢地走到王木兰身边，一手拉着王木兰，一手拉着张小妹，示意大家一起唱。

　　她们三人踏着节奏，在这个狭小的空间，边唱边跳起来。

　　红军战士们鼓着掌，不少战士也跟着学唱道："红军阿哥你慢慢走嘞——"

　　瑶民们看着这样欢乐的场面，也跟着唱起来、跳起来。

　　受伤了还能享受到快乐，露天住着还这么满足，与村民们和睦相处，其乐融融，原来啊，这就是红军。

"姐姐,你在家带小武,你们都要好好的,等天下太平了,我们回来看你呀!"

一场秋雨一场凉,前些天接连下了几天雨,山区的天气更冷了,湿气重,每天清晨都会起雾,但云雾一会儿便能散开,明晃晃的太阳就出来了。

回了村的人照旧生活着。瑶民们懂得看天,见有云开雾散的意思,便做好了准备,等太阳露头,就赶紧散开柴垛子晾晒。

这些天在山里躲着,自然条件更是差得很,衣裳和被子都受了潮,当然要拿出来晒一晒。村里的女人们拍打着被子,或者清洗衣裳,或者就倚着太阳能晒到的墙根儿,将破了口子的衣裳缝补起来。

徐解秀家没有什么衣裳要洗,这样的天气,她就想让小武多晒晒太阳。她坐在院子里纳鞋底,为小武做双小布鞋。

往日里,她四处收集了不少碎布头,一到农闲时候就会翻出来做点儿小东西,偶尔还能跟人换些家用。做布鞋是各家女人都熟稔的,只是条件简陋。徐解秀在布片子上喷上一层水雾,烧一壶水将布片子烫平,错落有致地将很多层布片子搭配糊好,再用形状和重量合适的石块压着,等厚布片子紧实了,才翻出来用木棒轻轻捶软,又就着鞋样子剪好鞋底,这才开始拿麻线纳鞋底子。

王木兰看见徐解秀时,她已经在纳压好的鞋底,粗针在头发上刮一刮,然后拿无名指上的顶针使力气推一下针尾,这针尖才会缓缓地从鞋底子布上探出头来。看着就是个累活儿,但又能勾起人的好奇心。王木兰没纳过鞋底,感到有趣,便请徐解秀教她。

"顶这个针要有耐心的,心急不得。否则会顶断了针,或者针脚稀松,鞋子就不耐穿。还有,动作太快,绳子会打结,更是要费时间解它。"徐解秀说得仔细。

"大嫂,顶不过去啊!鞋底子太厚了。"王木兰咬着牙说。

"针要直,不要斜扎,你手力弱,憋住气一下子扎到针尖探头,再补推一下,针出来大半截儿,便可以拽了。"

在徐解秀的悉心指导之下,王木兰终于学会了纳鞋底,她发现这并不只是一个体力活儿,还充满了各种技巧。过了不久,她也就顺手起来了,只是捏针头把针往外拽的那两根手指被磨得红红的。

纳鞋底不能心急,又不必占用脑子思考,时光就显得从容起来,于是王木兰与徐解秀边纳鞋底边聊天。

"你看这房子,飞檐黑瓦、深门大户的,原来也是富人家的产业,可他家祖爷在外面学会了抽鸦片,以至于后来就将祖屋贱卖了两间。现在三户人家住在这儿,上头的正房都是房东家的,我家只在这间厢房住着,那两家一早就躲进山去了,只因为我这一双小脚跑不快,小武又生病,才没走得成。小武是我的命。从我嫁过来做童养媳,长到十六岁才和兰芳圆房,后来租住在这里,上山打柴,下地干活儿,样样都干,之前也接连生了两个小孩儿,可都夭折了……"

说着,徐解秀就抹起了眼泪。

王木兰听到徐解秀的生活如此不幸,心里发酸,忍不住陪着落泪。

她看着徐解秀的那双小脚,有些好奇地多看了一眼。

徐解秀赶紧解释说:"这都是我奶奶要我裹的脚,说女人裹了脚走起路来才好看,嗨,谁知道,走起路来,一点也不方便!"

王木兰插嘴说:"过去的女人都裹脚,我奶奶也裹了脚,人们以为三寸金莲美观,其实,对女人的身心是种摧残!"

"哎……要是我的大孩子在的话,都十多岁了!"

"是呀,要将小武照顾好,让他长大成人,成为对社会有用的人。"王木兰说,"小武长大了,你就轻松一些了!"

"我就指望小武长大,我就有了依靠!"徐解秀说这话时,脸上洋溢着幸福的表情。

"我从被抢婚时逃出来,又找到了青松,现在部队就是我的家。"王木兰感慨道。

徐解秀拿手背抹了抹幸福的眼泪,高兴地说:"看得出来,红军部队里的人都特别好,陈连长也对你特别好。"

王木兰微笑着说:"是呀,共产党领导的部队有纪律,战士们都是好人,还有,青松对我也很关心!"

徐解秀一听,赶紧问:"共产党到底是什么?你能给我说说吗?"

"共产党呀,就是中国共产党,共产党是我们穷人的救命恩人,共产党为咱老百姓撑腰,是不会欺压老百姓的。反正,共产党所做的一切都是为了让穷人能过上太平日子。"王木兰用徐解秀能理解的话来解释。

"共产党真好!"徐解秀感叹,但她还有疑惑的地方,"男人们打仗我能理解,女人不就是嫁夫生子、传宗接代吗?你们也跟着打仗,这样图个啥?"

"大嫂,我们当红军打仗,就是让更多的人有饱饭吃,有房子住,有好衣裳穿,不受财主欺负,让穷人的孩子也能背着书包上学堂……每一个人都可以贡献自己的力量啊。这么大的责任,难道还需要分男人或者女人才能做?"王木兰笑着说。

徐解秀听了,停下针线活儿,叹道:"啊,女人也和男人一样?还能有这么好的世道?"

"在共产党的领导下,等革命成功了,人人都会平等,恋爱、结婚都自由,吃饭、穿衣、读书样样都能够有。"王木兰读过"新书",又是省城姑娘,虽然接触红军时间不长,但她能融会贯通,于是慢慢地都讲给徐解秀听。

听王木兰讲了许多,徐解秀想起了自己的身世。

这世界男人当家,女人都是附属物,女人从小就不被家里看重,她家里穷,从小就被送到别的穷人家当童养媳,其实也就是父母想省下家里的粮食。从一户穷人家落到另一户穷人家,她那么小,也不懂得凄凉,好在朱家的父母待她不错,朱兰芳也待她很好。但王木兰描绘的那个人人有好衣裳穿,有饱饭吃,有书读,可以自由恋爱和工作的世道,也太像神话故事了,她从未期盼过,而此刻却那么向往!想到这里,徐解秀忍不住低低地叹了口气。

王木兰侧着头看了徐解秀一眼,问:"大嫂……朱大哥,他对你好吗?"

徐解秀抿嘴笑了笑:"我男人呀,对我好,一直都很心疼我,只是……"

徐解秀想了想,只是家里穷,朱兰芳再心疼她也是有限的,但又觉得这话说出来也没什么用,于是停下来,换了别的话题。

徐解秀附耳过去对王木兰说了几句什么,两个人又同时笑了起来。

谈笑间,徐解秀忍不住又追问王木兰:"你当红军,是为了报仇,还是为了让老百姓过上好日子?"

王木兰想了想,才回答:"大嫂,起初我想啊,只要找到青松就行。但我在红军部队待了一阵子,有了新的见识,共产党对我好,红军对我好,我就想当红军,让天下老百姓都能过上好日子。"

"再说嘛,青松是红军,他在哪里我就在哪里,得跟着他。"说完,王木兰羞涩地低下头来。

徐解秀自然懂得王木兰说的话,认同地笑了笑,她又抬眼望了望王木兰军帽上的红五角星,伸手去轻轻地抚摸,说:"听你这么说,我心里都亮堂了,现在再看你军帽上这红色的五角星,突然觉得好温暖、好亲切呀。"

王木兰将自己的军帽取下来,拿在手上,让徐解秀用手抚摸。

徐解秀从王木兰手中接过军帽,将自己的瑶族头帕取下,然后戴上军帽,站起身来学着红军战士的样子将腰杆挺得笔直,笑着问:"好看吗?"

王木兰笑着说:"好看!特别好看!"

徐解秀戴上军帽,一种豪迈的情绪油然而生,马上蹲下来冲王木兰说:"大妹子,我也要参军,我要跟你们走!"

听到徐解秀这么说,王木兰心里一震:"你也要参军,跟我们走?"

"嗯,我要跟红军走,打土豪,分田地。"

……

徐解秀一心想当红军,但王木兰劝了她半天。

"小武这么小,你走了怎么办?"王木兰问。

"我不怕,我带着孩子一起参军!"徐解秀说。

"可是,部队不允许带着孩子参军呀。路上还有敌人,会打仗,可危险了!"王木兰解释说,"再说,朱大哥一个人在家,你也不放心吧!"

徐解秀听了,满腔热血又冷了,心想自己一双小脚,打仗根本跟不上队伍,还带个孩子,前有强敌,后有追兵,一路上炮火纷飞,是的,她的小武会有危险……

听完王木兰的劝告,徐解秀明白了,自己当红军几乎是没有可能的,心情瞬间低落下来,捏着针,拿着鞋底,活儿也不做了,只管发呆。

王木兰赶紧说:"大嫂,你不用急,你带着小武在家,等打完了仗,我会回来看你们。"

徐解秀一听,抬起头,说:"那好,你可说话要算数啊!"

王木兰伸手握着徐解秀的手,激动地说:"大嫂,我们是一根藤上两个苦瓜,我们认作姐妹吧。"

徐解秀一听王木兰这样说,特别激动,说:"我们认作姐妹?我一个山里女人,大字不识一个,哪里能跟你攀上姐妹?"

"我们都是穷苦人,今天,我就认你当我姐姐了。"

"王同志,你、你不嫌弃我,我们就做姐妹。你今后就是我的亲妹妹。"

"好呀,我们现在就是亲姐妹了,等到革命胜利了,我一定会回来看你。接你和小武到部队去看看。"

"太好了!革命什么时候胜利?"

"等将反动派全部消灭,红旗插遍全国,我们穷人都有饭吃、有衣穿,不再受财主剥削和压迫……"

"多么好的日子,我做梦都不敢想。"

"姐姐,这美好的日子总有一天会到来,你等着吧!"

"太好了,我等这一天,天天等!木兰妹子,我舍不得你们走。"

王木兰听了,心里也分外难过,拉过徐解秀的手安慰她:"姐姐,你在家带小武,你们都要好好的,等天下太平了,我们回来看你呀!"

徐解秀听了这话,便抬着泪眼道:"那好,你说话要算数,天下太平了,你们一定回来看我。到时候,我就站在村口的高坡上等着接你。"

王木兰笑着说:"好,好,我们一定回来!"

189

"我现在学会纳鞋底,回头也给青松做双布鞋。"

　　朱兰芳抱着小武到祠堂前坪里,去看红军兑换银圆的工作,又去祠堂里看望了伤员。有几位伤员逗着小武玩了一会儿,朱兰芳怕徐解秀担心,就慢慢走回来了。

　　刚走进大门,就看见屋门前两个女人晒着太阳纳鞋底子,聊得又是泪又是笑,这是个什么情况?朱兰芳好奇地走过去。

　　王木兰赶紧站起身,叫道:"朱大哥,你回来了。"

　　徐解秀则突然想起了什么,抹干净眼角的泪花,赶紧对朱兰芳说道:"我说,你放下小武,赶紧上山去把村民们都领下山来!"

　　朱兰芳答道:"我知道,红军是好人,我逢人便讲,好些村民都回来了。"

　　徐解秀把小武接过来,推着朱兰芳说:"你再上山去,多转几个山弯,告诉乡亲们别害怕,红军可不像清乡队那些王八犊子所说的那样。不过,你留点儿神走,不要被清乡队看见呀!"

　　王木兰也笑着补充说:"是呀,大哥,你告诉乡亲们,我们红军是共产党领导的军队,跟国民党军队不一样,不会伤害老百姓,不抢老百姓东西。乡亲们不回来,他们的家都好好的,绝对不会有人撞进门去。"

朱兰芳听了这话,鼓了鼓劲儿说:"清乡队在哪儿,我远远都能闻出味儿来,会躲着他们走的。现在我再进山去。"

王木兰坐下来又拿起小鞋底开始纳,笑着说:"我现在学会纳鞋底,回头也给青松做双布鞋。"

徐解秀望着王木兰,笑道:"好呀,妹子,这个我可以教你。"

"可是,我得上哪里找布料呢?"

王木兰从小就没为这些东西操心过,这一想,真是没一点儿头绪。

徐解秀拍拍王木兰的手背,笑着说:"我倒是一早压好了一对鞋底,准备做完小武这双再纳底,你可以用这双啊。"

"这可不行,那是朱大哥的吧?"

"兰芳的我再给他做呀,要不你上哪里找碎布去?浆鞋底子再压结实和晾干,要很长时间呢。"

"这、这不太好嘛。红军战士是不许拿群众一针一线的。"

"那我就生气了,你现在是我妹子,还拿我当外人。"徐解秀做出生气的样子来。

"姐姐,哎呀,我……"王木兰为难了。

"木兰妹子,要不,你教我识字吧。鞋底子就当是学费。"徐解秀的公公在外面做事,只学会了几段评书,他不识字,朱兰芳和徐解秀也不识字,现在遇到读过书的王木兰,徐解秀十分羡慕。

王木兰听了,忍不住笑了起来,便说:"真是拿你没办法,那,那行吧。你教我做布鞋,我教你识字!"

徐解秀忙答道:"好呀,好呀!"

"从名字开始学起吧?"王木兰进屋,拿出一根烧了一半的树枝出来,在地面上写着。

"我叫王木兰,是这样写的。你的名字叫——"王木兰在地上写下自己的姓名,接着开始写徐解秀的名字。

"我叫徐解秀!"徐解秀赶紧说着,"这名字,是我到朱家才取的。"

王木兰便说:"我知道你的名字,你说过,朱大哥也告诉过我。这是'徐'字,'解'字要这样写,呃,'秀'!"

徐解秀认真地看着,等王木兰将"徐解秀"三个字都写全了,"妹子,怎么我的名字这么难?"徐解秀嘟囔着。

王木兰把小树枝递给徐解秀,忍不住笑,说:"你的名字笔画是多了点儿,不过写习惯了也不难。这个字,就是'徐',是你的姓。你认一认,记住它,'解秀'是你的名。每个人的名字,都由姓和名组成。"

徐解秀久久地看着自己的名字。这还是她第一次看见自己的名字,原来是这个模样,她努力地盯着,希望自己能记住,能写下来……

"要不,你练习一下写自己的姓名?"

"妹子,我的名字太难写了,要不,我从你的姓名练起,行不?"

徐解秀说完,王木兰几乎笑岔了气。

徐解秀伏在王木兰的膝盖上,也跟她笑成了一团。

"我家夫娘恐怕是产……难……难……难产！"

这一天，从山里回来的乡亲们更多了。

有了朱兰芳一家的示范作用，先回来的几家人也都跟红军打成了一片，互帮互助，不是亲人，胜似亲人。

刚吃了早饭，村民们围在一起看三个女红军在写标语。

村民们读着：

"红军是工农自己的军队！"

"打土豪，分田地！"

"反对国民党军阀！"

王木兰正在墙壁上认真地写着标语，她的字虽然说不上多漂亮，但每一个字的每一笔、每一画都很端正。

村民们围着，用手指点着，口里不停地说着。

刘百灵在一旁做解释："我们红军，是老百姓自己的军队，为我们老百姓撑腰！"

村民们说："红军来了，我们就不怕了！"

刘百灵接着说："你们不用怕，红军就是你们的亲人！"

张小妹也说："红军和我们站在一起，为我们说话、办事！"

王木兰写完最后一个字，放下毛笔，说："红军打土豪，将田地分给我们老百姓,将没收的财产也分给我们老百姓,一切为我们老百姓好!"

村民们一听三个女红军的话,都纷纷议论着:

"红军宁愿站在风里雨里受寒受冻,也不随便撞开我们家的门,这与以前当兵的不一样!"

"红军将村里打扫得干干净净!"

"红军给我家挑了水,劈了柴!"

"听说,红军还给人治病……"

"红军是好人!"

……

这时,一个村民带着他母亲走过来,对三个女红军说:"我母亲病了,你们能不能帮着看看?"

王木兰一听马上说:"可以,可以!大娘,你哪里不舒服?"

刘百灵也赶紧走近老大娘,扶着她,说:"大娘,你别害怕,我们木兰姐是个医生,一定会看好你的病!"

张小妹提着木桶子,也走过去陪着老大娘。

村民们一看,三个女红军对村民那么亲切,都非常感动。

有村民马上说:"哎,我有点儿咳嗽,也去看看。"

刘百灵笑着说:"好的,想看病的都来!"

王木兰也大声说着:"红军看病不收钱,想来的都来!"

村民们都吆喝着,要跟着三个女红军去看病。

"走吧,去三嫂子家,女红军看病不要钱!"

"走,让我父亲也一起去看看!"

……

到了夜里，祠堂前生起了火堆，许多乡亲在祠堂前听红军们讲爱护百姓的故事，宣讲革命道理，讲打土豪、打土匪、打反动派的经过。

不少小伙子都听得热血沸腾，跟家人商量着要跟上红军部队去当兵。

朱兰芳抱着小武也在祠堂前听故事，觉得只有红军才能让老百姓过上好日子，他仿佛看到阴暗的世界里照进了一线光亮。

徐解秀还在家里，她从阿云家里找来了两块青布，正在教王木兰做鞋面呢。

王木兰学得很用心，一针一线地纳鞋底。突然一个不小心，针刺破了手指，一滴鲜红的血流出来，王木兰赶紧将手指放在自己的嘴里吮吸着。

徐解秀笑着说："你小心点儿！"

"没关系。"王木兰说着，把手从嘴里拿出来，继续纳鞋底。

"陈连长知道了，一定很感动！"

"我跟青松在一起，这是我第一次给他做鞋子！我看到他那双布鞋破了一个大洞。"

"你们部队行军打仗，走路多，鞋子磨损得快！"

王木兰边说，边向徐解秀讨教，但免不了学得有些走样。

天色越来越黑，但朱兰芳还没有回来，家里的大门也就没有关。忽然，急匆匆的脚步声响起，王木兰和徐解秀抬头看时，朱忠福已经气喘吁吁地跑了进来。

他一脸焦急，不顾气喘，大声朝徐解秀求助："三嫂子，三嫂子，不好了，我家夫娘……"

徐解秀忙放下手中的活计,站起来问:"怎么了?别急,慢慢说!"

"我家夫娘恐怕是产……难……难……难产!"朱忠福慌乱得话都说不清楚了。

徐解秀听了也怕起来:"啊,阿青难产?怎么这样呢?是不是在山上受了惊吓?"

"我们昨天晚上回的家,但从进山那天起她就不舒服,一直都说感觉不踏实,刚开始痛得狠了,我们就觉得是要生了。现在是刘阿婆在我家接生,还不让我向外头说。"

徐解秀听了这话,皱了皱眉头,赶紧问:"刘阿婆什么时候来的?"

"早来了一阵,我妈领她来的,来了就一直在烧香,祈祷菩萨保佑。但这么久了,阿青好像更痛了,我觉得害怕,就溜出来看还有没有什么好法子。三嫂子,你生小武的时候害不害怕?有没有什么好方法可以顺利生孩子?"

徐解秀一听,感觉头皮都麻了。虽然她生的孩子夭折过两个,但都不是生产时出的问题,生孩子遇到难产,她也只能拍着巴掌发急:"啊!都说女人生孩子是鬼门关上走一遭,但只是烧香恐怕也不管用。快,赶紧去看看!"

王木兰本来就是中医世家出身,又学过护理,生孩子的事虽然没经历过,也没正式学过妇产科技术,但病理知晓一些,在学堂里也学过相关的理论知识。现在一听,心想,原来乡下生孩子是靠神婆烧香啊,那可不行,于是也说:"那我一起去看看。"

这时,刘百灵和张小妹正从祠堂往回走,刘百灵一路哼着歌。

王木兰一见她俩,赶紧把她俩叫到自己身边,说:"我们陪姐姐去看看,有人家要生孩子了,可能难产。"

刘百灵和张小妹没接过生,但一听难产,也感到情况严重,便说跟着一起去。

朱忠福赶紧摆手,说:"不行不行,你们是红军,刘阿婆既然不让在外面说,肯定也不会让你们进去。"

徐解秀一听就气急了:"你个蠢子,现在有危险的可是你自己的夫娘啊!还能让刘阿婆做主?她们是红军,也是医生,既然救了我的小武,也能救你夫娘和孩子的命咧……"

"是呀,赶紧带我们去。"王木兰催促说。

刘百灵焦急地说:"这位大哥,再不去,你媳妇和孩子可是两条人命……"

王木兰挡住了刘百灵继续说下去:"百灵,你别吓着人家。"

徐解秀大声说:"你自己说是难产呀,人命关天,你倒不急了?"

就这样,朱忠福慌里慌张地带着徐解秀和三个女红军往自己家跑去。

"早不来,晚不来,偏偏阿青快生时来了红军,害得我们躲到山上去,要不,哪里会招惹鬼!"

朱忠福家里有女人的哭叫,即使刘阿婆不让在外面说,门外也早已围上了不少人,有村子里的妇人们,也有红军战士。

红军战士是发现这一家子突然乱了,来看看是不是出什么事了,是否需要帮助,但村妇们中有个别人是来看热闹、添乱的。

比如"泼辣婆",她是村里出了名的刺儿头,一张嘴就没有好话:"阿青一直好好的,怎么突然难产?一定是在山上遇见鬼缠了胎。"

有人附和道:"那肯定是。昨晚我都听到了,明明后山上就有鬼叫。"

"泼辣婆"得意起来,大声说:"我就说不一般吧!你听见鬼叫,搞不好就是鬼来招魂。难怪阿青会难产。"

"这都是命!早不来,晚不来,偏偏阿青快生时来了红军,害得我们躲到山上去,要不,哪里会招惹鬼!"有人抱怨道。

阿云是朱孝富的夫娘,是阿青的妯娌,她知道生孩子需要热水,正抱柴要去烧一大锅热水备用,听到"泼辣婆"这些人乱嚼舌根子,便忍不住说道:"红军是好人,共产党为穷苦人撑腰,有你们这样胡说八道的吗?"

边上几位红军听了"泼辣婆"的话,心里正难受呢,一听阿云这么坚定地站在红军一边,又觉得很感动。

"泼辣婆"扯开嗓子嚷起来:"你这话,不是朱兰芳说的吗?"

阿云叉了腰站到门前来:"是呀,就是三哥说的。你看,他没听黄队长的话,也没躲到山上去,不是好好的?"

"的确是的,红军是好人,他们把村子打扫得干干净净,还为我家担水。"

"黄队长的话信不得。"

"是啊,我家的柴也是红军砍来的,够烧好久。"

"泼辣婆"翻了翻白眼,冲还嘴的乡亲嚷道:"谁说信不得?黄队长才是为我们好。"

阿云讥笑道:"好个屁!黄队长怎么说的呀?说红军强奸妇女,'共产共妻',你自己看看,红军有没有强奸妇女?"

"泼辣婆"到底还是脸皮厚,她阴着脸,继续嚷道:"那又怎么样?"

阿云看着"泼辣婆"这张老脸,恨不得要上去踩上几脚,便道:"我们都看见了,红军个个都是好人,都是来帮穷人干活儿、帮穷人打天下的,他们才不对咱们动手动脚,更不会强奸妇女。哪里像黄队长,口里放着屁,心里总想着吃女人们的豆腐。"

说着,阿云还把脸凑过来,冲着"泼辣婆"吼道:"谁不知道你和黄队长的关系?现在你好意思出来给清乡队说好话!"

"泼辣婆"见说不过阿云,恼羞成怒,冲上来就要打阿云的脸,于是大家拦的拦,扯的扯,一群人搅成了一团。也有十几个

199

看热闹的,看到动了手,赶紧躲到一边去了,生怕自己被卷进去。

朱忠福带着徐解秀和三个女红军回家,看到门前乱成一团,心里就恼怒起来,动手将"泼辣婆"推到一边去,大声说:"让开,你们在这里干什么?"

这里有热闹看,"泼辣婆"哪里肯离开,看见三个女红军进屋,就大声吆喝上了:"红军能接生吗?刘阿婆不是在里面吗?"

朱忠福素来最讨厌"泼辣婆",因此叫道:"去去去!好狗不乱叫!"

"泼辣婆"一听,不高兴了,便又张开嘴巴说难听话:"忠福,你对我发这么大的火干什么?你夫娘自己下不出蛋,不能怪我们呀!"

徐解秀听了,恨得牙痒痒的,忍不住骂她:"你个嘴巴不关门的,快去茅厕用解手纸刮刮!"

"我看这孩子哭声洪亮,希望他前程远大,就叫朱宏!"

混乱中,朱忠福急忙将徐解秀和三个女红军领进了自家的大门。

屋子里香烟缭绕,桌子上放着一盏光线昏暗的油灯。

朱忠福的母亲正在上香,跪在地上一个接着一个地磕头,嘴里说:"救苦救难、大慈大悲的观音菩萨,快来救救我孙,保佑我孙平安出生。"

朱忠福见了,便上前叫她:"妈……"

朱大娘不停磕头,虔诚得很,根本不搭理朱忠福。

徐解秀上前,站在她旁边,说道:"大娘,我帮你请来三个红军,她们是医生,快让她们进里屋去看看,她们会看病,能够帮助阿青。"

这时,里屋传来阿青一阵阵痛苦的叫声,偶尔停歇一会儿,但叫起来的时候格外凄惨。

朱大娘一看三个女红军战士要进产房,赶紧站起来,双手一伸,便拦住了她们,大声说:"不行,你们是从哪里来的'女匪'?别坏我家好事!"

徐解秀听了这混话,气不打一处来,有些愤怒地说:"大娘,您看看,人家女红军好心好意来帮您,您在说些什么?怎么还骂人?"

朱大娘可不管那么多,只是横加阻拦,大声说:"我就不让她们进我家!这些扫把星,她们一来就连累我家遭殃!"

徐解秀上前劝阻说:"大娘,那都是清乡队那姓黄的胡说八道。您别信!"

王木兰也上前解释道:"大娘,您看,我们像土匪吗?我们是共产党领导的工农红军,是咱们老百姓自己的队伍呀!"

张小妹也上前说:"是呀,大娘,我们也都是穷苦人出身,是为老百姓撑腰的。"

刘百灵性子直,听朱大娘这么固执,实在气不过,一跺脚就说了重话:"信不信由您,反正您媳妇孙子性命关天,要是出了事、死了人,您后悔都来不及!"

王木兰拦住刘百灵,让她别说气话。

心急如焚的朱大娘一听,气得举起手,就要打刘百灵……

徐解秀赶忙拦住朱大娘的手,严厉地说:"大娘,快让她们进去!"

里屋又传来一声声凄厉的喊叫:"哎哟……哎哟……忠福,忠福,我不生了,我要死了!"

朱忠福一听,马上冲他母亲求饶:"妈,让她们进去吧……"

朱大娘回头就给了朱忠福一巴掌:"你个死人,你懂个屁,我刚求了菩萨,自然会保佑你夫娘和儿子平安。"

朱忠福听着夫娘在里头哀叫,又心疼又害怕,赶紧再次哀求:"妈,就让她们进去吧,真的来不及了!"

说着,朱忠福蹲在地上哭起来,还拿脑袋去撞桌子沿儿。这还是朱大娘第一次见儿子痛苦成这个样子呢,一时也怔住了。

徐解秀见状,一把将朱大娘拉开,便去推门,可是,里屋的门居然被闩上了,推不开。

徐解秀用手不停拍打着,大声喊:"开门! 开门!"可是并没有人回应。

朱忠福一看这情景,气得几乎发疯,站起来就用身子向房门撞去。随着这猛然一撞,只听哐的一声,房门就被撞开了。

众人边朝里屋走,边朝床上看去,只见昏暗的油灯下,刘阿婆正在床边上跪着求神,嘴里念念有词。一见门被撞开,刘阿婆赶紧爬起来,风一样冲过来,张牙舞爪地大声吼道:"你们进来干什么？你们会冲撞大仙的,出去出去!"

徐解秀上前,一把拨开刘阿婆挠过来的枯瘦的手,指责道:"刘阿婆,这是阿青最需要人助产的时候,你还在这里装神弄鬼?"

刘阿婆哆嗦着,用手指着徐解秀,气得说不出话来,缓了一口气才说:"你!你!你这是对大仙不敬,是要遭大祸的!"

另一边,阿青听到终于有人进了房间,紧张的情绪突然舒缓了下来。可是,虽说终于有人来帮助自己,但她真的不知道该怎么办啊,只得委屈地哭叫:"救救我啊!救救我!"

王木兰快速到了床边,一看阿青满脸是汗,痛不欲生,一把就握住了阿青的手安慰她,同时回头大声对其他人说:"快!得赶紧助产。"

那边徐解秀闻言,马上就让朱忠福将刘阿婆从里屋拽了出去,拦在了门外。

刘百灵和张小妹也都没有接生经验,但丝毫不慌乱,迅速朝阿青的床边围过来,随时听王木兰调遣。

"泼辣婆"看到刘阿婆也被推了出来,马上挖苦说:"这些黄毛丫头,自己都没有生过崽,她们能接生吗?"

刘阿婆这还是第一次被人从产房里赶出来呢,被"泼辣婆"这么一说,没皮没脸的,也上来了泼劲儿,干脆就往地上一坐,开始哭天喊地地咒骂起里屋中的几个人。

阿云白了她们一眼,大声说:"红军的医生当然能行,三哥家的小武不就是她们治好的?"

说着,咣当一声,阿云就把大门给关上了。

"泼辣婆"才不相信红军能比刘阿婆请的神仙还厉害。刘阿婆在远远近近这些村落里是有名的接生婆,好多孩子都是经她的手接生的。也有女人在生产时和肚中孩子一起死了,刘阿婆就说,这是女人的命不好,带来的崽是个克星。实际上,这刘阿婆在产妇生产遇到困难时,毫无急救的技术和手段,只想着依靠求神来解决,如果产妇遭遇不幸,她又用鬼神之说来推卸责任。既然责任不在她刘阿婆,全怪产妇自己命不好,那无论耽误过多少性命,她依然是那个十里八村受人追捧的接生婆。

"泼辣婆"心想,不就是关了门吗?热闹还能继续看。于是,她也不离开,就在门口松松垮垮一站,随口说道:"哼哼,都是些没有下过蛋的仔鸡,她们肯定不行。不信,我们在这里等着,等着看她们怎么偿命。"

徐解秀从里屋跑出来,招呼阿云帮着打一盆热水送进去。

王木兰没给人接过生,但她在学堂里是学过相关的理论知识的。她不断鼓励自己:我可以的,只要足够沉着冷静、胆大心细,就一定行。

其实最幸运的是,阿青并不是真的难产,只是连日里在山中躲得辛苦,动了胎气,到了临产时又过于紧张,一下子没能顺利分娩。后来神婆和一些愚昧村妇的那些关于鬼胎的讨论传入她耳中,使她更加感到恐惧和绝望。现在朱忠福给她找来了红军医生救自己,朱忠福还在门外大声鼓励,告诉她说红军医生把差点儿夭折的小武治好了,阿青便突然有了信心,趁着阵痛的间隙,甚至还睁大眼睛打量了一下正紧紧握住她手的王木兰。

王木兰弯眉大眼,齐耳的短发被军帽罩着,干干净净的脸蛋上有读书人的气质,还有一种英武自信之气……这些都跟她平日里见到的女人完全不同。这样看着、想着,阿青的心里好像得到了不一样的安慰,也没有那么害怕了。

张小妹拿热毛巾帮阿青将脸上的热汗擦干净,几个人又各自在盆里将手洗干净,擦干。

这时候,徐解秀也按王木兰的交代,在房中间的火膛里把火生起来了,屋子里开始暖和起来。

刘百灵按照王木兰的指点,搓热了自己的手,揭开阿青的衣裳,开始轻轻帮着她推动肚皮,说:"阿青,深吸一口气,开始用力……"

"阿青,不着急,别怕,都要用好几轮力气,才能将孩子生下来的。"

"阿青,吸气,开始用力……"

张小妹用热毛巾一次次擦去阿青的汗珠,刘百灵一下一下地推动阿青的肚皮。

"阿青,你放心,一定是个健康宝宝,现在宝宝自己也在努力呢,他会帮助妈妈一起用力的。"

王木兰一次又一次地及时安抚阿青,鼓励阿青。

"来,咱们再来一次!吸气……"

……

"哇——"

房间里终于传来响亮的婴儿啼哭声。

"阿青,恭喜你,是个男孩儿,是个儿子!"

张小妹拿热毛巾帮瘫软了的阿青擦汗。

婴儿的啼哭声十分响亮,这声音传到堂屋里,传到大门外。里里外外的人,都听见了。

大家忍不住纷纷喊道:"生了,生了!"

一直在大门外等待的几名红军战士和后来赶过来准备帮忙的几个红军战士,也听到了这个喜讯,他们悬在嗓子眼的心这会儿才放了下来,彼此对看一眼,脸上都露出了微笑。

朱大娘赶紧从神龛前站起来,想要进里屋去。

这时,刘百灵拉开里屋门,朝外间的朱忠福说:"恭喜大哥,顺利生了,是个儿子!"

朱忠福的热泪瞬间淌了下来,此时他突然感到一阵阵后怕,两手直发抖,都不知道该往哪里放。突然,他朝里屋大声吼道:"那我的阿青呢,她怎么样?"

"阿青没事儿,就是累得很,需要休息。"王木兰大声安慰他,接着说,"等下我们帮阿青收拾完了,你就可以进来陪她了。"

隔了一阵儿,新出生的小毛头被她们用温水擦洗干净,裹上小棉被送到了里屋门口给朱忠福母子看了看,然后又被抱了进去。

"我孙子,怎么不给我抱!"朱大娘伸出的手落了空。

"大娘,你们都还没洗手呢,孩子刚出生,接触的东西都得干净。"

朱大娘一听,马上破涕为笑,心里感激却不知道怎么表达,索性往地上一跪,便要对着三个女红军磕头。她满脸羞愧地说:"你们是我朱家的救命恩人!之前是我不好,是我不好!"

王木兰赶紧起身,走过来扶住朱大娘,说:"大娘,可不兴这样,您赶紧起来。"

还没来得及将朱大娘扶起来呢,旁边朱忠福又跪了下来,把张小妹吓得倒退两步就跳到了另一边。刘百灵把孩子递给刚洗了手的徐解秀,勉强把朱忠福拽了起来,告诉他:"你别这样,赶紧洗洗手进去看看你媳妇,她可是辛苦了。"

阿云在一旁感慨道:"红军果真厉害,是我们瑶家的恩人……"

说着,阿云想起了什么似的,端了那盆洗手水就朝大门走去,等她打开门准备泼水,那"泼辣婆"发现风声不妙,赶紧溜了。

三个女红军顺利为阿青接了生,高高兴兴地准备回徐解秀家里。

这时,朱大娘手中拎着一只大母鸡,快速走过来,口里不停说着:"红军阿妹,你们等等!"

三个女红军和徐解秀听到叫声,赶紧停下脚步。

朱大娘小跑过来,将手中的大母鸡交给王木兰,感激地说:"你们是我家的恩人,这只鸡,你们一定收下!"

王木兰还没反应过来,朱大娘便一把将大母鸡塞到了她的手里。

"这是干什么?"王木兰说,"朱大娘,我们不能要这鸡,帮助老百姓本来就是我们红军应该做的。"

说着,王木兰赶紧将大母鸡送回到朱大娘手中。

朱大娘不肯接,一个劲儿地把王木兰递回来的大母鸡推开,不停地说:"你们一定收下,一定要收下啊!"

这时,刘百灵和张小妹也上前来帮忙,将鸡送回到朱大娘手中。

"朱大娘,您别客气!"

朱大娘见王木兰她们拒绝,便转身将大母鸡送到徐解秀的手中,说:"三嫂子,你帮我送给红军姑娘!"

徐解秀拎着大母鸡,看了一眼三个女红军,说:"朱大娘,照理说,三个女红军帮了您家,您应该感谢才对。但是,她们总在说,为我们老百姓做好事,是不需要感谢的。我看,您家儿媳妇正生了小孩儿,要坐月子,需要补补身子。"

徐解秀说完,将大母鸡又送到了朱大娘的手中。

朱大娘手里拿着大母鸡,一时不知说什么,愣了半晌才说:"你们红军真是大好人,是我们的大恩人!"

第三天一早,鞭炮声中,朱大娘和朱忠福提着一壶甜酒冲蛋,喜气洋洋地来到徐解秀家。

徐解秀知道,这是沙洲村瑶族人的习惯,便高兴地大声叫道:"哎哟,朱大娘来感谢接生婆了!"

王木兰三人一听,也赶紧迎出来。

朱大娘和朱忠福倒了几碗甜酒冲蛋,一碗碗用双手奉上,说:"感谢我们家的几位大恩人!"

屋外围观的红军们笑着,屋内三个女红军也笑着。

朱忠福将碗递了过来,王木兰她们将甜酒冲蛋接到了手上并不吃,只说应该留给阿青补充营养。

这时,徐解秀赶紧解释说:"这是我们瑶家的习俗,'洗三朝'。"

刘百灵好奇地问了一句:"什么是'洗三朝'?"

徐解秀也接过一碗甜酒冲蛋,笑着说:"'洗三朝'就是呀,孩子生下来的第三天,要来感谢接生婆。"

王木兰一听,明白了,也笑着说:"原来是瑶家风俗,那好,我们喝。"

朱大娘轻轻凑到王木兰身边,小心地说:"大妹子,听说你是读书人,请你给我孙子取个名字吧。"

王木兰正喝着甜酒呢,望着朱大娘,她问道:"让我取名?"

朱大娘认真地说:"是呀,就是请你取名字,图个吉利。"

听朱大娘这么一说,大家也都望着王木兰。

张小妹扯着王木兰的衣角,说:"木兰姐,你就给取一个吧。"

王木兰望了一眼徐解秀,见她也在微笑地点头,这才说:"那好吧,我看这孩子哭声洪亮,希望他前程远大,就叫朱宏!"

朱忠福一听王木兰取的名字,忙问:"是红色的红?小红?"

瑶村里有好几个叫小红的女孩呢。

"是个同音字,读音呢,也暗合红军的红。其实,宏的意思是宏伟、宏图、宏大……呃,这个字是这么写的!"说着,王木兰就将名字写出来,解释给大家听。

朱大娘笑起来,大声说:"这是一个吉利的好名字,我孙儿就叫朱宏了!"

徐解秀也替朱大娘一家高兴,笑着说:"还是红军好,能给我们瑶家带来盼头。"

第七章　一腔热血化碧涛

> 大部队有了新的部署,卫生队在沙洲村的休整也结束了。

1934年11月7日,红三军团主力已经占领文明司,中央机关、中央军委纵队及各军团部队陆续抵达文明司,分别在老田村(五一村)、秀水、韩田、沙洲、新东、文市等地宿营并短暂休整。司令部驻秀水,总政治部驻韩田,总卫生部就设在了沙洲村。

毛泽东、朱德、陈云等人都住进了文明司,也是在11月7日这天,时任中华苏维埃共和国临时中央政府主席毛泽东和中国工农红军总司令朱德联名签署了一张革命宣传单《出路在哪里? 出路在哪里?? 出路在哪里???》。

宣传单详细阐述了中国共产党的各项政治主张,其中写道:

> 我们要立刻取消一切国民党政府的苛捐杂税与兵差劳役,取消一切高利贷,没收地主阶级的一切土地财产,分配

给贫苦的农民,工人实行八小时工作制,增加工资。我们要使每一个工人农民有衣服穿暖,有饭吃饱,取消强迫的雇佣兵役制,改为自愿兵役制。把土地分给士兵,改善士兵的生活,不准打骂士兵……

亲爱的兄弟姐妹们!共产党所主张的苏维埃与红军,就是你们的出路。你们不但不要反对苏维埃与红军,而且还要拥护苏维埃与红军,在一切方面帮助我们苏维埃与红军得到胜利!

亲爱的兄弟姐妹们!你们的出路就在这里……坚决的为了你们自己的出路而斗争!不要惧怕卖国贼、刽子手、国民党、军阀,不要惧怕豪绅、地主、资本家。他们那里只有少数人,我们这里有着千百万的工农群众。我们还有我们自己的红军与苏维埃政府的帮助,我们一定会胜利,我们一定要胜利,我们无论如何要胜利。

对于这张传单,《朱德年谱》有总结性的记载,其第418页写道:

与毛泽东联署发布《出路在哪里?出路在哪里??出路在哪里??》的传单,号召工人、农民、兵士及一切劳动民众团结起来、武装起来、暴动起来,打倒帝国主义、推翻国民党统治,实现共产党的主张,建立工农自己的红军,工农自己的苏维埃政府。

这些宣传单很快被散发出去，汝城的老百姓也由一开始的不了解、不知道红军是一支怎样的队伍，到慢慢了解。这是一支为百姓福祉而战斗的队伍，百姓们没有理由不支持。

这张原标题为《出路在哪里？出路在哪里？？出路在哪里？？？》的革命宣传单，如今在湖南博物院完好地保存着。它是毛泽东"长征是宣言书，长征是宣传队，长征是播种机"著名论断的事实依据，也是红军长征初期革命宣传的珍贵实物和文献史料。正是红军在长征中切切实实为人民群众着想，用行动维护人民群众的利益，才赢得了人民群众的拥护和支援，挫败了国民党反动派企图煽动民众打击红军的阴谋，使红军长征取得了最后胜利。

此时，中华苏维埃共和国国家银行也设在了文明司，沙洲村同样设立了一处银圆兑换处，红军所用的"苏钞"按日兑换，一共在沙洲村兑换了3天，因此，沙洲村格外热闹。

11月7日上午11时，红三军团军团长彭德怀、政治委员杨尚昆以万万火急电向军委主席、红军总司令朱德提出突破乐昌、宜章、郴县国民党军设置的第三道封锁线的行动计划报告。下午，红三军团一部由文明新东经宣溪、幸福、良田进入宜章小水岭、大屋场、红家坳。

红五军团为掩护中央军委纵队，在延寿、岭秀[①]等地阻击粤军四师与湘军陶柳等部，双方均有较大伤亡。

11月8日，红军总部发布在良田、宜章间突破国民党第三

[①] 岭秀，原名陈家岭。

215

道封锁线的命令:"军委决定三军团于良田、宜章(均含)间突破封锁线,其先头师约于十号到宜章地域。一军团应监视九峰、乐昌之敌,并迅速于宜章、坪石之间突破封锁线,军委第一、第二纵队及五、八军团在三军团后跟进,九军团则于一军团后跟进。"

与此同时,红军在文明司所驻各村召开群众大会,没收土豪劣绅的财物分给贫苦群众,同时宣传党的方针、政策、《出路在哪里?出路在哪里??出路在哪里???》文告与北上抗日的主张。

随着部分部队的转移,延寿、岭秀、文明等地有150余名青年农民参加了红军,还有上百名农民为红军当挑夫。这个消息让沙洲村不少男青年的心思都活络起来,大家跃跃欲试,想跟着红军走。

红一、红五、红九军团各一部,也由小垣走马的羊牯坳与延寿山眉的狗古岭分两路进入盈洞①,于水头冲会合,经"四十八崎",抵汝城县文明乡上章村宿营。

陈青松得知情况后就告诉王木兰,卫生队的撤离路线也下来了,但卫生队和从前一样,可能要分成几部分走。

大部队有了新的部署,卫生队在沙洲村休整的时间也结束了。只有这么短短几天的安宁时间。

---

① 盈洞,原名姜阳。

"这双布鞋,是我一针一线做出来的,我给你穿上!"

到了出发这一天的早上,经过治疗后的轻伤员都已经归队,重伤员也有新的安排,不能跟随部队转移的都重新做了周密安置。

王木兰领着刘百灵和张小妹一起,送轻伤员跟着队伍出村,返回朱氏祠堂时还要经过徐解秀家门口。

出村的队伍还在走,王木兰从前望到后,在队伍里寻找,没有看到陈青松。她不知道陈青松会跟着第几拨队伍出发,所以想将连夜赶制出来的那双新布鞋亲手交给陈青松,先让他穿上。

可是,队伍走完了,她还是没看见陈青松。

徐解秀正倚着大门朝这边眺望呢,王木兰很远就叫她:"姐姐!"

徐解秀迎上前来,流着泪问:"你们……要走了?"

"你看见我们陈连长过去了吗?"张小妹帮着问。

这时,徐解秀告诉王木兰,陈连长刚带着几个战士去后山了,那里有"清乡队"在趁乱抢劫进山的村民。

正在这时,几人突然听到后山隐约响起了枪声。

王木兰一听,心就悬起来了。

这时,只见一个小战士从后山上飞奔下来,大声说:"卫生员,快上山,有人受伤了!"

王木兰心里一紧,拿起医药箱就跑,说:"走,我们快去看看!"

三个女红军背着药箱,紧跟着小战士,顺着石板路朝后山跑去。

随着红军大部队的陆续撤离,"清乡队"开始在几座村之间侦察、徘徊,时不时还要抢劫一番,准备卷土重来。

红军战士对山里的地形毕竟不熟悉,进山追踪不久,就被"清乡队"伏击,陈青松被"清乡队"黄队长一枪打中,倒在血泊中。

战士们已继续追击清乡队去了,周小年和杜远亮围在陈青松身边,拿纱布手忙脚乱地堵着他正在汩汩淌血的伤口。他俩对视了一眼,心里明白,陈青松的伤势很重,这一次可能……无法挽救。

"连长你撑住!连长你醒醒!"

陈青松缓缓睁开眼睛,他用手摸向被杜远亮按压住的胸口。他自己就是学医的,知道这个位置受伤,怕是无力回天了。陈青松感觉生命力正一丝丝地从身体里被抽走,他张了张嘴,发现想说话都十分困难。但是他挣扎着开了口,吃力地冲正在抹眼泪的周小年说:"……告诉木兰,我为信仰而死,死而无憾!你们……要继续……为我们的信仰而战斗!"

枪声渐渐远了,渐渐稀了,王木兰顺着山路跑过来,远远就看到周小年和杜远亮正拿拳头砸地,她听到了他们的痛哭声。

王木兰顿时觉得脚都软了,脑子里嗡嗡作响,奔跑的步伐跟着缓下来,整个人摇摇欲坠。刘百灵跟在她的身后,赶忙一伸手挽住了她:"木兰姐,你怎么了?"

远远地,十多名红军战士正撤回来,然后立即布哨。

剩下的几名战士则疯了似的奔到倒在血泊里的人身边,边呜咽边呼唤:"陈连长,你醒醒!"

这时候,刘百灵也听清了,战士们在呼唤"陈连长"!

倒下的真是陈青松!

王木兰眼前发黑,最后二三十米距离,她在刘百灵的搀扶下一路踉跄地奔了过去,最后,她脚步凌乱,被自己绊倒在草地上,顾不上身上的疼痛,绝望地朝血泊里的人爬了过去。

血泊里的人,正是陈青松。

"青松,青松,你睁开眼,是我,我是木兰!"

"青松,我千里万里来寻你,好不容易才相聚,你不能丢下我啊!"

"青松,你醒醒,你同我说说话,我害怕……"

刘百灵与张小妹跪在草地上扶着王木兰的身子痛哭,她们都不知道该如何劝解王木兰。

陈青松却再也无法应答了。

战士们知道这一切都成了定局,他们没有更多的时间留下来痛苦,于是一个接一个地缓缓站起身来,摘下帽子,满面泪水,冲陈青松敬了最后一个军礼。

张小妹也站起身来,冲过去一把抓住周小年的衣裳,捶打着他的胸口,一声接一声地质问:"你说!你们说!怎么会这样呢？怎么会这样呢！"

周小年抹着眼泪，哽咽着说："是'清乡队'伏击……木兰姐，对不起，我们没有保护好陈连长。"

杜远亮跪在陈青松身旁，伸手摸了摸陈青松手里握着的枪，拿下来，递给了王木兰，流着眼泪说："我们追击'清乡队'，陈连长还打死了两个敌人，没想到跑到这儿遇到了伏击。对不起，木兰姐，我们没有保护好陈连长……"

王木兰流着泪摇了摇头，接过陈青松的手枪别到自己的皮带上，再用毛巾将陈青松的脸擦拭干净。

陈青松静静地躺在草地上，英俊的面颊已经失去了血色，他身上淌出来的血已经渗入泥土，成为大地的一部分。

周小年叫过杜远亮，强忍悲伤说："我们去拿条被子来，把陈连长裹起来……再……再入土……"

王木兰扭过脸，轻声说："不，不行。现在战士们最缺的就是被子，天这么冷，同志们晚上还要靠被子保暖呢。"

说着，王木兰从身上挎包里取出那双新布鞋，为陈青松穿上。

"青松，我们在一起，我也没有给你缝过衣服。这双布鞋，是我一针一线做出来的，我给你穿上！"王木兰说着，眼泪像是断了线的珍珠一样落下来。

战士们流着眼泪，却都没有说话，默默看着王木兰与她的革命伴侣、他们可敬的连长陈青松进行最后的告别。

王木兰给陈青松穿好了布鞋，又脱下自己的一件衣裳，轻轻地盖到了陈青松身上。

"青松,留下这件衣裳代我陪你,革命的路我去替你走完。青松,你在这儿等着,我会回来看你的。"

过了一阵子,周小年从村民家借来了锄头、铲子,战士们就在后山道边不远的一处山坡上,为陈青松举行了简单又肃穆的安葬仪式。

张小妹和刘百灵搀扶着王木兰,战士们一起将陈青松的遗体安放在刚挖好的墓穴里。

王木兰望着陈青松,流着眼泪,悲伤而又坚毅地说:"青松,今天安葬你,没有棺材,没有被子,对不起你了……青松,你介绍我加入中国共产党,我也会像你一样,为了革命的胜利,甘愿流尽自己最后一滴血!"

战士们和王木兰一起,用一捧捧泥土为陈青松垒起坟堆,并且在陈青松的坟前用军礼承诺:"陈连长,我们会像你一样,为了革命的胜利,甘愿流尽自己最后一滴血!"

这时候,徐解秀听到消息,抱着小武,一路哭着,跌跌撞撞地来了后山。见到这个情境,她哭晕了过去。

秋风起了,山坳里的黄叶四处翻飞,落在灌木上,落在草地上,落在新坟上。深秋萧瑟的风里,山坳里一片哭声。

陈青松的牺牲,让所有人的情绪都格外低落,悲痛添上离愁,大家都有千般滋味在心头。

"姐姐,我把被子剪成两半,这半条你一定收下,这样一来,咱们就都有被子用了。"

朱氏祠堂里的伤员,一个个撤走了。

医疗物资也清点完毕,装箱启程。

只有王木兰、刘百灵和张小妹三个女红军,因为要帮即将上路的伤员检查和换药,又要看望已经安置好的重伤员,花费了不少时间,一来二去就落到了大部队的最后。

这一天终于到来了,三个女红军要离开沙洲村了。

徐解秀早就让朱兰芳从地洞里掏出埋着的红薯,洗干净蒸熟,硬要塞给三个女红军带上,可她们坚持不肯收。

刘百灵流着泪说:"大嫂,你们家连锅都揭不开,小武还这么小,这冬天刚到,还有几个月时间要熬,你们自己怎么过冬都还不知道,这点儿食物,你们还是留着自己吃吧。"

张小妹也是,怎么都不肯收这些红薯。

徐解秀抹着泪,对王木兰说:"木兰妹子,我们家再穷,也可以想办法。你们还有很远的路要走,带上吧,这是我们的一片心意。"

朱兰芳也跟着劝三个女红军收下,可是笨嘴拙舌的,只能一遍一遍地说:"是呀,你们带到路上吃……"

"那就收下吧。"王木兰对张小妹说。

随后,三人到徐解秀的厢房里去收拾行装,她们商量着一件事。

"我们要离开了,送点儿什么给徐大姐呢?"

刘百灵想了想,说:"送什么呢? 我们真没有什么可送。要说大嫂家需要的,可能只有这条被子……"

张小妹望着刘百灵,悄声说:"送被子? 我们三人才这么一条被子,送给大嫂了,我们行军露宿怎么办呢?"

王木兰看了看她们已经收拾好的包袱,摩挲着手中还没捆起来的被子,苦涩地笑了笑,说:"可是,我们也只有这条被子可以送。再说,这个冬天,小武如果一直没有被子盖,恐怕还会冻病。"

三个女红军从厢房走出来,徐解秀已经把红薯用小竹篓装好,等着她们呢。等三人整理好背包出来,徐解秀赶紧将红薯递给张小妹,嘱咐她们一路小心。

大家都流着眼泪,互相叮嘱着分别后要各自保重,也互相承诺着革命成功后再来相见。

这时,王木兰将军用被子抱到徐解秀手中,深情地说:"姐姐,你们家连条盖的被子也没有,我们将这条被子留给你家,留给小武!"

徐解秀一听,慌忙推辞,说:"妹子……你们三人总共才一条被子,这行军打仗,天寒地冻,可怎么受得了? 不行不行!"

"姐姐,你就收下吧,这是我们的一片心意,你留个念想!"

223

刘百灵也拉着徐解秀的手,说道:"大嫂,你别客气,山里越来越冷,小武没被子盖怎么成?你就收下吧!"

张小妹手里提着红薯站在一旁,用袖子抹着眼泪,也说:"大嫂,你也舍不得我们,对吧?你就留着这条被子吧,看到这条被子,就等于看到了我们!"

徐解秀当然知道自己家里需要被子,但红军是干大事的人,要行军打仗呢,三个姑娘还要治病救人,冻坏了可怎么行?于是更加坚决地说:"这……坚决不行……我不能收!"

就这样,一条被子在三个女红军和徐解秀的手里推来推去……

王木兰推了一通,抱着被子转身回屋。

她决定将被子放在床上,将门关起来,她们赶紧离开就行了。

结果还是没能成,徐解秀哭着,抱着被子,用一双小脚艰难地跑着,又追了出来。

王木兰几人看见,无奈地停住了脚步。这时,王木兰皱了皱眉头,突然手一扬,说:"拿把剪刀来!"

"拿剪刀干什么?"张小妹愣了。

徐解秀一听,也愣了。

刘百灵赶紧从医药箱里拿出一把剪刀,递给王木兰,说:"木兰姐,剪刀给你!"

王木兰拿起剪刀,说:"来,小妹,你和百灵将被子拉开。"

在王木兰的指挥下,刘百灵和张小妹一人拉着一头儿,把被子抖开。

小武突然在屋里大哭起来,徐解秀慌忙回去,把小武抱了起来。她转身刚要往外走,突然看见刘百灵和张小妹这拉着被子的阵势,似乎有点儿明白王木兰的用意了,急忙叫道:"妹子,你们这是要干什么!别!别!"

徐解秀又慌忙放下小武,扑过来要抢救被子,可已经来不及了。

只见王木兰拿着剪刀,咔嚓咔嚓几下,干净利落地将被子从中间剪开了。一条本来也不太大的军用被子,被王木兰剪成了两半。

看着徐解秀满脸的错愕与心疼,王木兰轻轻一笑,说:"姐姐,我把被子剪成两半,这半条你一定收下,这样一来,咱们就都有被子用了。等革命胜利了,我们一定回来看你,到时候我再给你带条新被子来……"

王木兰说着,将补丁比较少的那半条被子,送到徐解秀的手中。

一床被子剪成两半,四朵姐妹花分成两处。

面对即将到来的分别,已经有了连心连骨感情的几个人感到分外痛楚,三个女红军抱着徐解秀哭成一团。

但分别总是会到来。

徐解秀一手抱着小武,一手抱着那半条被子,看着转身朝大门外走去的三个红军妹妹,泪如泉涌。

她的口中不停呢喃:"天啊,天底下怎么会有这么好的人?……"

这时候,朱兰芳将前一拨红军送过山口,又返回家里,见状马上抱过小武,陪着徐解秀,又将三个女红军送到村外。

这一天,遭遇的事太多、太苦了。走着走着,刘百灵内心被各种情绪堵得满满的,于是,她又轻轻地哼起一支歌来:

凄风苦雨哟,透骨寒。
生起炭火哟,暖心坎。
红军姐妹送火种,
红星闪闪驱黑暗。

一条被子哟,剪两半。
亲人冷暖哟,挂心间。
军民鱼水情意深,
铺起地来盖住天。

半条被子哟,好温暖。
百姓疾苦哟,常挂牵。
共产党的恩情,
山高水长爱无边。

刘百灵唱着,声音哽咽了……

大家听着,都哭了起来。

王木兰停下脚步,擦掉眼泪,说:"大哥、姐姐,走出村太远了,你们就送到这里吧。等革命胜利了,我们一定回来看你们……"

徐解秀还是不放心,便叮嘱朱兰芳说:"翻过前面的界牌岭,她们就不会迷路了。兰芳,你再送送,送她们翻过界牌岭吧。"

朱兰芳应了一声,把小武交给徐解秀,说:"那好,我再送她们一程。你回家路上小心,好好照顾孩子,等我回来。"

徐解秀抹了抹泪水,抱着小武站在原地,看着自己的男人领着三个女红军向前方走去,泪水又涌了出来,眼前只觉得茫茫一片,什么也看不清。

第八章　千磨万击还坚劲

> 前坪里站满了人,听到清乡队要拿徐解秀开审,都替徐解秀捏了一把汗。

故事讲到这里,罗开富老师的情绪跌到了谷底,我也听得眼泪汪汪。很久很久,我的感动还在三个女红军身上,在那"半条被子"故事的温暖里。

我擦掉眼泪,忍不住问道:"罗老师,后来,你找到三个女红军了吗?找到半条被子了吗?"

"当时,我每天都要写报道交给报社,当我听了徐解秀老人的讲述,立即就写了篇题为《当年赠被情谊深,如今亲人在何方》的报道,发在《经济日报》上。这篇报道影响很大,全国上上下下都在寻找这三个女红军,可惜没有找到。至于留下的那半条被子,我……没有见过。"

我沉默着,痛苦着,也思考着。

罗老师稍微平复了一下情绪,继续说:"我采访徐解秀老人

231

时,旁边还站着一个68岁的老人,他名叫朱青松,50年前,他已18岁了,也记得一些情况。"罗老师说,"他也一直在打听三个女红军的下落。他还告诉我,红军撤离后,清乡队回到沙洲村,逼迫村民说出谁为红军做过事、接受过红军的东西。"

"朱青松老人也是从那个年代走过来的人,他关心这些想来也是必然的。"我若有所思地说着,"三个女红军究竟去了哪里?"

罗老师惋惜地摇摇头,长叹一口气。

我见罗老师摇头叹气,便低声说:"后来,经历了惨烈的湘江战役,又有雪山、草地那些磨难,无数的红军战士牺牲了,那三个女红军也许……但您后来几次去沙洲村,怎么会没有见过那半条被子?"

罗开富老师听了,表情极为悲伤。

他认真地看了我半晌,才缓缓地告诉我原因。

红军走了。

乌云笼罩着沙洲村,清乡队回来了。

日子好像恢复到了从前。

然而,实际上,一切都不同了。

多数乡亲的心里都埋下了是非观,埋下了军民情,埋下了铁骨铮铮,埋下了向往,埋下了天下太平、穷人也能当家做主的幸福梦想。

徐解秀家当然更特殊些,她家本来就是清乡队打击的重点对象,还有一点和其他村民不同——朱兰芳送三个女红军去追赶部队,眼下他还没有回到沙洲村来。

徐解秀明白,自己也想当红军,无奈裹了一双小脚,更有还不会说话的小武要拉扯长大,但她男人朱兰芳不一样,他身强力壮,那可是铮铮的山里汉子,做什么都有模有样,他去当红军,那准是个好兵。

"我不能去当红军,可如果小武他爸去了,也就等于是我去了。如果他一时不回,这家我得担起来,一直等他打完仗回来。我家就剩女人孩子,清乡队能拿我怎么样?"徐解秀思忖着,暗暗下定了决心。

然而,事情并不像徐解秀所想的那么简单。

红军离开后,清乡队很快到了沙洲村。

他们对亲近过红军、帮助过红军和接受了红军礼物的村民进行严刑拷问。

徐解秀家没有进山,而且她家是最先住进三个女红军的人家,朱兰芳进山劝了不少人回来帮助红军,所以徐解秀当时就被作为重点惩治对象。

红军和清乡队,一来一去,一走一回,并不是如风过山岭那么简单。

红军走了,共产党走了,给老百姓们撑腰的部队走了。国民党反动派的清乡队回来,被红军打惨了的怨气是要一股脑儿撒在老百姓头上的。红军,清乡队是打不过的,可欺负帮助过红军的村民们,清乡队却十分在行。

黄队长趾高气扬,他走在前头,嘴里叼着一根纸烟,喷出一团团烟雾。

十几个背着长枪的清乡队队员,拿着大喇叭,又走进沙洲村。

郭副队长站在村口的高地上,大声叫喊着:"所有的村民,全部到祠堂前坪集合!"

沙洲村的乡亲们,全部被叫到了朱氏祠堂的前坪。

黄队长端了条长凳,拿一只脚踩着,半支着身子,打量着慢慢集合起来的村民。几个清乡队的狗腿子围着黄队长站着,个个脸上都是一副趾高气扬的表情。郭副队长腰间别着一把短枪,站在一旁,觉得自己特别威风。

等人都到得差不多了,黄队长扯开了破锣嗓子,大声说:"乡亲们,你们以为,红军是什么好东西?他们吃光用光你们家的东西,拍拍屁股走了!"

黄队长瞄了一圈那些漂亮的瑶族姑娘和媳妇,见她们与平常并没有两样,知道红军没有招惹过谁家的夫娘和姑娘,心眼儿转了几转,于是"共产共妻"这话,他就绝口不提了。

乡亲们站着,心里老大不服气,但又没有能力对抗清乡队的刀枪,只能忍着。他们都站在前坪里猜测,不晓得黄队长这一下要怎么折腾大家。于是,个个提心吊胆。

这时,财主的儿子孙伏德走上来,附耳对郭副队长说了些什么。

郭副队长赶忙点点头,眼睛往人群里扫了扫,似乎没看出什么。

他又瞄了一眼踩着长凳的黄队长。没想到黄队长也正看着他,于是他赶紧清了清嗓子,大声说:"队长,有情报!"

黄队长板着脸问:"什么情报?"

郭副队长连忙说:"徐解秀家里住过三个女红军,红军离开时,还送了她家东西!"

黄队长一听,从长凳上跳下来,斜眼瞪着村民们,露出一抹狡猾的笑,继而又凶狠地问道:"红军住她家里,还送她东西了?什么东西?"

郭副队长赶紧哈腰点头,小声说道:"是呀,队长,送了东西的,听说是半条被子。"

黄队长一头雾水,没听明白。要说是被子,他明白,要说是一条被子,他自然也明白,可这送了半条被子是什么意思?

他愣住了,追问:"半条被子?什么半条被子?"

郭副队长早打听清楚了,马上说道:"住她家的那三个女红军,走的时候将自己的被子剪了一半,送给徐解秀了。"

这么一说,黄队长就明白了,马上打发人把徐解秀押来审问。

前坪里站满了人,听到清乡队要拿徐解秀开审,都替徐解秀捏了一把汗。

三个女红军讲过那么多跟敌人做斗争的故事,没想到自己今天也会遇上,这就是跟敌人做斗争吗?

235

朱大娘也是受过红军恩惠的,是王木兰等三个女红军为她的儿媳妇接生,才让她的孙子得以健康出生。而这一切都是因为好心的徐解秀带着三个女红军进了她家的门,徐解秀也算是她家的恩人了。

朱大娘一听清乡队的话,虽然心惊胆战,但还是鼓起勇气,高声地为徐解秀辩白:"三嫂子是好人!她为人老实,乐于助人,半条被子就等于是住房钱吧,这不算事啊……"

朱大娘一出声,阿云也赶紧为徐解秀说话:"三嫂子对人好,也就是下雨天,人家在雨里淋着,没办法才在她家睡了一晚……"

郭副队长往人群里看,看见阿云,瞪着眼吼她:"谁是好人?留三个女红军睡在家里,还能是好人?"

朱孝富一见风声不妙,赶紧用身体护住了阿云。朱忠福怕朱孝富和阿云吃亏,也赶紧挤了过来,把他们挡在身后。

郭副队长倒是想要耍威风,但他个头儿瘦小,被朱孝富和朱忠福给拦住了,一抬头就只看见哥儿俩的鼻梁,瞬间觉得胆气泄了一半。

三个人推搡了一阵儿,嘴里都不肯认输,又不敢把冲突加剧,只好重复嚷着:

"你想干什么?"

"你想干什么?"

这时,孙伏德再次走了过来,一把拉住郭副队长,把他从人堆里拽出来,对他耳语了几句。随后,郭副队长钻进了另一边的人群。

徐解秀正抱着小武站在那边呢,村民们便挡着不让孙伏德和郭副队长靠近,并且还有胆大些的村民朝他们吐口水。

这人挤着人,人推着人,慌乱中,郭副队长感觉自己还挨了拳头,但他不想这时候犯众怒,便直接朝徐解秀挤过去。

看见这头乱了,知道是冲徐解秀来的,朱忠福赶紧又挤过去,村民们自然给朱忠福闪开一条通道,让他顺利到了徐解秀身边。朱忠福用身体拦住徐解秀,不让郭副队长抓她。

郭副队长一看这情形,气不打一处来,梗着脖子冲朱忠福大声吼道:"你给我滚开!"

朱忠福像一只老虎一样瞪圆了眼睛,大声说:"三嫂子是好人,不准你们碰她!"

说话间,朱孝富牵着阿云也挤了过来。

郭副队长刚才输了气势,正好在气头上,一听这话忍不住了,一拳猛挥过去,打在朱忠福的鼻梁上,朱忠福顿时鲜血直流,他也不擦,只管一拳先朝郭副队长砸过去,打在郭副队长的下颌上。一时间,拖的、拽的、骂的都有,几个人打成了一团。

孙伏德也在人群里挤着,见郭副队长被打了,心说不妙,想趁乱溜出去。

这时,朱孝富叫了一声:"叛徒在这里!"

村民们本来对财主孙家收租、放高利贷剥削村民就十分不满,这次孙伏德又告密,村民们心里的怒火熊熊燃烧。随着朱孝富的一声大喊,他们纷纷扬起了拳头,向孙伏德打了过去。

孙伏德家里依靠着清乡队的保护,当上了大财主。与此同时,孙伏德是清乡队在沙洲村的眼线,沙洲村里的情况,就是孙伏德在秘密收集,然后全部偷偷地告诉了清乡队。

徐解秀家里住了三个女红军,三个女红军为徐解秀的儿子治病,徐解秀的男人朱兰芳跑到山上去叫村民回家,三个女红军撤离时送了徐解秀半条被子,朱兰芳送走三个女红军……这些情况,都是孙伏德在暗地里收集,然后完完整整地告诉黄队长的。

孙伏德被村民一顿乱打,他举起手捂着自己的头,大声喊道:"救命啊,救命啊!"

黄队长听到孙伏德杀猪一样的叫喊声,急了,掏出枪来,向天开了一枪。

"啪!"

空中一声枪响,所有人立刻安静了下来。

"你们闹腾个什么?是不是想要老子大开杀戒啊?"黄队长拿着短枪,怒吼着。

徐解秀抱着小武从人群的后方挤过来,小武吓得还在号哭,徐解秀便将孩子递到刚挤到近前的朱大娘手中,说:"朱大娘,你替我看好孩子,别吓着了!"

说着,徐解秀大义凛然地从众人善意的阻拦中奋力挤了出去。

郭副队长看到徐解秀走到了人前,一把就将徐解秀揪住,并对徐解秀大声吼道:"你个共党分子,你想躲?"

"易进豺"也下到人堆里来当帮手,他走过来拽了一把徐解秀,轻蔑地说:"走,臭女人!"

徐解秀一听骂她臭女人,想也没想,转脸就朝"易进豺"脸上吐了一口唾沫。

易进豺一抹脸,嚷道:"他妈的,你还吐老子口水!"

说着,易进豺挥拳就朝徐解秀的脸打过去。

朱忠福一路跟在徐解秀后面,还想劝她避一避呢,见"易进豺"的拳头朝徐解秀砸过去,猛地一抬手,"易进豺"的手腕子被朱忠福用力架住了,痛得"易进豺"龇牙咧嘴直叫唤。

"三嫂子是好人!"

"三嫂子是好人!"

乡亲们都怕徐解秀吃亏,一见这情形,纷纷叫嚷起来。

黄队长大声吼道:"谁再胡说!我听听谁再胡说!"

大家都愤怒地说:"你们欺负好人!"

黄队长挥舞着枪,似乎要向人群开枪,人们又静默了下来。

徐解秀还是被押到了黄队长面前。

黄队长一脸得意,走到徐解秀的面前,围着她转了一圈,问:"你就是徐解秀?我认得你,就是那个没进山的小脚女人。"

徐解秀认为她留三个女红军住在自己家里没错。瑶家人好客,就算平日过路的陌生人,晚上留在家住一宿也很正常,何况是三个红军姑娘。三个女红军对她家好,给她讲革命道理,让她知道,红军打仗都是为老百姓,为老百姓做的事,才是伟大的事、光荣的事。

徐解秀心中有红军,有革命道理,有正义的力量,所以,她不害怕。今天不管发生什么事,她都不怕。

黄队长问她话,她便昂着头,并不搭理黄队长。

黄队长一看徐解秀那高昂的头,心里的气不打一处来,大声吼道:"你吃了豹子胆,敢收留红军?给我跪下!"

"易进豺"见徐解秀不仅不跪,还神情淡定,也跟着大声吼道:"跪下,听到没有!"

徐解秀也怒吼道:"收留几个姑娘住算什么错,我没错!"

郭副队长一听,脸都气歪了,结结巴巴地说:"哎,还……还姑娘,那是普通姑娘吗?你这是窝藏'共匪',还说没错?你嘴硬!"

说着,他走到徐解秀的跟前,猛地使劲,一耳光就抽了过去。

徐解秀的嘴角,瞬间流下了鲜血。

朱大娘正哄着小武,看到这一幕,赶紧捂着小武的眼睛,生怕孩子看到娘被打,闹腾起来,引起清乡队的注意,再生祸事。

徐解秀不怕疼,她动了动流着血的嘴唇,冲着郭副队长的脸吐出一口血水,大声说:"红军是好人!"

胆敢当众说红军是好人,黄队长一听,立马就发飙了:"你个臭女人,你说什么呢?红军有哪点好?专门抢有钱人家的粮仓,打家劫舍……"

徐解秀什么也不怕,她大声反驳道:"你们才是坏人,你们这帮土匪,祸害乡亲……"

黄队长一听恼羞成怒,大声吼道:"你这个死婆娘,不止收留红军,还帮着红军说话,看来你已经是'共匪'了。来来来,赶紧把她捆起来!老子要好好审审这个'共匪'婆子。"

郭副队长赶紧拿着绳子跑了过来,和"易进豺"一起,将脸上流着血、头发蓬松的徐解秀五花大绑。

这时,黄队长掏出一支烟来,郭副队长连忙给他点燃。

黄队长猛吸了一口烟,吐出一口烟圈来,像是出了一口恶气,这才示意将徐解秀捆到祠堂前的大樟树底下去,并且恐吓道:"乡亲们,你们好好看看,她接受红军东西,是什么下场!"

郭副队长和"易进豺"将徐解秀推过去,用绳子捆在大樟树下。郭副队长刚才受了徐解秀的恶气,被她吐了一脸的血水,心中正好想发泄,于是他手里拿着皮鞭走了过去,开始恶狠狠地抽打徐解秀。

"老子让你知道,是你的皮硬,还是老子的皮鞭硬!"

村民们一看,马上愤怒地朝前挤去。

黄队长生怕村民们靠近自己,举起枪又在众人头顶上开了一枪。

吃枪子儿就要死人的,谁都不敢再往前挤了。

黄队长见抽了十来鞭,徐解秀已经是只有出气儿没有进气儿了,这才问:"红军送给你的半条被子,藏在哪里?"

村民们也不愿意看徐解秀挨打,于是纷纷劝说:"你交了吧,交出来就没事了,免得再受皮肉之苦呀!"

"是呀,有人看见了举报的,你藏也藏不住!没必要为了半条被子丢了命啊!"

徐解秀脸上也挨了一鞭,被抽破的皮肤正渗着血。这比生孩子可痛多了,徐解秀心想,三个女红军讲过那么多跟敌人做斗争的故事,没想到自己今天也会遇上,这就是跟敌人做斗争吗?

想到这儿,徐解秀拼尽全力梗起脖子来,朝着黄队长的方向大声"呸"了一声。

黄队长见徐解秀这么弱不禁风的女子,挨了这么多鞭子,反

241

而更勇敢起来，一时没有办法，眼珠子一转，转而问道："我倒是听说了，你男人给红军带路去了，是不是？你告诉我，红军逃跑的路线是什么，告诉我这个，你就不用挨打了。"

"三嫂子，你还真有半条被子啊。这点儿破东西有什么用，怎么不主动上交呢！"

三个女红军追赶大部队，走的是险要的界牌岭，徐解秀让朱兰芳将女红军们送过界牌岭去。如果没有熟悉地形的人送，三个女红军在山里乱走，万一在岔道走错，不知道会进深山还是进敌人的陷阱。

徐解秀送三个女红军的时候，孙伏德正好走亲戚回来，他看在眼里，现在遇着清乡队员回村来了，就赶紧都说了好邀功请赏。

黄队长不问，徐解秀还不知道三个女红军离开的路线如此重要，要是敌人派部队去追，红军战士战斗力有限，一定会大受损失。

想到这儿，徐解秀几乎吓坏了。可她仔细一过脑子，想想自己并没有告诉过任何人红军走的是界牌岭，心里又踏实了，并且拿定主意，敌人就是打死自己也不能说出来。

郭副队长对黄队长说:"队长,我这就带上几个弟兄去她家好好搜一搜!一定会搜到那半条被子!"

黄队长吸了一口烟,说:"赶紧去,一定给我搜出来!"

郭副队长手一挥,带着人走了。

"易进豺"见郭副队长带着人走了,也想在黄队长面前争得一功,便火上浇油地说:"她男人朱兰芳,说什么去送人,肯定是跟着三个女红军跑了,要不怎么会到现在还没回来,肯定就是当红军去了!她现在就是红军的夫娘,也是'共匪'。"

黄队长原来还没想过朱兰芳就是当红军去了,现在听"易进豺"这么说,便也就顺水推舟,给徐解秀多加了一条罪:"朱兰芳也去当红军了?那,他夫娘就是'共匪'……再给我狠狠地打!"

"易进豺"拿起皮鞭,又抽到徐解秀身上。

徐解秀咬着牙,死撑着,她感觉自己的牙都要咬碎了。

村民们看着这种场面,实在不忍心,这时,他们又怒吼着朝徐解秀围过去。

郭副队长带走了好几个清乡队队员,前坪里只剩下七八个清乡队队员了,推推搡搡之中无比混乱,朱忠福和朱孝富趁机夺了"易进豺"的鞭子扔了。

村民们趁乱对着"易进豺"踹了几脚,还把他推到了一边,旁边两个清乡队队员一个是本村的,另一个还吊着臂膀子,他前几天挨了枪,伤还没好呢。这二人一时就都被村民们推开了,有人赶紧把徐解秀从树上解救了下来。

黄队长看在眼里,也不敢更加放肆。他管的就是附近这几个村,他作威作福也是在这方圆几十里,真要把徐解秀打死了,把村民们全部逼得造了反,他的日子当然也不好过。眼下红军刚走,搞不好一眨眼又打回来了,这谁说得准呢?他自己也心虚着呢。

黄队长脑瓜子一转,就给自己找了个台阶下,大声说:"乡亲们,你们看到了,这就是跟红军有往来的下场!谁家接受了红军的东西,自觉交出来,我不追究。如果不交,一旦搜出来,我枪毙他!"

村民们吓了一跳。

"啊!枪毙!"

"那得赶紧看看,有没有红军的东西遗留在什么地方!"

"交出去?"

"你疯了,我才不交!"

"可不,得赶紧藏好了。"

"你家孩子也当红军去了,可不能传出去让清乡队知道!"

"就说在山里躲'共匪',一直都没回来过呗!"

"快别说了,'孙缺德'过来了。"乡亲们管财主的儿子孙伏德叫"孙缺德"。

孙伏德挨了打,但他对村民们只是恨在心里,不敢对村民大打出手,也不敢对徐解秀下狠手。因为,孙伏德是本村人,吃的、用的都是村民交租给的,万一清乡队走了,村民们再造反起来,他可兜不住。所以,他只好低着头,不再作声。

大家看到孙伏德过来,村民们便扯着嗓子说给他听:

"红军一路打仗,那么穷,他们还能有什么东西送给我们!"

"是啊是啊,徐解秀对红军好,他们才剪了半条被子给她,我们什么也没拿啊!"

"是啊,没拿没拿!"

乡亲们这时候都一条心,防着村里的狗腿子们,更防着禽兽不如的清乡队。

这时,郭副队长带着的几个清乡队队员,从远处跑过来,表功似的大声叫着:"队长!队长!找到了!"

乡亲们一听,既替徐解秀惋惜,又替徐解秀庆幸,找到了半条被子,徐解秀至少应该不用再挨鞭子了。

孙伏德这时倒做起"好人"来了,只听他小声道:"三嫂子,你还真有半条被子啊。这点儿破东西有什么用,怎么不主动上交呢?"

徐解秀被阿云扶着,正靠在树旁,身上都是伤,脸上也是血痕,痛得直不起身子,但她记得自己送三个女红军时远远见到了孙伏德的背影,于是狠狠地瞪了他几眼。

孙伏德一看,心想,都是乡里乡亲的,出门不见抬头见,别再得罪狠了,便赶紧挪脚朝后移去。

这熊熊的火光,在村民们的眼睛里跳动,化成一道道仇恨的目光。

三个女红军和徐解秀在屋门边剪被子的事,村里知道的人并不多,当时情形迫切,徐解秀也没注意到门外有哪些人经过了、看见了。现在半条被子的事被揭出来,又搜到了那半条被子,许多村民的心也就悬起来了。

村民们都替徐解秀担心,当然也替自己担心。

这些天和红军相处,军民的的确确是如鱼水一样快乐自在,结下了深厚的友情,如果清乡队要一桩桩清算,要倒霉的还不知道有多少人家呢。

这时候,郭副队长已经凑到黄队长身边了,邀功一般说:"队长,你看,果然是半条被子,肯定是红军送的!"

黄队长干笑了一声,大声说道:"快,拿过来!"

黄队长边展开被子看,边说:"果真是半条破被子!一看就知道是军用被子,这个臭婆娘,还敢抵赖!"

郭副队长顺手将半条被子扔到徐解秀面前,又拿脚去踩。

徐解秀忍着伤痛扑了过去,说:"这是我家的被子,不准你们碰!"

说着,她将半条被子捡起来,抱在自己怀里,就像抱着自己的孩子那样,怎么也不撒手。

黄队长一看,心想,这个疯女人,为了半条被子难道连命也不要了?就咒骂道:"你他妈的……你还敢捡起来?"

一边骂着,黄队长一边拿手指着"易进豺",说:"你!快给我抢过来!"

"易进豺"赶紧冲过去抢那半条被子,可是,徐解秀死死地抱着被子,他拉扯了好一会儿也没办法抢出来。

郭副队长一看,也赶紧冲上去,两个男人一起动手抢被子。

争抢中,徐解秀倒在地上,但即使这样,她的双手仍死抱着半条被子不放。两个男人扯着被子一角,拉着徐解秀,擦着地打转。

"易进豺"看到没办法抢过来,就蹲下身去用劲儿掰徐解秀的手指头,一边掰还一边骂:"快交出来,臭婆娘……你还死死抱住不放!"

"这个死婆娘,松开手,你个死婆娘!"

徐解秀知道这半条被子是保不住了,便哭道:"你们不要脸,抢我家被子,这是我家的被子!"

"黄队长,这个臭女人一定是着魔了!"郭副队长边抢被子边喊叫。

"这个臭婆娘,才几天时间,就被红军'赤化'了?给我狠狠地打!"

"易进豺"抢不过被子,恼羞成怒。他把鞭子捡起来,一边抽打,一边大声叫骂:"这个贱女人,看你再抱着被子不放!看你放不放!"

乡亲们看到徐解秀被打,心里特别难过,纷纷谴责说:"不准打人,会打死人的!"

"不能再打了!一个女人家,你们这样毒打,会打死她的!"

黄队长见乡亲们怒吼着向前拥挤,心里也有一点虚,在几个清乡队队员的簇拥下站到了板凳上,大声吆喝说:"乡亲们,你们别激动。你们都听到了,这个臭女人她说的什么话!跟三个女红军几天时间里,就被'赤化'成这个样子,连命都不要了……活该!"

徐解秀是童养媳,从小就在沙洲村长大,平素就跟乡亲们关系很好,现在乡亲们眼看这样下去徐解秀真的会被打死,于是再一次往前拥过去,口里都吼着:"王八蛋,你们这群王八蛋,乡亲们啊!他们要打死人了!要打死人了!"

这时候,"易进豺"一见乡亲们愤怒了,就有点害怕,他拿着鞭子,赶紧退到黄队长站的板凳旁边,张着大嘴,抬着头说:"队长,她……晕过去了!"

黄队长低头问他:"这么不禁打!一定是装死!被子呢?半条被子呢?"

"易进豺"将鞭子一掷,袖子一捋,摆开架势,大声说:"让我来拿被子……这死婆娘!"

原来,徐解秀已经昏迷,但双手还是死死地抱住那半条被子,郭副队长始终拽不出来。他见"易进豺"过来当帮手,便说:"用劲儿,把她的手掰开!"

"易进豺"踢了一脚,见徐解秀还不松手,直接就用脚朝徐解秀的手指踩去,骂道:"人都快死了,还抱着半条破被子不放……"

两个大男人抢着被子,拖着徐解秀在地上打转。

"易进豺"用脚踩着徐解秀的手,她仍然不放。

乡亲们见徐解秀被踩,又一次愤怒了。可是,清乡队队员用枪对着他们,他们也不敢上前。

徐解秀终究是个女人,抵不过两个大男人的折腾。

徐解秀被殴打着、折磨着,身上的力气用完了,她终于抓不住了,半条被子被他们抢了去。

郭副队长和"易进豺"由于用力过猛,两个人抢出半条被子那一瞬间,收不住力气,双双四脚朝天倒在了地上。

村民们一见,感到十分解气,有的人甚至忍不住笑出了声。

郭副队长和"易进豺"从地上爬起来,拍拍身上的灰,一脸狼狈,嘴里却还要凶狠地说:"笑什么笑,有什么好笑的!"

"黄队长,半条被子抢出来了。"郭副队长和"易进豺"将抢出来的半条被子,献宝似的送到黄队长面前。

黄队长见徐解秀为了红军的半条被子拼命,心里又气又恨。他看了一眼躺在地上晕过去的徐解秀,吐了一口唾沫。

"队长,这半条被子怎么办?"

"怎么办?来,一把火烧了!让这个臭婆娘死了这条心。"

黄队长心想,这正是个杀一儆百的好机会,对于亲近共产党和红军的人,清乡队是绝不放过、绝不留情的。

郭副队长从身上掏出火柴,划了几下才燃着。

半条被子被点燃了,腾地在朱氏祠堂前坪里化成一团烈火……

这熊熊的火光,在村民们的眼睛里跳动,化成一道道仇恨的目光。

> 汝城往西,到处都可能是战场,到处都可能有敌人。

按照当时的部署,1934年11月11日,大部分红军仍驻文明司。

中央革命军事委员会主席朱德任命罗迈(李维汉)为文明司卫戍司令,负责分配宿营区域及维护地方秩序。红军总部下达军委嘉奖通令,表彰红三军团全体官兵,赞扬红三军团首长彭德怀、杨尚昆及全体指战员在突破汝城及宜(章)郴(县)两道封锁线之英勇与模范的战斗作用,并要求红三军团发扬连续作战精神,保证野战军全部通过封锁线。

负责中央红军后卫的红五军团第三十四师,在师长陈树湘的带领下,在延寿官亨、厚昌设立作战指挥所,并迅速抢占延寿附近的青石寨制高点,战斗进入白热化。

红五军团一部驻守百丈岭、钩刀坳、东山桥一带,阻击汝城、延寿追击之敌。红一、九军团主力则经百丈岭向文明司急进。

汝城县城往西,到处都可能是战场,到处都可能有敌人。

作为红军战士,身份特殊,当然不能像老百姓一样想走哪条线路、想去哪个部队都行。红军有铁的纪律,一切行动听指挥。

要等所有伤员都送出去以后,卫生队才能撤离,因此沙洲村的卫生队就是最后撤离的队伍了。陈青松牺牲了,为处理后事,大家多停留了半天时间。

按照上级部署,卫生队的撤离路线是要过界牌岭再往东过九子岭,完全不经过文明司,因此朱兰芳无法带着三个女红军走平时会选择的路线,只能按照之前王木兰她们收到的指令,一路去寻找红军队伍。

时间就是战况,时间就是生命。

部队行军,一天走几十公里是常有的事,因此,朱兰芳把三个女红军从村子送出来后,追了大半天也没见到大部队的影子。

这时,三个女红军心里非常焦急。

"大哥,是不是走错路了?"刘百灵焦急地问道。

三个女红军喘着气,望着朱兰芳。

"不会,这条山路我熟悉,不会走错!"朱兰芳自信地回答。

"大哥,你回去吧,让我们自己走!"王木兰说道。

"那不行,我一定送你们找到自己的队伍!"朱兰芳说道,"这山路弯弯,岔路多,容易走错!"

"大嫂带着孩子在家,一定很着急呢!"张小妹说。

"没关系,她说了一定要我送你们找到大部队!"朱兰芳说着,继续往前走。

他们翻过一座大山,又翻过一座大山,过了界牌岭,就出了汝城县,沙洲村已经远远地被抛在身后了。三个女红军见已经走出了汝城,应该很快就能跟上大部队了,心里特别高兴。

朱兰芳送了一程又一程,路走得越远,他的心便越开阔。

一直走到一条江边,江水浩浩荡荡。这时,太阳快要落山了。

朱兰芳见渡口无人,只有一条竹排横在河岸。

三个女红军谁也没有划过竹排。朱兰芳解开绳子,第一个跳上竹排,二话不说,撑起竹排将三个女红军送过了江。

过了江,朱兰芳再回头,江水宽阔,青山巍巍,他们身后似乎已没有了退路,大家眼前只有一条宽阔的大道。

"朱大哥,过了江,你就可以回去了。剩下的路,我们自己走。"

"自己走?你们都没来过这里,不认识路,我不放心……"

"朱大哥,可是你出来这么远了,大嫂和小武在等你。"王木兰劝道。

朱兰芳想了想,突然说:"我知道,阿秀她也想跟部队走,但她一个小脚女人,又带着孩子,走不了。但我是男人,还帮得上忙,我跟部队走,打完仗再回来。阿秀不会怪我的。"

"大哥,这、这……不行!"

"大哥,这样可不行!"

"大哥,你们家里没粮没物,大嫂一个人带着孩子怎么养家?"

三个女红军同声劝解。但朱兰芳这时已经拿定了主意。

"我路熟,走几小段近道,等过了九子岭,我们就能赶上卫生队了。好在立冬了,山里不会有什么蛇虫。但今晚能不能追到部队,我也不能保证啊,估计我们到九子岭上的时候,天就开始黑了。"

"今晚,恐怕月亮也照不了太多亮儿。"朱兰芳看了看天空,轻声说,"但山里野兽多,你们三个姑娘走一宿或者露宿,都不安全。不管我跟不跟部队走,至少我要把你们安全送到部队。"

三个女红军听到朱兰芳这么说,也就没有别的办法了,只好让朱兰芳领着她们绕出敌人的包抄,赶快去追卫生队。

只要赶上了大部队,三个女红军就有了主心骨。

四人抬头朝前方看,近处是稻田,远处是一层层秋收过后的梯田,顺着梯田向远处眺望,就是一重一重的山峰,更高、更远。

最高处便是有名的九子岭,在夕阳下朦胧中透出苍翠,那就是他们此次要攀登的地方。

"你们……要世世代代跟共产党走……这是我们朱家的家训,一定要世世代代记住。"

朱兰芳送走了三个女红军,直到三个女红军追赶上了大部队才回家。

当然,朱兰芳没有亲历过清乡队拷打徐解秀的情景。等朱兰芳回到沙洲村,三个女红军留给徐解秀的半条被子早已被清乡队搜出来,一把火给烧掉了。我听到罗开富老师讲述徐解秀被清乡队审问拷打的事情,心里悲伤极了。

"徐解秀老人太坚强了,她将半条被子的情谊看得比自己的生命还重！为保护红军留下的半条被子，她宁死不屈！真的，她本是一个柔弱的女子，仿佛被命运安排一样，刚好遇到王木兰这群红军，在他们的带动下，不过几天工夫，就长成了参天大树，有了信念，不畏生死。这真是太让人震撼了！"我说着，眼泪盈满了眼眶。

罗开富老师也叹息道："是啊，徐解秀本是瑶家一个柔弱的女子，但她重情重义，三个女红军对她好，她感恩三个女红军，将半条被子视作自己的生命，确实让人感动！只可惜，这万分珍贵的半条被子，最后还是没有保下来。"

"罗老师，那另外半条被子呢？"

"你是说，三个女红军带走的半条被子？"

"嗯！那可是军民鱼水情的见证！"

"呵，这个……"

罗开富老师说，几天后，也就是1934年11月13日，红五军团十三师1500余人，在水阳山、东山、百丈岭一带构筑工事组成第二道阻击线。湘军六十二师陶广部追至水阳山、东山地带后，向红军阵地发起猛攻。红五军团十三师抗击5小时后，退守百丈岭碉堡，继续阻击敌人。激战至黄昏，十三师完成阻击任务，即经文明向宜章方向前进。至此，红军在汝城历时16天，经过了18个乡（圩）205个村，行程130余公里，历经了大小战斗20余次，摧毁敌人碉堡100余座，胜利突破了国民党部署的第二道封锁线，红军大部队8万余人全部撤离汝城县境。

在那短短的16天里，红军战士谱写了英勇善战、克敌制胜的悲壮诗篇，也谱写了军民一心的伟大情谊。

朱兰芳将三个女红军送到了哪里？三个女红军是在哪里追到的大部队？我们不得而知。只是，在那不久之后，发生了惨烈的湘江战役，红军死伤惨重。

罗开富老师的思绪又回到了那段历史中，而那段历史让他非常痛苦。

"1934年，红军在11月初经过汝城县沙洲瑶族村，到11月27日抵达湘江上游（广西境内的兴安县、全州县、灌阳县一带）与国民党军队苦战五昼夜，最终从全州、兴安之间强渡湘江，突破了国民党军队的第四道封锁线，粉碎了蒋介石围歼中央红军于湘江以东的企图。但是，中央红军也为此付出了极为惨重的代价。部队指战员和中央机关人员由长征出发时的八万六千多人锐减至不到三万人。"

"从那以后，就没有听谁再提起过和那三个女红军相关的任何故事，王木兰、刘百灵、张小妹，她们的名字再也没有人听说过、提及过。后来，我在1984年报道了三个女红军和半条被子的故事，很多人帮忙打听和寻找，还有很多参加过红军的老战士也加入了寻找的行列，尽一切可能帮忙打听，但谁也没能找到她们。不过，报道出来以后，社会上有许多人给徐解秀老人送去了新被子！"

听到这儿，我的眼泪不停地涌了出来。

我似乎是第一次真真切切地体会到，如今的太平日子、幸福生活是踏着怎样血淋淋的过往而来到的。

"罗老师，那其他女红军就没有认识她们三个的？也许她们后来改名换姓了？"

罗老师说：

"当时的全国政协主席邓颖超同志看到报道后，非常重视，她也是参加长征的女红军之一。当时她也出面，想办法在全国范围内寻找那三个女红军战士，最后也没有找到。她们应该……真的是牺牲了吧。

"哦对，还有……这件事情你可能知道的，当时我的报道发表后，我们《经济日报》的记者庹震，去采访了邓颖超等 15 位女红军。邓大姐她们说：'悠悠五十载，沧海变桑田。我们也想念长征路上的大哥大嫂、兄弟姐妹们，没有他们的帮助，我们不可能走完长征路。请你告诉罗开富记者，我们一定想办法找到三个女红军，并代我们向父老乡亲问个好！'

"后来，邓颖超同志委托我代表所有红军战士给徐解秀老人赠送一条新被子。可惜，我没能见上徐解秀老人最后一面……"

罗开富老师落泪了。

他清楚地记得，1991 年春节（2 月 15 日）前，他到郴州采访。当他带着邓颖超同志赠送给徐解秀的新被子赶到沙洲村，徐大娘已经过世一个多月了。

这位饱经沧桑的老人于 1991 年 1 月 2 日去世，大家倍感遗憾和伤心。徐解秀老人与红军战士重逢的心愿没能实现，作为参与长征的健在女红军的一片真心感激和那一床崭新的棉被，也未能在徐解秀老人生前送到她的手中。

徐解秀的家人告诉罗开富，直到徐解秀生命的最后几天，她仍旧站到村口的高坡上眺望远方，虽然她年纪大了，记不清许多事了,但年轻时的记忆是磨灭不掉的。她依然等着三个女红军战士回来。实际上,这几十年来,不论刮风下雨,只要是逢年过节或者三个女红军离开的日子,徐解秀都会去村口站一阵子。

徐解秀在弥留之际,还在反复告诉儿子朱中武,也告诉孙子孙女说:"红军是好人,共产党是好人,共产党是自己只有一条被子,也要剪下半条给老百姓的人,你们……要世世代代跟共产党走……这是我们朱家的家训,一定要世世代代记住。"

一直看着儿女和子孙们点头答应了,徐解秀老人才闭上眼睛安详离去。

徐解秀的孙子朱分永和陪同采访的一些同志,带着罗开富来到村口,穿过高坡上的松树林,来到一座放满花圈的坟茔前。

"这是我奶奶的坟。"朱分永告诉罗开富说。

随后,他朝向坟墓,轻声说:"奶奶,罗记者看你来了。"

在罗开富的脑海里,一直是徐解秀那慈祥的面孔和可亲的言语,可是,只短短几个月不见,徐解秀便成了面前的一座坟茔。这怎能不让罗开富悲伤?罗开富一来到坟前,眼泪就忍不住流了下来。

在徐解秀的墓地前,罗开富跪下来,给徐解秀三鞠躬,忍不住哭诉道:"徐大娘,您怎么突然走了,您要是多等几天,我就来了啊……我来看您,代表当年的红军战士给您带来一条新被子……您怎么走得这么快,您要是能看看红军战士送给您的新被子,多好啊!"

村民们看到罗开富哭泣着,都止不住流下眼泪。

罗开富拿来的新被子,静静地放在一边。按照沙洲村的风

257

俗,必须将被子烧给徐解秀老人,让她在另一个世界得到它。村民找来一捆干稻草,放在徐解秀老人的坟茔前,将新被子铺开放在稻草上,用树枝和稻草架起点燃。顿时,一团巨大的火焰,在人们的眼里炙热燃烧。

徐解秀的孙子朱分永抹着眼泪说:"奶奶,您快来拿被子,有了罗记者送的被子,您在另一个世界就不会感到寒冷了!"

火焰在天空中飘荡,随风袅袅而去。

当年曾在朱氏祠堂前坪,亲眼看过国民党清乡队黄队长烧那半条被子的老人说,这团火焰和当年那团火焰一模一样。扑地腾起,能点亮大家的眼睛,同时,也将人们的心烧得格外痛楚。

风烟袅袅,逐魂而去。

这一条崭新的被子,载着往事,载着红军的情义,载着三个女红军的承诺,如愿被送到徐解秀的手中。

"奶奶,罗记者给你送来了新被子,这是红军托他送来的!"朱分永看着这一切,脸上挂满了泪水。

罗开富老师听了这话,也忍不住落泪:"徐大娘,对不起,我来晚了……"

陪同采访的党员干部和村民们都哭泣着,为这位忠贞而仁义的瑶族女性感动和伤心。

第九章　鱼水浓情,流芳千古

突然，我的耳畔响起《红军阿哥你慢慢走》的歌声。

采访罗开富老师，我的心情随他的讲述起伏。

悲伤的泪水从罗开富老师那沧桑的脸上流下，我能看出他内心特别痛苦。我被三个女红军和半条被子的故事所感动，也流下许多伤心的泪水。

从北京采访回到长沙，我的心情一直都不能平静。三个女红军的形象和半条被子的故事在我心中荡漾，脑海里不停涌现她们穿着军装、背着药箱在战场上救治红军伤员的景象。

我随意地在长沙街头走着，悲伤着、思考着。

中华人民共和国成立以后，特别是改革开放40多年来，长沙这座城市兴盛繁荣，早已改换了20世纪三四十年代的战火纷飞与人民饱受蹂躏的面貌，一展天下太平、幸福、安宁的模样。

长沙目前常住人口达800万，地区生产总值（GDP）超过万亿元,连续十几年被评为"最具幸福感城市"。

　　星城长沙气象万千,街道、商铺一派繁华,行人摩肩接踵。特别是晚上,这座内陆城市夜景非常美丽,夜生活也非常丰富。听说,有许多外地人周五晚上专门乘飞机到长沙来过周末。这里有好吃的,也有好玩的。晚上十一点以后,因为车辆太多,街上还堵车,大大小小的商店,灯火通明。可是,我来长沙工作二十多年了,晚上从来没有过过真正的夜生活,因为早上要早起床,要准时上班。对长沙晚上的夜生活多么丰富多彩,也说不出一二。

　　我沐浴着阳光,在街上走着。看到大街小巷行人各自忙碌,美女青春靓丽,也感到这座爱吃辣椒的城市,确实有许多与其他城市不一样的地方。步行穿过湘江大桥,看着美丽的湘江如玉带飘远,俯视美丽的橘子洲青翠地浮在江心,眺望隐在高楼后的天心阁,眼前的景象让我无法想象出那些已经远去了的战乱频仍的岁月。

　　突然,我的耳畔响起《红军阿哥你慢慢走》的歌声:

　　　　红军阿哥你慢慢走嘞。
　　　　小心路上就有石头,
　　　　碰到阿哥的脚指头,
　　　　疼在老妹的心里头。

　　随着这优美的歌声,"美丽的湘江河,结满橘子的洲,长到天上的楼……"这些当年三个女红军说出的朴实却可爱的语句,不停地在我脑海里跳跃、翻腾。

我听着歌曲,心中突然决定,要再一次去汝城,去沙洲瑶族村。

这次去,是为了更切实地感受沙洲村,感受红色文化和红色基因,去继续采访和印证罗开富老师讲述的"三个女红军和半条被子"的故事。

说出发,马上出发。第二天一早,我开着小车去洗了车加满了油。

现代化出行,当然不用再徒步山高水远了。

湖南省高速公路总里程已超过5000公里。长沙至汝城近400公里的路程,也不过是花费大半天的时间就能赶到。

我独自驾着小车,依靠手机导航驶入高速公路。

出发前,我特意下载了《红军阿哥你慢慢走》等十几首红军长征时期的歌曲,一路开车,一路欣赏。一边听着歌曲优美的旋律,一边看着满眼绿水青山、欣欣向荣的景象,我心里轻松、高兴极了。

小车在高速公路上飞驰,可我心里在想:当年工农红军用脚步丈量过的征程,这段路他们要走多久、要牺牲多少人啊!当时的革命前辈们,能想象到他们的奋斗和牺牲,将为我们换来的这种幸福安康的生活吗?

中国人都知道,没有先辈们的流血牺牲,就没有我们现在的幸福生活。我们每个中国人都要牢记这段历史。在中国共产党的领导下,每个人都要奋发努力,将自己的国家建设得更加富强,为实现伟大的中国梦而努力奋斗。

我来到沙洲村,车在半条被子广场一停,徐解秀的曾孙朱向群便赶来了。

朱向群高高的个子,魁梧的身材,一看就像是个退役军人。朱向群2014年被选举为沙洲村村委会主任,2017年当选为湖南省人大代表。这些年来,他牢记朱家的家训,传承朱家的优良传统,正带领沙洲村致富奔小康。

朱向群很友好,但也有些拘谨。作为徐解秀的后代,他要做得比别人更好。

汝城县委宣传部的领导听说我再一次来沙洲村采访,也专程赶来。

习近平总书记在纪念红军长征胜利80周年大会上的讲话中,提到沙洲村,提到徐解秀,提到半条被子的故事。

也就是因为习近平总书记提到沙洲村,提到三个女红军和半条被子的故事,沙洲村才这样"火"起来。

半条被子,温暖沙洲村。半条被子,温暖全中国。

因为这半条被子的故事,吸引了越来越多来寻找红军足迹的人,沙洲村由此发生了翻天覆地的变化。汝城县委、县政府也抓住时机,立足沙洲村,在传承红色文化的道路上大步前进。

我下了车,环顾四周,发现沙洲村来了许多游客。他们中的有些人还穿上了当年红军穿的军装,一条皮带系在腰上,真有些红军的形象。年幼的小孩跟着爸爸妈妈,站在半条被子广场照相。我特别注意到,还有许多人在此参加主题党日活动。

在半条被子广场,在三个女红军和徐解秀的雕像前,来自全国各地的党员干部排着整齐的队伍,肃穆庄严,他们重温入党誓词。虽然,历尽了八十多年的沧桑,誓词已经有了不小的变化,可是,他们的声音和当年女红军王木兰她们的声音一样,他们的心也是一样的——坚定有力、激情澎湃:

"我志愿加入中国共产党……"

看到这一幕,我的心顿生豪情,热血在内心涌动。

一本红军册子,被祖孙三代珍藏了七十多年!

汝城县委宣传部的同志听说我要深入了解半条被子的故事,专门请来熟悉情况的同志,为我开了一个小型座谈会。

座谈会上,汝城县史志办的同志给我讲了一些情况。汝城县委宣传部的同志告诉我,中央红军到达汝城县,到达沙洲村,发生了许许多多军民鱼水情的故事,每个故事都非常感人,非常有温度。

2006年7月,《解放军报》长征采访组来到湖南省汝城县文明乡沙洲村,参观中央红军卫生部旧址,在村民朱松宝的家中发现了一本红军长征时留下的册子。

他们告诉我说,那本厚厚的册子,32开,用钢板刻印,约140页,每页约300字,用铜钉装订。正文字体为扁形、魏碑体,标题为楷书。

我虽然没有看到过这本册子,但我可以感受到这本册子的珍贵,心里也在描摹它的样子,仿佛再一次触摸到了历史。听有幸见过这本册子的同志说,因年代久远,册子的封面和前十余页已有些残缺。册子的前半部分为《指导员》《政治委员》《政治部》等六节内容,每节后都附有"问题"和"参考材料";后半部分为《政治工作参考材料》,落款为"工农红军郝西史大学政治处印,一九三四·八·一",汇集有《总政治部关于连队政治工作的指示》《三中全会的政治决议》等文献资料。

1934年11月中旬,红军胜利突破国民党军队设在汝城至广东仁化城口的第二道封锁线后,中央红军卫生部驻扎在沙洲村休整。

开始,沙洲村民和朱兰芳、徐解秀夫妇一样,由于受国民党清乡队和地主豪绅反面宣传影响,不了解红军,不少人东躲西藏,不敢回家。加之国民党清乡队要求村民们都必须进大山去,将吃的、用的都带走,藏到大山里去,不准留给红军,一时间整个沙洲村几乎成了空村。

朱兰芳从大山上跑回家,才真正了解了红军,对红军有了好感,是三个女红军帮他治好了儿子的病。瑶民对红军有感恩之情就是从这件小事开始的。朱兰芳冒着危险再次回到大山,去告诉村民,红军是好人,给他儿子治好了病,不会伤害村民,更没有进村民家里拿村民的东西。一些村民听了、相信了,悄悄地回到村里,回到家。

夜深人静,沙洲村的村民在朱兰芳的劝说下,纷纷下山往村里赶,往家里走。村民朱性田、罗旺娣夫妇也从大山那边悄悄回来探视情况,发现自己的家果真没有被撞开门,没有人进过家,他们才慢慢相信了。

同时,他们也看到,由于村口的朱氏祠堂太小,红军伤员都安排不下,所以许多红军战士都荷枪蹲坐在屋檐下,天气寒冷,战士们又冷又饿。

红军战士都很年轻,见了他们,都很友好地跟他们打招呼,叫他们大哥大嫂,不像国民党的官兵那样凶,抢村民的东西。他们两夫妇渐渐不害怕了。这时,他们看到,正好有一个女红军左腿受了伤,医生正在给她包扎。

朱性田和罗旺娣夫妇看了,心里很难过,也顾不了那么多了,连忙用钥匙打开家门,叫这位女红军和蹲在门口的红军都进屋来,自己赶紧烧水、做饭,热情招呼。

有位军医见罗旺娣家墙上挂有草药,还有药罐之类的东西,便问:"大嫂,真不好意思,求你帮个忙,这位女同志的腿伤得厉害,你这里有打伤药吗?"原来,由于伤员较多,军医随身携带的药品都用完了。

罗旺娣一听要找药给红军治伤,走过去,很是熟练地查看了女红军腿上的伤口,只见伤口已化脓,大面积表皮坏死,再不治就会危及生命。

罗旺娣小时候跟着父亲学得一手治疗外伤的医术,家里有一种打伤膏药,只给人治伤,从不外传。罗旺娣嫁到沙洲村后,也从娘家将给人治病的家传药方带到了婆家。只要是村民有了刀伤或者跌打损伤,她就用自制的膏药替人治伤,从不收钱,而且效果特别好,所以远近村民经常来找她。

罗旺娣看了女红军的伤，赶紧为女红军的伤口消毒，然后找出自己家里制作的膏药给女红军敷上。这位女红军敷了罗旺娣给的一剂膏药，伤口慢慢地不痛了，过了几天，伤口奇迹般地愈合了，可以走路了。

红军在沙洲村为村民们打扫卫生，挑水，劈柴。村民也为红军挖野菜，做针线活，村民和红军的感情非常融洽。晚上，红军还给村民上课，宣传红军是为老百姓好，打土豪分田地。一些村民也报名参加了红军。

这位被治好伤的女红军对罗旺娣感激不尽，没事了总要上她家串门，跟她谈心，帮她家做些家务活。可是，由于国民党军队的围追堵截，大部队马上要转移。眼看着红军大部队就要出发，这位女红军也急着想要与大部队一起前进，不肯落后。罗旺娣见女红军要离开，依依不舍。罗旺娣反复叮嘱女红军，要注意防止伤口感染，并特意将自己家制作的膏药塞给她备用。

女红军手里拿着膏药，感激不已。她望着罗旺娣，不知送点什么表示感谢。快要离开时，女红军从衣袋里拿出一本册子，动情地说："大嫂，你真是个好人，我没有什么送给你，这本册子我送给你留作纪念……将来红军一定会胜利的！"

说完，女红军转身随大部队离开了沙洲村。

女红军离开后，朱性田、罗旺娣夫妇手里拿着那本册子不知该怎么办。

国民党清乡队进沙洲村，他们将村民召集起来，宣布只要将红军给的东西交出来就不再追究，否则要抓去坐牢。朱性田、罗旺娣夫妇听了有些害怕，怕册子被国民党军队发现后损毁，回到家就用红布把这本册子包了一层又一层,再藏在卧房楼上门楣处的一块青砖的空隙里,最后又在外面加以伪装,任谁也看不出来。

朱性田、罗旺娣夫妇共同发誓:一、不许向外人透露半点儿风声;二、不许卖掉它换钱财;三、要保管好,代代相传。

朱性田、罗旺娣夫妇坚守着这个承诺,时间一天天过去,谁也没有将这本册子的事说出去。时光一晃,近五十年的光阴就这样过去了。

1982年6月,71岁的朱性田因中风,先于罗旺娣过世。临终时,他已不能言语,但久久竖起右手食指,指着楼上,暗示罗旺娣要好好保存红军送给他们的小册子。罗旺娣微微点头,表示明白他的意思。

又过了十年,到了1992年9月的一天夜里,78岁的罗旺娣感到自己时日不多,便把儿子朱松宝悄悄叫到床前,详细讲述了当年女红军送册子的经过,交代了要世代珍藏红军册子的心事。

"娘,您放心,我们一定会好好珍藏这本册子的。"朱松宝听了娘的讲述,含着泪水,向罗旺娣郑重承诺。

1997年,朱松宝认为儿子朱君志有文化,并且老实可靠,就把父母收藏红军册子的事告诉儿子,并将爷爷奶奶替红军治伤及红军送册子的故事说给儿子听,将红军册子托付给儿子保管。

就这样,一本红军册子,被祖孙三代珍藏了七十多年!直到2006年7月,《解放军报》长征采访组来到沙洲村时,这本珍贵的册子才重见天日。

> "胡运海挖到他爷爷胡四德的宝贝了!"

红军在汝城县发生的军民鱼水情的故事特别多,在延寿瑶族村发现的一张红军借据,是老百姓用实际行动支持红军的有力证据,也是红军重情义、讲诚信、民族大团结的伟大长征精神的见证。

1996年,一个暮春的早上,汝城县延寿瑶族乡官亨村村民胡运海,甩开膀子挥着铁锹在屋后的墙角来回铲动,他正在挖土拌泥沙,准备砌一个新灶台。

当他将老灶台墙上被烟熏黑的墙皮铲除时,突然,墙上的黑泥沙下露出一个小洞。胡运海好奇地往里看去,发现小洞里面有一个黑色方形的东西。他想办法慢慢把那个东西取出来,原来是一个锈迹斑斑的铁盒。胡运海慢慢地打开铁盒,发现里面竟是一张发黄的毛边纸,纸长28.5厘米,宽26.5厘米,边缘部分已被蛀蚀。

胡运海好生奇怪,当他小心翼翼地将纸铺开时,几行工工整整的毛笔字跃然眼前:

借 据
今借到胡四德伯伯稻谷壹佰零伍担生猪叁头重量伍佰

零叁斤鸡壹拾贰只重量肆拾贰斤。此据

中国工农红军第三军团

具借人叶祖令(印章)

公原(元)一九三四年冬

胡运海一看就知道，这是一张保存了几十年的红军借据，是当年红军长征经过时借他爷爷的东西，留下来的借据。胡运海手里拿着那张借条，心里一阵激动。

"胡运海挖到他爷爷胡四德的宝贝了！"有人在村里大声叫喊着。村里的人都来围观，想看看究竟是什么宝贝。

消息不胫而走，一传十，十传百，整个村里、整个县里都知道了，甚至引来了香港收藏家想要出高价购买。但胡运海谢绝了买卖，并将此事报告了村干部。村干部来到他家证实后，立即通过县人大代表朱翠娇上报县人民武装部、民政局，同时给中央、省、市民政部门去信。不久，便收到了回音：

"据查实，写借据的叶祖令同志系中国工农红军第三军团司务长，于1934年12月在长征路上作战时英勇牺牲，时年28岁……"

原来，1934年11月6日，红军长征先遣部队到达延寿时，当地瑶民不明真相，听说有军队要来村里之后，不知他们是不是跟国民党清乡队一样坏，急忙赶着鸡鸭牛猪，扛着稻谷，躲到大山里去藏起来。

红军是宣传队，红军是播种机。

为了消除群众的疑虑，红军在村宗祠、学校旁自扎草棚，在草棚里过夜,并严令各连队要遵守三大纪律八项注意,不得私自打开村民的家,不得在村民家借宿,更不得私拿村民的一钱一物。

红军部队严明守纪,没有侵犯百姓的利益,瑶民开始慢慢地了解和接受了红军,东躲西藏的村民也不害怕了,他们陆续从大山回到瑶寨里。

村里有个大善人叫胡四德,他一辈子喜欢做好事。红军进村时,他开始也担心害怕。因为,在此之前,村里来的国民党清乡队对村民总是凶狠狠的,不是来收租子,就是来抓壮丁,搞得整个村里鸡飞狗跳,人心惶惶。可是,红军就不一样了,他们不进村民家的门,不拿村民的一针一线,还帮助村民打扫卫生、挑水、砍柴。这与国民党的军队可是天壤之别。在胡四德的心里,红军是好人,红军部队打土豪分田地,都是为了穷苦老百姓。

叶祖令是胡四德汝城的老乡。这几天胡四德与红军战士宋裕和、叶祖令有过短暂接触,得知红军部队严重缺粮,有的红军战士几天几夜没进食,又冷又饿,胡四德心里很难受。当天晚上,胡四德便召集族人一同商讨如何帮助红军筹集粮食,渡过难关。

第二天下午,在胡四德带领下,族人中有粮的出粮,有家禽的出家禽,各家各户都出一份力。共筹集来 105 担稻谷、3 头生猪、12 只鸡。胡四德便将这些如数送到司务长叶祖令手中。一位姓杨的老大娘还特意将自己仅有的高粱、玉米做成糍粑送给红军。

红军在延寿休整时间短暂,正当红军在延寿境内休整,准备向文明、宜章挺进之际,蒋介石又派粤军陈济棠部尾追至延寿的简家桥、中洞、九如、桑坪一带,三面夹击红军后勤部队。

这时,红军最担心的是老百姓受伤害,忙指挥群众走小路赶紧到山上躲一躲,而红军后勤部队大批辎重却拥塞于山间小道上。不一会儿,下起倾盆大雨,山道本就坑坑洼洼,此时变得泥泞,行军非常迟缓。

就在这时,中革军委迅速做出指示,命令红五军团后卫第三十四师拼死阻敌。红军三十四师师长陈树湘带领闽西6000多名子弟,担任中央红军的断后保卫工作。他们英勇抗战,多次将敌人阻击在后面,很好地保卫了红军主力转移。

在激烈的战斗中,瑶民们自告奋勇,给红军带路、做担架、抬伤兵、治疗伤员、舂稻谷(去壳),又搬来柴火和木炭,在胡氏宗祠、凉亭生火、取暖、煮饭。在当地瑶民的大力支持下,经过三天三夜血战,虽然陈树湘的三十四师付出了惨重的代价,但终于成功掩护了辎重队伍顺利通过延寿。

这一仗,红军胜利了。当然,红军没有忘记缓解红军燃眉之急和大力援助延寿阻击战的瑶民们。

就在红军撤出延寿向西转移时,汝城热水镇黄石籍老乡、红三军团司务长叶祖令在村宗祠旁找到了胡四德。他激动地握着胡四德的手说:"胡伯伯,我们部队就要转移了,请您受我一礼。"

说完,叶祖令恭恭敬敬地向胡四德行了一个军礼。

胡四德看着这个小老乡这么礼貌,非常感动。

叶祖令接着说道:"我代表红军战士谢谢您,谢谢众乡亲,谢谢你们为红军付出的巨大牺牲。"停顿一会儿,他满脸愧疚地又说道,"胡伯伯,现在红军部队正准备转移,一时拿不出钱还清您的损失,报答您的大恩大德!"

说到这里,叶祖令解开上衣军扣,探手从左胸褡布里拿出一张土纸,对照所收粮食、生猪、鸡的数量,蘸笔写起借据来,之后,又在纸的左下方端端正正地盖上自己的印章。

他将借据郑重交给胡四德,并深情而又无比坚定自信地说:"胡伯伯,深信在不久的将来,我们红军一定会取得胜利的。那时候,请您拿上它去兑换吧。虽然这张借据赶不上您对红军恩情的万分之一,但请您相信,红军守纪律,讲信用,一定会永远记住您,党和人民也会永远记住您的!"

听到这些话,胡四德不禁眼圈一红,哽咽着说:"好!好!好!"

叶祖令说完正想离开,胡四德揉了揉眼睛,对叶祖令说道:"往大丫头、铜城、岭秀方向有一条小路,我带你们找大部队去。"

1934年11月14日,吃了败仗的国民党军队和汝城胡凤璋保安团恼羞成怒,气势汹汹地闯入延寿,并把官亨村团团围住,不分青红皂白地胡乱抓人。见猪就杀,见鸡就宰,不一会儿,村子四周的小巷、小沟里都流满了鲜血。之后,匪徒们用枪把老百姓赶到村宗祠内审问,先是百般引诱,后又威胁、恫吓,想从中套出红军的消息。

刚给红军带路回来的胡四德知道这件事后,想到国民党军队残暴无比,忙偷偷地将这张借据装进一个铁烟盒里,藏到自己家的灶台墙中,不向外人透露半点儿风声,甚至连自己的儿子、孙子都没有告诉。

时光飞逝,当年红军长征离开延寿村后再也没有回来。胡四德也因年事已高,寿终正寝。这张借据,深埋在胡四德家里灶台的墙洞中,没有人知道。

时间不说话,可是借据会说话。就在胡四德的孙子胡运海修建自家的灶台,无意间铲除黑墙壁时,轻轻一碰,墙上一个小洞暴露出来。胡海运找到这张借据时,它已在墙洞里深藏达62年之久!

这张被深埋于墙洞62年之久的红军借据被发现后,立即引起了各方的高度重视,经研究决定,要如数兑现红军立下的借据,按时价折款,由汝城县人民政府向胡四德的唯一继承人胡运海归还1.5万元人民币。

1997年5月17日,一个阳光灿烂的日子,中共汝城县委、县人民政府、县人民武装部在官亨村,举行隆重的"中国工农红军第三军团长征途经汝城借据兑现仪式"。

汝城县政府领导将一个装有1.5万元人民币的袋子,交到胡运海手中时,胡运海有点不相信自己的眼睛。胡运海接过兑现款,高高地举在头顶,对党和政府无限感谢,也告慰祖父的在天之灵。随后,他将其中的1万元,主动捐献给村里新建的学校。

"这是我爸的坟！"

清明时节雨纷纷,路上行人欲断魂。

清明,是人们祭祖扫墓的日子。每到这个日子,不远万里的游子都自觉地赶回家,到逝去亲人的坟前烧香化纸,供奉亲人,感恩祖德。

在汝城县泉水镇正水村梁君洞组,有一户村民钟德文、钟分养,每到清明节,他们都会携其后代钟志军等人,来到方圆十里荒无人烟的崇山峻岭水头坳,恭恭敬敬地在一个无名墓前烧香,扫墓。

在水头坳这个无名墓里,躺着的主人并不姓钟,也不是钟家的亲戚。但钟家人为这个无名墓清扫祭奠,已是全村人都知道的事,钟家人早已将这个坟墓的主人当成了自己家的亲人来祭拜。

说起这件事,钟德文、钟分养清楚地记得,他爷爷给他们讲过这座无名墓的故事。

那是1934年11月上旬,中央红军在湖南汝城、广东仁化城口突破国民党军第二道封锁线时,红三军团受伤的几十名官兵继续随大部队西进,到达泉水镇正水村梁君洞时,有三个红军战士劳累至极,他们实在走不动了,便在一个山脚下坐下来休息。

这时,受伤最重的指导员已经筋疲力尽,奄奄一息。在弥留之际,他用尽了最后一丝力气,从身上掏出一把算盘和两颗手雷,郑重地交到两位受伤战友的手中。之后,他的手重重地垂在地上,头一歪,停止了呼吸。

指导员的这一举动将两位战友吓坏了。他们眼睁睁地看着指导员撒手而去又无能为力,感到痛苦万分,眼泪和着血水滚满了二人消瘦的脸颊。他们边流泪,边就近找了石头棍棒,忍着伤痛挖着坑,无论如何,要让指导员入土为安。

刚将指导员入土,打柴路过水头坳的当地村民钟越祥、李慈娣夫妇,看见这两个受了重伤的年轻红军战士,连忙丢下肩上的担子,跑过去帮忙。

钟越祥问道:"两位军爷,这是咋的了?"

"我们指导员牺牲了!"两个红军战士刚说完,哭泣着,眼泪流个不停。

钟越祥、李慈娣夫妇看到面前有一个刚堆起的新坟,便给这位不认识的红军指导员鞠躬。

这时,两个红军战士擦了擦眼泪,一五一十地跟钟越祥夫妇俩说明了情况。两个战士本就有重伤在身,又经过挖坑、埋土这么一折腾,身体更加虚弱,走两步路都是跟跟跄跄的。

钟越祥、李慈娣夫妇俩早就听说了共产党是为老百姓打江山的队伍,又知道他们对百姓十分友好,如今,见到这番情形,他们自然不能见死不救。夫妇俩搀扶着两个红军战士往回走,费了好大一番力气才回到家。

李慈娣把家里仅有的草药拿出来,一些熬成汤药给红军战

277

士吃,一些研碎了给红军战士敷在伤口上,又拿出了家里所剩无几的粮食给红军战士做饭填饱肚子。

两个红军战士到了一个温暖的家,心里真是感激不尽。

休息了一晚上,第二天,两位红军战士身体虽然还是很虚弱,但精神好了很多。李慈娣一大早背着篓子朝山上去了,她要去再采些草药回来给他们敷伤口。两个红军战士稍稍能自由走动了,便忙着起了身。见钟越祥正在干活儿,他们便抢着帮忙。

"军爷,你俩伤那么重,就安心歇着吧!"钟越祥忙丢了手里的活儿,拉着红军战士的手,就要把他们送回屋里去。

"大哥,您可千万别喊我们军爷!"两位红军战士笑着说。

"那我怎么喊你们好呢?"钟越祥感到有些不好意思,不停地摸着后脑勺。

"我们是中国共产党领导的工农红军,和老百姓一条心,与国民党军队有本质的区别。您可以喊我们老弟。也可以照我们红军的叫法,称呼我们同志!"其中一位红军战士耐心地解释说。

"同志?哈哈,那我就喊你俩同志吧!"钟越祥豁然开朗,跟这两个刚刚认识的同志更亲近了几分。

其中一位年龄稍大一点儿的红军战士捡起钟越祥刚刚扔下的锄头就要挖土,钟越祥连忙去抢锄头,制止道:"伤筋动骨要养一百天呢,你们伤得那么重,可千万别再干这些重活儿了!"

"大哥,您就别跟我俩客气了,我们做些事情心里踏实。打扰您和嫂子这么久,我们过意不去啊!"

"那不成,得等伤好了再说!"钟越祥坚定地看着两个红军。

事实上,两个红军早想到了会这样。出来前,两人已经商量出了对策,无论如何,总要为大哥大嫂做些什么事情,实在不行,给人家留点儿什么东西当作纪念也好啊。可他俩把自己浑身摸了个遍,实在是一穷二白,拿不出一点儿像样的东西。

突然,两人几乎异口同声地叫了出来:"指导员留下来的算盘和手雷!"不需要商议,两人同时认可了这个主意。见着钟越祥,两人把话便说开了。

"大哥,要不我们教你和嫂子识字、算数、打算盘怎么样?"两个红军战士说。

"学识字?学打算盘?"钟越祥简直不敢相信自己的耳朵。

"对,大哥,能识字、会算数,你们以后生活也方便些!"

"我、我这样没进过学堂门的也能学?"钟越祥有些不自信,又有些兴奋。

"能!当然能!"红军战士笑呵呵又坚定地说。

庄稼人都是敬仰有学问的人的,村上识字的没几个,能打算盘的更是少之又少。想到这里,钟越祥就很兴奋,又想着教识字和打算盘不需要费什么体力,也不会太累着红军战士,便欢喜得连连说好。

红军战士知道自己不能在这里逗留太久,否则就赶不上大部队了。于是,在短暂的几天相处中,他们抓紧时间教钟越祥夫妇俩识字、算数、打算盘。等身体好了不少之后,他们也就决定上路追赶大部队了。临行前,两个红军抓起钟越祥的手,把算盘和手雷郑重地塞到他手中,说道:"大哥,大嫂,算盘请你们留下,以后好好学习文化;手雷也请你们留下,以后万一碰到危险,

279

可以消灭敌人保护自己。"

"不不不,这怎么行,这是你们指导员留下的遗物,实在是太贵重了,我们不能收,不能收!"钟越祥怎么也不肯收,激动得满脸通红。

"大哥,你听我说,我们还要去打仗,不方便带着。而且,我们还有个不情之请……"两个红军战士说到这里,停顿了一下,都低下了头。

"红军同志,需要我们做什么,你们只管说!"钟越祥夫妇凑近了一步,盯着两个年轻战士的脸,只等着他们说话。

"我们指导员的墓,想请大哥大嫂帮忙照看,如果可以的话,过年和清明的时候,代我们去看看指导员!"两位红军战士说着话,眼泪在眼眶里打转,便再也说不出话来,只是哽咽。

"你们放心,红军对老百姓好,我们,还有我们的子子孙孙一定照看好红军首长的墓!"钟越祥夫妇相互对望了一眼,斩钉截铁地说。

两个红军战士听了这话,十分感激,连连道谢,并执意将算盘和手雷留给了钟越祥夫妇。钟越祥夫妇实在推辞不掉,就收下了。

战争年代,狼烟四起。大家匆匆道别,两个红军战士往大部队走的方向追赶而去。

红军大部队刚一离开,国民党的清乡队就卷土重来,气势汹汹地开进梁君洞,大肆搜捕留下养伤的红军伤员和为红军疗过伤、带过路的老百姓。

清乡队在村里审问着村民,钟越祥马上想到,埋在几里地之外的红军指导员墓前竖有一块木头墓碑,这要是让清乡队那些人看见了,肯定会挖坟抛尸的。他赶紧拿着钩刀,以上山砍柴为名义,跑到水头坳,迅速将木碑拆掉。

虽然提前做了准备,但是清乡队还是听到了风声,他们追上来,在红军墓的附近堵住了钟越祥,半威胁、半责问道:"这是不是红军的墓?你老实交代,要是敢撒谎,有你好果子吃!"

钟越祥用饱含仇恨的眼神望着清乡队,坚定地回答:"这是我爸的坟!"

清乡队看着钟越祥那悲伤的样子,没有再追问,他总算过了这一关。

时间流逝,后来,没有清乡队再打听无名墓的事,也没有其他人来看过这无名墓,但钟越祥死死地记着自己对红军战士的承诺。并且,他将这件事情告诉他的后代儿孙。就这样,钟家祖孙后代都把这座红军首长坟当成祖坟,年年过年和清明节都最先去祭奠,从未间断。

"半条被子找到了吗?三个女红军找到了吗?"

长征是人类战争史上的奇迹,而人民是革命的母亲。

发生在长征途中的红军与百姓的故事说不尽也道不完。事迹虽不同,其本质却相似。红军一切为了群众,群众视红军为亲人。鱼水浓情,流芳千古。

在汝城采访的日子里,我听到无数红军与当地百姓鱼水情深的故事。这些故事在民间口口相传,已经成了这片红色土地上幸福生活的人们的精神食粮。

时间已过去80多年,那些鱼水情深的故事还在继续。

当然,有关"半条被子"的故事还在继续,精神还在传承。

朱向群告诉我,他父亲朱分永经常谈到他的曾祖母徐解秀。曾祖母徐解秀曾多次教育他父亲说,要修好村里的路,让罗开富老师下次来的时候不再踩着泥泞路进村。

朱分永曾担任村支书多年。他告诉我,祖母徐解秀经常跟他讲:"红军和共产党是好人,共产党是自己只有一条被子,也要剪下半条给老百姓的人,你们一定要参加红军。"

为了完成祖母的心愿,朱分永的弟弟在1984年参军,朱分永的两个儿子也陆续参军。一家人先后有4人在村里当干部,为村民服务;有3人当过军人,保卫国家。朱分永先后在村里担任民兵营长、村委会主任和村支书,服务村民二十多年,修路、架桥、建学校等,为村里做了不少实事。值得一提的是,1984年,当罗开富来村里采访时,徐解秀的第三个孙子朱国永正在边境前线英勇战斗。

而今,朱向群牢记曾祖母的教诲,正带领村民们改变着村里的面貌。

朱向群告诉我,沙洲村现在的头等大事是精准扶贫。这几年,村里采取了许多措施,来帮助村民脱贫致富。在各级组织的关切下，在村支部的带领下，他们在村里兴建起一家集体农庄"瑶家乐"，并引进光伏发电7户，成立公益服务队，增加6个保洁员岗位促进就业，规范村里26个摊点等大量工作。截至2018年，全村30户93人全部脱贫，村民的年人均可支配收入从2010年的四千多元，提高到一万两千多元，村级集体收入达20万元。过去的穷山沟已经成为居住环境优美、村民生活富裕的社会主义新农村。

沙洲村因"半条被子"的故事而为人们所知，又因习近平总书记对这个故事的深情讲述而声名远播。

2017年11月10日，"2017中国（湖南）红色旅游文化节"在沙洲村隆重开幕。中央、省、市相关领导和嘉宾及红色革命后代代表、省直相关单位处室负责人、全省14个市州旅游部门负责人、各界代表、旅行社人员、新闻媒体记者和当地干部群众共2000余人参加了开幕式。

"我们计划，重点将沙洲村打造成党性教育基地、廉政教育基地，重点发展旅游业。"朱向群自豪地告诉我，这是沙洲村今后的发展方向。

据了解，现在每天从全国各地来沙洲村参观学习的有2000多人。他们的到来给沙洲村带来繁华，也给村民们带来了财富。许多村民在村口设置的摊点上销售自家的优质土特产，学会了做生意，生活水平大大改善。

在这里，我还看到1996年4月北京电视台《永恒瞬间》摄制组来沙洲村拍摄"半条被子"的故事时，特地为徐解秀老人的后人送来的被子，上面签满了北京大学、中国人民大学156名学生的名字。

"万里长征,成烈千秋伟业;一条棉被,寄殷殷两代深情。"我轻轻地读着被子上写的对联,然后问,"这条被子,你们盖了吗?"

朱向群笑着说:"怎么舍得盖呀,我们家一直珍藏着,要永远保存。"

是的,这条被子实在太珍贵了,值得永远珍藏!

在徐解秀住过的房屋里,我看到那间厢房,大约十五平方米,开着一扇小窗户,房里摆着一张一米多宽的木床,床上只有一些烂棉絮和一件旧蓑衣。房里还有一个立在床旁的破旧的衣柜,一张放着煤油灯的桌子。房间里的一切都是很陈旧的,但这里所有的东西,都是那么的珍贵和庄严,想来都是徐解秀老人留下来的旧物。

果然,朱向群告诉我说:"这间屋子,还有屋子里面的床和家具,都是我曾祖母留下来的,这些年来,我们一直按照原貌保留着。"

在沙洲村的瑶民眼里,徐解秀是一个知恩、感恩的人,红军对她好,共产党对她好,她都记在心上。同时,她也是一个有情、有义、有胆识的人,是一个能以柔弱的血肉之躯不畏严刑拷打的瑶家女英雄。之后的那些严酷和饥饿的岁月里,沙洲村的乡亲们也始终与徐解秀一起,有苦、有难、有祸一起承担,一起走过了最凄苦的岁月,终于迎来了当年三个女红军向她描述过的"太平世界"——那是所有穷苦人梦想里的有屋住、有饭吃、有衣穿、有书读的世界,是所有人都平等、都幸福的世界。

"我的曾祖母在之后的几十年里,始终信守着和三个女红军的承诺,守候着红军胜利后再相见的愿望,也一直等待着三个女红军的归来,她到死也要葬在村口的高坡上……"朱向群说,"这间房三个女红军住过,这张床三个女红军睡过。曾祖母嘱咐我们,这间房就是我们家的传家宝,要我们世世代代好好保存,永远记住三个女红军的救命之恩,永远紧跟共产党。"

正当我细细打量这间房时,门外突然进来了一大群人,我赶紧问道:"哎,怎么一下子进来这么多人?"

朱向群自豪地笑了笑,告诉我:"自从习近平总书记在纪念红军长征胜利80周年大会上讲了沙洲村'三个女红军和半条被子'的故事后,来沙洲村学习红军精神的人越来越多!"

"哦,原来是这样。"我听了,转过脸去打量这群来客。

这是一群脸上稚气未脱的青年,满身都拢着阳光、快乐和自信。原来这是一群大学生。

这些生在新时代的孩子们,他们现在拥有着无与伦比的安宁和幸福,可他们能懂得这些安宁和幸福是从哪里来的吗?

这些大学生好奇心很强,一直在小声地询问和交谈,我细心去听,偶尔也能听清楚他们的几句对话:

大学生甲:这就是当年的房间吗?徐解秀老奶奶和三个女红军就睡在这张小床上吗?哦,对了,还有一个孩子呢。

大学生乙:就是这张小床啊,天啊……来,给我照张相!

大学生甲:啊,这张小床睡五个人,盖着破棉絮和蓑衣,只有三个女红军带来的唯一一条被子。我听爷爷讲过一些长征故事,当年红军特别艰苦……

大学生乙:看了他们,才懂得我们有多幸福。共产党是为人民打江山,我们就是人民的一员嘛,所以我们现在享受到了他们追求的幸福。

大学生甲:我们当然是人民,我将来也要加入共产党,要弘扬长征精神,要用实际行动传承红色文化,造福社会,让我们的国家更加富强。

……

这些孩子!听听,这些孩子说得多好啊!

是啊,三个女红军对徐解秀好,自己只有一条被子也要剪下半条给她,女红军代表的就是我们共产党人的精神。徐解秀老人信仰共产党,对三个女红军充满深情和感恩,这见证着共产党和老百姓之间,有着多么深厚的鱼水之情!

三个女红军和半条被子的故事,那支生长于苦难之中却充满梦想和信仰的队伍,对于我,对于许多人来说,就是充满美好的诗和远方!

我的脑海里反复回荡着习近平总书记在纪念红军长征胜利80周年大会上讲话的声音:"什么是共产党?共产党就是自己有一条被子,也要剪下半条给老百姓的人。"

我们每一代人有每一代人的长征路。新时代,就让半条被子的故事永远激励我们,为实现伟大的中国梦进行新的长征。

这次来沙洲村的采访圆满成功,再结合在北京采访罗开富老师的点点滴滴,让我有了更深的认识和更强烈的感受:和人民风雨同舟、血脉相通、生死与共,是中国共产党和红军取得长征胜利的根本保证,也是我们战胜一切困难和风险的根本保证。

我回到办公室,同事们知道我采访了"三个女红军和半条被子"的故事相关人物,都围拢过来问我:"半条被子找到了吗?三个女红军找到了吗?"

我微笑着点点头,并且坚定地回答大家说:"半条被子的故事永远烙印在我们的脑海里,三个女红军永远活在我们的心中。"

长征是一首壮烈的史诗,毛主席的一首《七律·长征》道尽了艰辛,也彰显着豪迈:

  红军不怕远征难,万水千山只等闲。
  五岭逶迤腾细浪,乌蒙磅礴走泥丸。
  金沙水拍云崖暖,大渡桥横铁索寒。
  更喜岷山千里雪,三军过后尽开颜。

无论是在危机四伏的沼泽,还是在茫茫无际的草原;无论是在终年积雪的群山,还是在寸草不生的荒漠;无论是在怒涛翻滚的江河,还是在险峻陡峭的山崖……红军将士都抱定全心全意为人民服务的宗旨,以坚韧不拔的毅力与艰苦卓绝的环境和穷凶极恶的敌人进行殊死斗争,将生的希望让给他人,把死的危险留给自己。在那些艰苦的岁月里,红军战士们始终将百姓当亲人,一切为人民。他们用行动赢得了人民的拥戴,在人民群众的齐心帮助下,虽历经千辛万苦,却取得了革命的最终胜利。

习近平总书记曾说:"民心是最大的政治,正义是最强的力量。"

当时间来到现代,完全不同于旧时代的黑暗腐朽,如今我们的国家已经屹立于世界民族之林。我们不用再为救亡图存而奔走呼号,我们不会再过吃不饱、穿不暖的日子。

这是最好的时代,也是最需要我们共同守护的时代。吃水不忘挖井人,我们享受着和平的美好,我们也从未忘记过曾经的艰难困苦;我们自豪于国家的强盛,我们也从未打算安逸地坐享其成。我们深信,无论在任何时代,无论任何民族,人民的力量都是最大的,国家的发展是人民群众齐心协力推动的。我们的党和国家从未停止过为人民谋福祉,从未忘记过一切为人民。那些闪着金光的品格和情谊写在了历史的长卷里,写在那些忠心报国、不畏牺牲、军民一心、患难与共的故事里。

今天强盛的中国,是在中国共产党的领导下,由人民群众一起创造出来的;今天的中国,更需要人民群众立强国之志,尽匹夫之责,共同守卫,共谋发展。

弘扬伟大长征精神,走好今天的长征路,是新的时代条件下我们面临的一个重大课题。伟大长征精神,是党和人民付出巨大代价、进行伟大斗争获得的宝贵精神财富,我们世世代代都要牢记伟大长征精神,学习伟大长征精神,弘扬伟大长征精神,使之成为我们党、我们国家、我们人民、我们军队、我们民族不断走向未来的强大精神动力。

你听到了吗?仿佛有一支熟悉的歌,一支真情的歌,正在温

馨的空气中回响,正是《半条被子好温暖》那朴素、优美的旋律:

> 凄风苦雨哟,透骨寒。
> 生起炭火哟,暖心坎。
> 红军姐妹送火种,
> 红星闪闪驱黑暗。
>
> 一条被子哟,剪两半。
> 亲人冷暖哟,挂心间。
> 军民鱼水情意深,
> 铺起地来盖住天。
>
> 半条被子哟,好温暖。
> 百姓疾苦哟,常挂牵。
> 共产党的恩情,
> 山高水长爱无边。

2019 年 4 月 30 日写于湖南长沙雨花

附录一

红军第六军团长征经过汝城大事记

(1934 年 8 月 12 日—8 月 14 日)

1934 年 7 月 23 日,中央军委命令红六军团 9758 人,作为红军长征主力的一支先遣团,撤出湘赣革命根据地。8 月 11 日,红六军团五十三团占领沙田,主力部队由江西遂川进抵桂东之寨前圩。8 月 12 日,红六军团在寨前圩召开连以上干部誓师大会,宣布新的任务和军团新的组织后,开始转移。

8 月 12 日(农历七月初三)

清晨,红六军团五十三团由沙田出发,经桂东之文昌、大湖,越过汝桂之间的石壁山。进抵汝城濠头之扶竹洲。早饭后,再经上河、濠头圩、花木桥、永丰坳、永丰洞、江背山、塘下、两口水,于当天下午 5 时左右到达田庄的乾甫。当晚,又往暖水进发,并在暖水双联、台头、巷头等村庄宿营。

下午,红六军团主力部队从桂东寨前圩出发。经沙田、径口、开山,向汝城田庄进军。

8月13日(农历七月初四)

凌晨至上午,红六军团主力从桂东经汝城白泥坳进入田庄,于下午抵田庄圩,并在附近的联江、文泉、蔡家、塘丰等村宿营。

8月14日(农历七月初五)

凌晨4时,红六军团五十三团由暖水出发,主力部队由田庄出发,由沤江而下,经暖水双联、北水、江顾峡、昌前、凉滩与马桥之行星、江子口等处,往资兴黄草坪、滁水方向挺进。

红六军团经过濠头、永丰、田庄、暖水、马桥时,敌人未抵抗。沿途,红六军团官兵严格遵守"三大纪律八项注意",耐心向群众宣传讲解党的方针政策和北上抗日的主张。并将打土豪所获财物分给贫苦群众,深受群众的爱戴与支持。濠头、田庄、暖水等地十余名青年农民参加了红军。

附录二

红军第一方面军长征经过汝城大事记
（1934年10月30日—11月13日）

　　1934年10月10日，中国工农红军第一方面军一、三、五、八、九军团共8.6万余人，从福建西部之长汀、宁化和江西南部之瑞金、于都出发，开始了战略大转移。10月21日，红军第一方面军前锋一、三军团在江西安远、信丰之间，突破国民党第一道封锁线，乘胜沿湘粤赣边境向汝城至城口之间的第二道封锁线挺进。

　　10月27日至28日，蒋介石命令南路军尾随红军追击，并以西路军于桂东、汝城及湘南地区堵截。国民党政府军在桂东、汝城、城口、仁化之间构筑了第二道封锁线。

　　10月29日，中央军委部署突破第二道封锁线，命令于11月1日行进到沙田、汝城、上堡、文英、长江圩地域，决定红三军团分左右两个纵队前进。以四师为右纵队，由崇义经黄竹洞、古亭、集龙向汝城前进；军团主力左纵队，由关田、文英、热水向汝城前进。红军总部进驻崇义新溪。

10月30日(农历九月二十三)

红军第一方面军进入汝城县境。

右路红军方面,红三、八军团一部经江西崇义之关田、文英抵热水圩,在黄石、星火至热水圩一带村庄宿营。红军前锋部队——红三军团四师十一团进驻热水圩时,一部向益将方向警戒,中途在距热水圩十余里的狐狸峡小山与汝城县保安团相遇。汝城县保安团一百余团丁,见红军大军压境,不敢抵抗,望风而逃。

红军抵达热水圩时,恰逢圩日 11 集市开市的日子。

红军即在热水圩坪头召开附近村庄的群众大会,宣传党的政策和红军北上抗日的主张,并将陆国屏、吕协宗、吕宗绍等土豪的粮食与衣物分发给贫苦群众。

中路红军方面,中央军委纵队和红一军团第一师则由崇义乐洞出发,经乐洞之芭蕉垅、清水洞抵热水东江水、鱼王等村宿营。

红军经过热水黄石、长塘、东江水、鱼王等村时,沿途摧毁敌军碉堡十余座,并打土豪、除恶霸,受到了人民群众的热烈欢迎。

左路红军方面,红一军团第二师第六团和红五、九军团一部,则由崇义聂都沿湘粤边境直取城口。

蒋介石此时已发觉,红军 20 天左右的突围,不是战术行动而是大规模的战略转移。红军总部仍驻崇义新溪。

10 月 31 日（农历九月二十四日）

红军第一方面军八军团先头部队击溃国民党湘军围攻。

早晨五时左右,红三军团四师十一团 200 来人占领了土桥与附城之间的苏仙岭。汝城县城驻有湘军六十二师陶柳团与胡凤璋保安团约一千人。为了阻截红军西进,国民党军派两百余人进攻苏仙岭山头。红军英勇奋战,多次打退敌人三面围攻,歼敌一部,余敌退缩县城。

红三、八军团一部经崇义之古亭、丰州抵集龙,在集龙圩附近各村宿营。红军抵集龙时,除将土豪廖德官、廖德泉、何本棋、庾世勤等家的稻谷、衣物分发给群众外,还打开国民党政府集龙保公所的粮仓,将囤积的粮食,一部分作为军粮,一部分分给贫苦群众。

抵热水圩的红三、八军团分两路向土桥前进。一路经邓家洞、大水山、越蓑衣岭,至益将的流溪;一路经五里牌,过穿风坳、茅店、乌丝岭至益将圩,再转至流溪。这两路红军在流溪会合,均经黄牌于当日下午抵土桥、附城东岗岭,并在东坑、坳口、青龙、黄家村、坳背等村宿营。红军经益将时,正逢圩日,红军即在圩上召开群众大会(三四百人参加),宣传党的方针政策,并演了剧目。红军抵土桥时,在青龙、坳背等村召集群众开会,发动群众,并将豪绅何康民、何安民、何方涛家的谷子、衣物分给群众。

抵热水东江水、鱼王的中路红军(中央军委纵队、红一军团第一师)于高桥水两路向西南方向推进。一路经轮子坳进入东岭,抵八丘田、三江口一带宿营后,由新桥经界头向九峰山前进;一路经翻山坳,过九龙江,进入大坪,在大坪圩、山口、堆上、南村(新南、东沤)等地宿营。红军总部进驻密溪林场。

11月1日(农历九月二十五)

军委命令红军第一方面军一、三军团攻占城口、汝城。红军先头部队进入汝城。

抵集龙的红三、八军团某部,过台弯岭,经益将上洞、下洞,攻占腊岭之芭蕉垅、木栏隘,国民党守军一个排弃关而逃,红军随即进入永丰破石界、山口等地宿营;一部则经铜坑进入土桥。

原抵土桥、东岗岭之红军(红三、八军团一部)经苏仙岭脚之南岭背,到达附城道南、向东、磨刀、江头等地宿营。先头部队抵达泰来圩附近。红三军团一部攻占汝城东南的制高点并包围汝城。红三军团左右两纵队接近汝城地域。红军总部进驻闵田。

11月2日(农历九月二十六)

红三、八军团一部当日下午由崇义上堡抵濠头,在黄家土、樟溪、白袍①、上河、下河、濠头圩等地宿营。湘军陶柳团一个连从田庄匆忙赶到濠头堵截。红军运用机动灵活的战术,首先抢占了庙下店碉堡,并将濠头敌人围困于五里牌碉堡之中。同时,又从樟溪派出两支队伍:一支由上樟向桂东五花路进军,占领五

---

① 白袍,今为汝城县濠头乡红星村。

295

花路高地；另一支由下樟经宝沙过河至扶竹洲，在石壁山击溃守敌一个排，控制石壁山要地，并追敌至桂东大坑店。红军机动灵活的战术，迷惑、牵制了桂东、田庄之敌，掩护了大部队从左侧之游家、埠头，经社溪、永丰、涧布、土桥往附城南岭背前进。

红一、九、五军团由崇义聂都，经广东陈奢、长江进抵东岭，在中心、大塘至三江口一带宿营，并与经鱼王抵达三江口之红军会合，一起攻打城口。

当日，红军第一方面军各军团密集于汝城至城口一线，并兵临汝城县城。此时，红三军团200余人攻打县城东北（土桥、迳口）鸭屎片的敌人碉堡，计划打开土桥至马桥、延寿的道路，后了解敌人在县城以北筑有坚固的碉堡群，为了减少人员伤亡，后转入附城，并电告红军总部："汝城碉堡坚固，山炮不能征服，地下作业又无时间，因此，决定放弃进攻汝城（县城），以一部监视汝城（县城）之敌。"

同时，彭德怀军团长指挥红三军团一面钳制县城之敌，一面强攻泰来圩碉堡，消灭了驻守泰来圩、黄家寨碉堡的敌人。红军总部进驻文英。

11月3日（农历九月二十七）

红三军团决定放弃进攻汝城。

11月3日晨，红军总部对红三军团的情况侦察报告做出批示，同意"放弃进攻汝城，以一部监视汝城之敌"的决定。

红军向前推进的红一、三、五军团集结，在附城至城口一线六十余里与国民党军发生了战斗，先后攻占了城头寨、担盐坳、黄家寨、米筛岭、伍桂岭、朱家岭、腊岭等地,并捣毁沿线敌方碉堡三十余座,歼灭国民党湘军陶柳团与胡凤璋保安团各一部,在大坪击毙敌副连长一人,余敌往县城方向逃窜。

同时,红军在濠头学校、附城泰来圩、官桥、大坪圩、堆上等地召集群众开会,发动群众,分发土豪财物,并书写了大量革命标语。

朱德在八担丘急电林彪、聂荣臻:打开两条前进道路,一条经大坪、新桥地域向九峰圩,这是主要道路,一定要力争取之;另一条路则经城口或以南之恩村向麻坑、岭子头,为左侧翼的道路。并告:红军总司令部向热水圩移动,红五、九军团和军委纵队向热水圩移动。

红军总部进驻热水圩。

11月4日(农历九月二十八)

各军团得知战略大转移目的是与红二、六军团会合,到那里建立新的革命根据地。红军总部决定:"一、三军团打开由官路下到文明司、山田铺的道路。"红一军团应把城口顽强地保持于我军手中,并向南北两面扩张,以便在红一军团的地段内,确实能争取两条前进的道路,并侦察有无补充道路。要求红三军团"如实际情况由汝城之北向黄草坪确实难打开一条道路时,则无论如何应于汝城、大坪之间打开由官路下经店圩到百丈岭的道路"。

红军占领城口,各军团迅速突破国民党军在汝城至城口之间的碉堡防线,分头向西挺进。

抵土桥、附城的红三、八军团各一部,分两路进入泉水,在福水、西黄、南水、秀溪、岭头等村宿营。

抵大坪的中央军委纵队、红一军团第一师分两路西进:一路经白泉、南水至岭头、秀溪;一路抵井坡,其中一支经谭屋、鲁塘、岭塘至龙虎洞、游家圩,另一支由谭屋至云先、古塘、上袁,分别在泉水的岭头、秀溪与井坡的岭塘、云先、古塘、上袁、游家圩等村宿营。

抵三江口、城口的红一、九、五军团一部也分为两路:一路由城口西进,突破后塘一带粤军堵截,进抵广东红山、五山、九峰;一路由三江口经大坪之城溪、后溪,抵井坡游家圩。

红军第一方面军一军团过境汝城泉水正水村梁君洞。

红三军团主力于汝城以南之天马山、泰来圩、官路下突破国民党设置的第二道封锁线,朱德电令红五军团首长:红五军团(缺三十四师)于11月5日早进到塘口、八担丘地域,有掩护第三纵队抗击由东西来追之敌的任务;三十四师进到乐洞地域,有掩护第三纵队抗击大余、长江之敌的任务。并告:第一纵队于11月5日早进到八丘田、三江口地域。

抵濠头围攻敌军碉堡的红三、八军团的阻击部队,激战三日三夜,在重创敌军、掩护大部队通过后,与派往五花路、扶竹洲两支红军会合,于下午五时许主动撤离濠头,跟随大部队向土桥南岭背方向前进。

红军总部进驻八丘田(东岭境内)。

11月5日(农历九月二十九)

红军总部电令各军团必须进入湘南粤北地域。13时总部电令各军团,从11月5日至8日,红军各部必须通过汝城至城口间的封锁线。并规定三条基本的前进道路:一、右路由泰来圩经店圩、百丈岭向文明司、山田铺方向前进,另经店圩南之延寿圩向三界圩,为辅助道路;二、中路由新桥经界头、盖子排、九峰山向九峰圩方向前进;三、左路由城口经麻坑圩向岭子头方向前进。

抵泉水的红军(红三、八军团一部):一路由殿下、杉树园,经外沙之珠目、延寿九如、桑坪,再经外沙五里墩,抵山田坳等地;一路经南水、梓槽抵延寿牛调尾、烂泥坑一带。

抵井坡的红军(红一、九、五军团一部):一路由上袁经黑坳,抵延寿、温坪出新坡;一路由游家圩经界头、马脚岭抵小垣、简家桥一带。

抵九峰的红军(红一、九、五军团一部),因遇粤军堵截,在九峰与汝城交界的砖头坳一带与敌激战数小时后,甩开敌人,折向麻坑、石下抵小垣。

红军抵小垣、延寿后,在小垣大山、简水、东寿、官坑、下杨、桑坪等村宿营,积极宣传了中国共产党的政治主张,打土豪,除恶霸,赢得了群众的信任和支持。如在简水井头村抓到了双手沾满人民鲜血的"铲共义勇队"中队长简居敬,红军贴出布告公布了他的罪状后,就地执行枪决,群众无不拍手称快。

红三军团在延寿官亨村宿营时,该村村民胡四德筹集105

担大米、3头生猪、12只鸡,供给红军急用(红军立下了借据)。红军在小垣、延寿驻扎时,青年纷纷要求参加红军,仅白云附近的村庄,一次就有34个青年参加了红军。

11月6日(农历九月三十)

红三军团从左路突破国民党湘军何键部在汝城至城口恩村间设置的第二道封锁线。

当各路红军进抵延寿时,蒋介石急令粤军陈济棠部围追堵截。粤军独立第二师、独立第二旅,以及独立第三师、独立第一旅分别从广东城口、江西大余出发,向延寿圩尾追红军。

驻汝城的湘军陶柳部与胡凤璋保安团,也派其一部经马桥赶往山田坳进行尾追。但红军第一方面军主力部队在各路敌军未会合之前,即迅速通过延寿,由山田坳、城江、山眉分三路进入岭秀、盈洞,在岭秀之永利、大兴、长洞、大源和盈洞的新聚、坳下、盈洞圩、新联等地宿营,其先遣部队则越过百丈岭,当日下午5时许抵达文明司。

时任红九军团政治部主任的李湘民(李涛)和中央军委三局局长宋裕和,匆匆路过家门,无暇探望亲人。

从濠头撤离的红三、八军团一部,也由土桥南岭背赶往延寿,抵岭秀长洞。红军经过岭秀时,在长洞老屋场,把徐君亮、徐怀余等土豪的粮食、布匹、衣物等分给贫苦农民。

红三军团侦察排赶到了文明,并抓住其乡长朱性培。

红一军团进驻城口。红军总部进驻厚溪。

11月7日(农历十月初一)

中华苏维埃共和国临时中央政府主席毛泽东、红军总司令朱德联名发布原标题为《出路在哪里？出路在哪里??出路在哪里???》的文告,详细阐述了中国共产党的各项主张。

当日上午11时,红三军团军团长彭德怀,政治委员杨尚昆以万万火急电向军委主席、红军总司令朱德,提出突破乐昌、宜章、郴县国民党军设置的第三道封锁线的行动计划报告。

红三军团主力占领文明司。

中央军委纵队、其他各军团陆续抵文明司,并分别在五一、秀水、韩田、沙洲、新东、文市等地宿营。中国工农红军司令部、政治部、后勤部、卫生部、卫戍司令部等领导机关驻扎在文明秀水、韩田、司背、沙洲等地。同时,中华苏维埃国家银行在文明司、沙洲村等处设立银行兑换处,红军所用"苏钞"按日兑现。

下午,红三军团一部由文明新东,经宣溪、幸福、良田进入宜章小水岭、大屋场、红家坳。

红五军团为掩护中央军委纵队在延寿、岭秀等地阻击国民党粤军四师与湘军陶柳等部,双方均有较大伤亡。红军总部进驻小垣大山。

11月8日(农历十月初二)

当日15时,红军总部发布在良田、宜章间突破国民党第三道封锁线的命令:军委决定红三军团于良田、宜章间(含两地)突破封锁线,其先头师约于10日可前出到宜章地域。红一军团应监视九峰、乐昌之敌,并迅速于宜章、坪石之间突破封锁线,军委第一、第二纵队及红五、八军团在红三军团后跟进,红九军团则于红一军团后跟进。

红军在东冲(含新东)、文市、西村、韩田等村庄召开群众大会,广发革命宣传单,宣传党的方针、政策与北上抗日的主张,并把打土豪获得的粮食、衣物、猪肉等分给群众。延寿、岭秀、文明等乡先后有五十余名农民群众参加红军,一百余名农民为红军当挑夫。

红一、九、五军团各一部由小垣走马的羊牯坳与山眉的狗古岭分两路进入盈洞,至水头冲会合,经"四十八崎",抵文明上章宿营。红五军团在汝城以南之天马山至城口间,全部通过第二道封锁线。红军总部进驻延寿圩。

11月9日(农历十月初三)

当日5时至6时,红一军团两次电告红军总部:"一军团已取道大小王山、延寿圩向九峰东北地域转进。"红五军团第十四师第四十一团和红八、九军团一部与堵截红军之国民党军在延寿圩激战了3小时,部队才得以通过延寿圩。

抵文明上章的红一、九、五军团各一部,经长垅,到达三界圩,前往宜章里田。红军总部驻文明司。

11月10日(农历十月初四)

朱德致电红一军团首长:告军委一纵队10日留文明司附近,红军总部批评红一、九军团行动无计划及执行命令迟缓,致使红军迅速通过敌人封锁线任务受到影响。

红军把文明乡乡长朱性培游街游圩后,带往宜章松岭枪决。

红军第一方面军各军团陆续经盈洞、文明往宜章、郴州方向挺进。

红军总部仍进驻文明司。

11月11日(农历十月初五)

中央革命军事委员会主席朱德任命李维汉为文明司卫戍司令,负责分配宿营地域及维护社会秩序。

红五军团三十四师在延寿官亨、厚昌设立作战指挥所,并抢占青石寨制高点。

国民党粤军第二师独立第二旅(叶肇部)由广东仁化经城口追击红军。抵泉水后,又分两路追击红军,一支由杉树园、珠目至九如、桑坪,一支从胜利、梓水往中洞尾追。国民党粤军独立第三师和独立第一旅(李汉魂部)则由江西大余,经热水、附城、泉水向延寿追击,并追至延寿简家桥、下杨、寿水、中洞、九如、桑坪一带,向红五军团三十四师发动三面夹击,在简家桥、下杨、寿水、官亨一线发生激战,战斗呈白热化,青石寨几次易手。国民党粤军第二师第五团攻占了青石寨后,自恃强大火力向过江红军疯狂扫射,一排排红军战士倒在江中,河水被染成红色。红军情况危急,红五军团军团长董振堂身先士卒,奋力血战,夺回青石寨,掩护后续部队过江后即迅速撤离。此战双方互有伤亡,红军消灭敌一部,击毙敌团长、连长各一名,红军也死伤数十人。

同日,时任中央革命军事委员会主席的朱德签署嘉奖令:"军委赞扬三军团首长彭(德怀)杨(尚昆)同志及三军团全体指战员在突破汝城及宜(章)郴(县)两封锁线时之英勇与模范的战斗动作。"并要求三军团"保证野战军全部通过封锁线"。该日,红三军团抵达良田、两湾洞、宜章地域。红五军团行进在钩刀坳、东山、百丈岭地域。

当日11时,朱德电令董振堂、李卓然:红五军团12日仍留原地不动,其任务为掩护我军通过延寿圩至文明司大道,并击退自汝城经钩刀坳及延寿圩来追之敌,在有利条件下则应歼灭之。

红九军团除留少数部队在延寿圩阻击国民党军外,主力经百丈岭向文明司急进。朱德命令中央第二纵队司令员罗迈(即李维汉):红一、九军团后方部队及22师于11日晚或12日晨到达文明司地域;二、他们配置于一纵队的宿营位置;三、罗迈同志为文明司的卫戍司令并负责分配宿营地域及维护一般秩序。

11月12日(农历十月初六)

红五军团三十四师在小垣之简水,延寿之东寿、官亨、下杨一带继续阻击敌人,英勇奋战,重创敌军。

同日,红八军团二十一师、红九军团二十二师共两千余人在岭秀八里坳、钩刀坳、东山桥一带组成第一道阻击线,与国民党湘军陶广部两个旅激战至黄昏,完成任务后向文明转移。

11 月 13 日(农历十月初七)

红五军团十三师一千五百余人,在水阳山、东山、百丈岭一带构筑工事组成第二道阻击线。湘军六十二师陶广部追至水阳山、东山地带后,向红军阵地发起猛攻。红五军团十三师抗击5小时后,退守百丈岭碉堡,继续阻击敌人。激战至黄昏,完成阻击任务,即经文明向宜章方向前进。至此,红一方面军大部队已全部离开汝城县境,胜利突破了国民党部署的第二道封锁线。

参考文献

[1]湖南省红军长征调查办公室.红军长征在湖南故事集[M].长沙:湖南人民出版社,1978.

[2]中共中央文献研究室.朱德年谱[G].北京:人民出版社,1986.

[3]罗开富.来自长征路上的报告[M].北京:经济日报出版社,1987.

[4]朱惠芳.红军长征在汝城[M].北京:中央文献出版社,2011.

[5]汝城县史志办公室.半条被子的温暖——红军长征与汝城[M].北京:中共党史出版社,2017.

[6]中共中央党史研究室第一研究部.红军长征史[M].沈阳:辽宁人民出版社,1996.

[7]湖南省档案馆.湖南历史上的今天[M].长沙:湖南人民出版社,1999.

[8]中共中央党史资料征集委员会.中共党史资料(第十四辑)[M].北京:中共党史资料出版社,1985.

[9]罗开富.红军长征追踪[M].北京:经济日报出版

社,2001.

[10]金一南.苦难辉煌[M].北京:华艺出版社,2009.

[11]王厚卿等.百战图[M].太原:北岳文艺出版社,1991.

[12]王树增.长征[M].北京:人民文学出版社,2006.

[13]王新生.穿越历史时空看长征[M].北京:中共党史出版社,2016.